FELIX
PARA SEMPRE

KACEN CALLENDER

TRADUÇÃO: VIC VIEIRA

FELIX
PARA SEMPRE

Diretor-presidente:
Jorge Yunes

Gerente editorial:
Luiza Del Monaco

Coordenação editorial:
Ricardo Lelis

Edição:
Júlia Tourinho e Vitor Castrillo

Suporte editorial:
Juliana Bojczuk

Preparação de texto:
Bruna Miranda

Revisão:
Arthur Ramos

Coordenadora de arte:
Juliana Ida

Designer:
Valquíria Palma

Assistente de arte:
Daniel Mascelani

Projeto de capa:
Vitor Castrillo

Ilustração de capa:
Lune Carvalho

Gerente de marketing:
Carolina Della Nina

Analista de marketing:
Michelle Henriques

Assistente de marketing:
Heila Lima

Título original: *Felix Ever After*

© Kacen Callender, 2021
© Companhia Editora Nacional, 2021

Todos os direitos reservados. Nenhuma parte desta obra pode ser reproduzida ou transmitida por qualquer forma ou meio eletrônico, inclusive fotocópia, gravação ou sistema de armazenagem e recuperação de informação sem o prévio e expresso consentimento da editora.

1ª edição — São Paulo

DADOS INTERNACIONAIS DE CATALOGAÇÃO NA PUBLICAÇÃO (CIP) DE ACORDO COM ISBD

C157f	Callender, Kacen
	Felix para sempre / Kacen Callender ; traduzido por Vic Vieira. - São Paulo : Editora Nacional, 2021.
	288 p. ; 16 cm x 23 cm.
	Tradução de: Felix ever after
	ISBN: 978-65-5881-034-6
	1. Literatura americana. 2. Romance. 3. Literatura juvenil. I. Vieira, Vic. II. Título.
2021-450	CDD 813.5
	CDU 821.111(73)-31

Elaborado por Vagner Rodolfo da Silva - CRB-8/9410

Índice para catálogo sistemático:
1. Literatura americana : Romance 813.5
2. Literatura americana : Romance 821.111(73)-31

NACIONAL

Rua Gomes de Carvalho, 1306 – 11º andar – Vila Olímpia
São Paulo – SP – 04547-005 – Brasil – Tel.: (11) 2799-7799
editoranacional.com.br – atendimento@grupoibep.com.br

Para jovens trans e não-binários:
Vocês são lindes. Vocês são importantes. Vocês são válides.
Vocês são perfeites.

Um

Nós abrimos a porta de vidro do prédio residencial e saímos para o amarelo ensolarado, que está um pouco forte e alegre demais. Está quente para cacete — o tipo de calor que gruda na pele, nos cabelos e até nos olhos.

— Nossa, por que mesmo a gente se inscreveu pra isso? — Ezra diz com a voz rouca. — É tão cedo. Eu ainda podia estar dormindo.

— Bem, onze não é tecnicamente *cedo*. É tipo, metade do dia.

Ezra acende um baseado que tirou sabe-se-lá-de-onde e me oferece, e nós tragamos o que resta enquanto andamos. O reggaeton tocando do churrasco no parque ali perto. O cheiro de fumaça e carne no fogo sopra, junto com a risada e o grito das crianças. Nós atravessamos a rua, parando quando um homem com uma caixa de som estourando ao som de *Biggie* passa voando numa bicicleta, e descemos as escadas acarpetadas de mofo da parada Bedford-Nostrand G, deslizando nossos cartões pela catraca assim que o trem se aproxima da plataforma com um estrondo.

As portas do trem deslizam e se fecham atrás de nós. É um dos trens mais antigos, com manchas de chiclete preto emplastradas no piso e mensagens escritas em marcador permanente nas janelas. R + J = 4EVA.

Meu primeiro instinto é revirar os olhos, mas sendo honesto comigo mesmo, posso sentir a inveja brotando no peito. Como deve ser a sensação de amar tanto alguém que você está disposto a expor publicamente seu coração e alma com um marcador permanente preto? Como é a sensação de amar alguém? Meu nome é Felix Love, mas eu nunca me apaixonei. Não sei. A ironia meio que ferra com a minha cabeça às vezes.

Nós nos sentamos nos assentos laranjas. Ezra põe a mão no rosto enquanto boceja, inclinando-se sobre meu ombro. Foi meu aniversário na semana passada, e nós adquirimos o hábito de ficarmos acordados até as 3 da manhã e dormir o dia todo. Agora tenho dezessete anos e posso confirmar que não há muita diferença entre dezesseis e dezessete anos. Dezessete é apenas um daqueles anos intermediários, facilmente esquecido, como uma terça-feira — preso entre o *sweet sixteen* e a maioridade dos dezoito.

Um homem mais velho cochila à nossa frente. Uma mulher está de pé com seu carrinho de bebê cheio de sacolas de mercado. Um hipster com uma enorme barba ruiva segura firme sua bicicleta. O ar-condicionado está forte. Ezra percebe que estou me abraçando por causa do ar gelado, então ele coloca um braço sobre meus ombros. Ele é meu melhor amigo — único amigo, desde que entrei na St. Catherine's há três anos. Não estamos juntos, nem de outro modo, formato ou jeito, mas todo mundo parece ter a impressão errada. O homem acorda repentinamente como se pudesse farejar o gay, e não para de nos encarar, mesmo depois que eu o encaro de volta. O hipster nos dirige um sorriso tranquilizador. Dois caras gays se abraçando no coração do Brooklyn não deveria parecer tão revolucionário, mas de repente, parece.

Talvez seja a maconha, ou talvez seja o fato de que eu estou muito mais perto de me tornar um adulto, mas eu me sinto repentinamente um pouco irresponsável. Eu sussurro para Ez:

— Quer dar um show pra esse cara?

Eu aceno com a cabeça na direção do homem mais velho que simplesmente se recusou a desviar o olhar. Ezra dá um sorriso malicioso e acaricia meu braço com a mão, e eu me aproximo mais dele, apoiando a cabeça em seu ombro — e então Ez vai de zero a cem e enterra o rosto no meu pescoço, o que — beleza — eu nunca tive muita experiência com ninguém antes (quer dizer, eu nunca sequer beijei alguém) e só de sentir a boca dele ali já me deixa louco. Eu solto um gritinho suspirado vergonhoso e Ezra abafa uma risada na *mesma desgraça de lugar*.

Eu levanto o olhar e me deparo com o público encarando de olhos arregalados, totalmente escandalizado. Eu mexo os dedos em direção ao homem num aceno meio sarcástico, mas ele deve ter interpretado isso como um convite para falar.

— Sabe — ele diz com um leve sotaque — eu tenho um neto que é gay.

Ezra e eu nos olhamos com as sobrancelhas erguidas.

— Um. Ok. — digo.

O homem assente.

— Sim, sim. Eu nunca soube, então um dia ele se sentou comigo e minha esposa, Betsy, antes dela falecer, e então ele estava chorando e nos disse: Eu sou gay. Ele já sabia há anos, mas não disse nada porque estava com medo do que iríamos pensar. Não posso culpá-lo por ter medo. As histórias que a gente ouve. E seu próprio pai... É de cortar o coração. Você imagina que um pai sempre vai amar seu filho, não importa o que aconteça — ele pausa seu monólogo, olhando ao redor enquanto o trem começa a desacelerar. — Enfim. Essa é a minha parada.

Ele se levanta enquanto as portas se abrem.

— Você iria gostar do meu neto, eu acho. Vocês dois parecem rapazes gays muito simpáticos.

E com isso, o homem desaparece na plataforma, seguido pela mulher com o carrinho de bebê.

Ezra e eu nos olhamos e eu desato a rir. Ele sacode a cabeça.

— Nova York, cara — ele diz. — Sério. Só em Nova York.

Nós saltamos na estação Lorimer/Metropolitan, caminhamos e então subimos um lance de escadas até o trem L. É dia 1º de junho — o primeiro dia do mês do Orgulho na cidade — então há cartazes nas cores do arco-íris com os dizeres NENHUM PRECONCEITO É PERMITIDO colados nas paredes azulejadas. A plataforma está cheia de hipsters de Williamsburg de pele rosada e o trem leva uma eternidade para chegar.

— Merda. Vamos nos atrasar — Ezra diz.

— É. Bem.

— Declan vai ficar puto.

Eu não me importo, para ser honesto. Declan é um babaca.

— Não é como se pudéssemos fazer alguma coisa, né?

Quando o trem chega, todo mundo batalha para entrar e ficamos apertados uns contra os outros, estou amassado em Ezra, com o cheiro de cerveja e o fedor de sovaco se mesclando no ar. O trem chacoalha e treme, quase nos derrubando — até que, finalmente, chegamos na Union Square.

É uma típica tarde lotada na cidade. A quantidade de pessoas ali é o que eu mais odeio sobre Lower Manhattan. Pelo menos no Brooklyn você consegue andar na rua sem ser atingido por vinte ombros e bolsas diferentes. Pelo menos no Brooklyn você não precisa se preocupar se é literalmente invisível por causa de sua pele negra. Às vezes eu tento encontrar uma pessoa branca para andar atrás, só para não ser empurrado quando todo mundo sai do caminho dela.

Eu e Ezra nos apertamos para atravessar a multidão, passamos pela feira, seguidos pelo cheiro de peixe. Estamos vestidos basicamente da mesma maneira que sempre nos vestimos: é verão, mas Ezra veste uma camiseta preta com as mangas enroladas até os ombros para exibir sua tatuagem de Klimt da *Judit I (e a cabeça de Holofernes)*. Ele está com uma calça jeans preta apertada que acaba alguns centímetros antes dos tornozelos, um par de All-Star brancos e meias compridas com retratos de Andy Warhol. Ele tem um piercing dourado no septo e seus cabelos espessos, encaracolados e pretos estão amarrados num coque, com as laterais raspadas.

Sempre que estou perto de Ezra, os olhares costumam passar direto por mim e encará-lo. Eu tenho cabelos crespos, uma regata solta cinza que exibe as cicatrizes escuras em meu peito, mais escuras do que o resto da minha pele marrom de tom quente, um par de shorts jeans e tatuagens pequenas aleatórias que eu fiz por vinte dólares na Astor Place — meu pai surtou na primeira vez, mas agora ele se acostumou a elas — e tênis desgastados com textos e rabiscos feitos com uma caneta permanente. Ezra acha que eu os destruí. Ele gosta de manter a *pureza da intenção do designer*.

Caminhamos pela multidão de gente que se demora em frente às barracas da feira vendendo potes de geleia, pães frescos e flores supercoloridas, homens de terno abrindo passagem com empurrões, cachorros em coleiras e crianças em patinetes de três rodas ameaçando nos fazer tropeçar. Saímos da feira e andamos pelo caminho que corta o gramado verde onde alguns casais se deitaram sobre toalhas. Alguns jovens se exibem em seus skates. Garotas em vestidos curtos e óculos escuros descansam em bancos com livros que elas não estão lendo de verdade.

— Por que mesmo que a gente decidiu fazer esse programa de verão?
— Ezra pergunta.

— Para nossas inscrições na faculdade.

— Eu já te disse. Não vou para a faculdade.

— Ah. Então, não, não tenho ideia do porquê de você estar fazendo isso.

Ele sorri para mim. Nós dois sabemos que ele provavelmente vai viver da sua herança quando se graduar. Ezra é negro e bengali e seus pais são podres de ricos. Tão ricos que eles compraram um apartamento para Ezra, só para que ele possa morar em Bed-Stuy durante o verão enquanto estuda no programa de artes. (E hoje em dia, apartamentos como o do Ezra devem custar cerca de um milhão de dólares.) Os Patels são a típica elite de Manhattan: champanhe sem fim, eventos de arrecadação de fundos, festas de gala, e zero tempo para seu próprio filho, que foi criado por três babás diferentes. É zoado para porra, mas preciso admitir que tenho inveja. Ezra tem a vida inteira garantida e oferecida de mão beijada, enquanto eu terei que batalhar e me virar para conseguir o que quero.

Meu sonho sempre foi ir para a Universidade Brown, mas minhas notas não são exatamente impressionantes, o resultado dos meus testes está abaixo da média e a taxa de aceitação deles é de 9 por cento. Não é que eu não tenha tentado. Eu estudei para caramba para os testes e escrevi cada palavra que meus professores disseram em aula para impedir minha mente de divagar. Como meu pai disse, meu cérebro só funciona de um jeito diferente.

O fato de que é quase certo que eu não entrarei para a Brown às vezes me faz pensar que não há razão para sequer tentar. Mas outras pessoas já entraram mesmo com resultados de merda nos testes, e mesmo que minhas notas sejam ruins, a minha arte não é. Eu sou talentoso. Eu sei que sou. O portfólio vale ainda mais para estudantes se candidatando com foco em arte, e já que o programa de verão da St. Catherine's oferece crédito extra, há uma chance de aumentar minhas notas de setes para oitos. Ainda posso ter uma chance de entrar.

Leah, Marisol e Declan já estão nos degraus da Union Square para o ensaio de moda. A St. Cat tem uma agenda diferente da maioria das escolas de NY e o programa de verão começou oficialmente há alguns dias. Ela gosta de dar o pontapé inicial do programa de verão com projetos para que possamos conhecer os estudantes das outras turmas. Ezra e eu nos inscrevemos para o ensaio de moda, usando alguns dos designs dele. Leah, com seus cabelos volumosos ruivos, pele super branca, curvas, regata e shorts levemente reveladores, está com sua câmera pronta para tirar as fotos. E, claro, Marisol é a modelo. Ela é tão alta quanto Ezra, tem a pele marrom claro, cabelos castanhos espessos e sobrancelhas como as de Cara Delevigne. Só de olhar para ela, sinto um aperto no peito. Seu cabelo é um ninho gigantesco e há penas verdes grudadas em seus cílios para combinar com o batom. Ela veste o quarto vestido na lineup que planejamos: um retrato em lantejoulas de Rihanna.

Declan Keane está cuidando disso tudo como o diretor, o que me irrita profundamente. Ele não tem experiência nenhuma como diretor, mas, de algum modo, ele sempre consegue se enfiar em tudo. E não ajuda Declan agir como se tratar eu e o Ezra como lixo fosse sua única missão na vida. Ele fala merda sobre a gente sempre que pode. Ele nos odeia e está numa cruzada para fazer com que todo mundo nos odeie também.

Declan está ocupado falando com Marisol quando ele nos vê chegando. Seus olhos brilham. Ele tensiona a mandíbula.

— É tão bom ver vocês — ele nos diz enquanto nos aproximamos, alto o suficiente para fazer algumas pessoas relaxando nos degraus virarem as cabeças. — Ezra, muito obrigado por vir.

Ezra murmura ao meu lado:

— Eu te disse que ele ficaria puto.

Declan bate palmas lentamente.

— É uma honra... não, sério, é mesmo... que você tenha aparecido na porra do seu próprio ensaio de moda.

Ezra levanta o punho, finge girar uma manivela e lentamente ergue o dedo do meio. Declan semicerra os olhos para Ez quando chegamos perto.

— Você tá *chapado*? — ele pergunta e Ezra desvia o rosto. — Você tá de sacanagem comigo? Estamos todos esperando aqui há uma hora e você tava *chapando*?

Eu tento intervir.

— Meu Deus, relaxa.

Ele nem se importa em olhar para mim.

— Não fode, Felix, sério.

Não há por que sequer tentar explicar que nosso trem demorou.

— Você tá certo — Ezra diz. Ele acena com a cabeça para Leah e Marisol, que estão nos observando dos degraus. — Desculpa. Nós perdemos a noção do tempo.

Declan revira os olhos e murmura "Isso é ridículo" para si mesmo — como se ele nunca houvesse se atrasado para nada na vida. Houve uma época, antes dele decidir que era bom demais para mim e Ez, quando nós três íamos juntos para a aula com trinta minutos de atraso, chapados pra caralho — e agora, de repente, ele é a Segunda Vinda de Cristo? Por Deus, eu não suporto esse cara.

— Já estamos mesmo na metade — Declan diz, ajeitando seus cachos com a mão, como se ele não se importasse de verdade se estamos aqui ou não. Declan é birracial, sua mãe é negra e porto-riquenha, seu pai é um cara branco da Irlanda, então ele tem a pele marrom claro, mais clara que a minha, cachos castanhos soltos com reflexos ruivos que caem ao redor de suas orelhas, e olhos castanhos escuros. Ele é um pouco parrudo, com ombros largos — um atleta em roupas da Old Navy: uma camiseta rosa estampada, jeans desbotados largos e chinelos.

Ele se vira de costa para nós.

— Vamos nos apressar e terminar logo. Não quero ficar aqui o dia todo. Felix, vai segurar aquele refletor.

Eu não me mexo. Não consigo me obrigar por vontade própria a fazer qualquer coisa que Declan Keane me diz para fazer. Não com esse tom desdenhoso.

Ezra sussurra:

— Vamos lá, Felix. Vamos acabar logo com isso.

Eu reviro os olhos e subo os degraus, pegando o refletor da pilha de equipamentos. Declan ainda nem se deu o trabalho de olhar para mim.

— Beleza — ele diz — vamos voltar. Marisol, acho que você não deve sorrir para essa, a justaposição do retrato da Rihanna com uma expressão séria...

Eu devaneio para bem longe. Em torno de 99,9 por cento do tempo, Declan está falando para ouvir o som da própria voz. O ensaio continua, Leah circulando Mari com sua câmera enquanto Marisol faz poses diferentes, com o olhar perdido no céu (o que é bom, porque assim é mais fácil evitar contato visual com ela), até chegar a hora da próxima roupa. Eu tenho que segurar um lençol ao redor de Marisol, encarando o chão com força, enquanto Ezra a ajuda a vestir outro vestido que ele fez, um coberto com páginas do mangá de *Attack on Titan*. Quando ela está pronta, Declan late suas ordens.

— Leah, se posicione um pouco mais para a direita. Felix, segure firme o refletor.

Marisol cobre o rosto.

— E você consegue tirar a luz dos meus olhos, por favor?

Mari e eu costumávamos sair. Durou, tipo, duas semanas, então não foi nada demais, mas ainda assim — não consigo deixar de me sentir um pouco nervoso perto dela, eu acho, mesmo depois de todos esses meses. Marisol age como se absolutamente nada tivesse acontecido entre nós, jogando uma pitada de sal na ferida. O modo como ela terminou as coisas também não ajuda.

Declan estala os dedos na minha cara. Literalmente, juro por Deus, *estala a porra dos dedos na minha cara.*

— Eu disse para segurar firme o refletor. Por Cristo, presta atenção.

Eu seguro o refletor mais alto.

— Palhaçada de merda — murmuro para mim mesmo.

— Desculpa, o que disse?

Eu devo ter falado um pouco mais alto do que pensei — porque quando levanto o olhar, estão todos me encarando. Leah morde o lábio. Marisol ergue a sobrancelha. Ezra balança a cabeça do outro lado do set, mexendo com a boca para dizer: *Não, não, por favor, Felix, não.* Isso meio que me deixa puto também. Por que o Declan pode tratar a gente como lixo e devemos aguentar sem reclamar? Eu ignoro Ezra e olho direto para Declan.

— Eu disse: Palhaçada. De. Merda.

Declan inclina a cabeça para o lado, cruzando os braços com o menor dos sorrisos.

— O que é palhaçada?

Eu dou de ombros.

— Isso — sacudo o refletor para ele. — Você.

Seu sorriso vira uma risada de descrença.

— *Eu* sou uma palhaçada?

— Você não sabe nada sobre dirigir um ensaio de moda — digo a ele. — Você só está aqui porque é rico e seu pai doa uma caralhada de dinheiro pra escola. Não é como se você merecesse isso.

Posso ver o olhar de Ezra desviar para o chão e sinto uma pontada de culpa.

Declan não percebeu. Ele abre um sorriso largo para mim, como se soubesse que isso vai me irritar ainda mais.

— Você está com raiva porque não é o diretor — ele diz — e não pode adicionar isso na sua inscrição pra Brown. *Garoto do refletor* não é exatamente impressionante, não é?

Odeio que ele está certo—eu *estou* com raiva por não poder descrever ser um diretor na minha inscrição enquanto o Declan pode, junto com suas notas perfeitas e resultados perfeitos de testes e o pedigree da família... Eu sei que ele vai se inscrever na Brown também. Sei que é a sua primeira opção, porque quando a gente costumava passar tempo junto, nós dois planejávamos ir para Brown e obter uma graduação dupla com a RISD, Escola de Design de Rhode Island. Ezra entrava na conversa para dizer que se mudaria para Rhode Island com a gente, e seríamos nós três juntos, como sempre. Esse plano não durou muito.

Além do mais, a Universidade Brown tem a tradição de dar uma bolsa integral a um estudante da St. Catherine's. Eu não consigo pagar a faculdade. Meu pai não conseguirá arcar com as mensalidades. Terei que pegar uma porrada de empréstimos e provavelmente ficar endividado pelo resto da vida, só para conseguir estudar ilustração — enquanto isso, não consigo pensar em ninguém que precisaria ou mereceria menos essa bolsa do que Declan de merda Keane. Só a possibilidade dele ganhar essa bolsa me faz querer enfiar um par de lápis nos olhos.

Declan me dirige um sorriso de canto de boca.

— Que foi? Não tem mais o que dizer?

— Deixa para lá — Ezra me diz.

Mas eu não posso deixar para lá. Pessoas como Declan estão tão acostumadas a fazer o que querem sem consequências. Agindo como se ele fosse melhor e mais importante do que todo mundo. É isso que ele faz comigo — com Ezra. Ez age como se isso não o incomodasse, mas eu fico irritado sempre que vejo Declan e me lembro do modo como ele nos tratou — o modo como ele nos traiu.

— Quer saber? — digo a ele. — Vai se foder. Você age como se fosse melhor do que os outros, mas você não é nada além da porra de uma fraude.

Ezra está sacudindo a cabeça, como se estivesse irritado *comigo*, como se ele achasse que estou exagerando, mesmo sabendo que Declan é um babaca. Leah e Marisol estão desconfortáveis, olhando de soslaio para Declan para ver o que ele fará ou dirá em seguida.

Declan tensiona a mandíbula.

— *Eu* sou a fraude? Sério?

Ezra aponta para Declan.

— Não. Pode parar por aí.

Declan revira os olhos.

— Cristo. Nem era isso que eu quis dizer.

Mas a insinuação está ali — a implicação foi feita. Isso amarga o ar. Declan solta um suspiro profundo, sem se importar em olhar para mim, e de todas as inúmeras brigas que tive com Declan Keane, eu sei que venci essa batalha em particular. Mesmo que suas últimas palavras ainda estejam se revirando no meu estômago. Eu venci, e em qualquer outra circunstância, eu estaria feliz de ficar aqui e me deleitar com a glória — mas Marisol e Leah estão encarando qualquer coisa menos eu, e Ezra tem os olhos cheios de preocupação e sei que ele vai sussurrar "Você está bem?" a cada cinco minutos se eu ficar.

Eu largo o refletor.

— Esquece.

Mal desci metade das escadas quando Declan diz que não está surpreso. É esse tipo de merda que eu sempre faço. Eu só levanto o dedo do meio para ele e sigo em frente.

Dois

A viagem a partir da Union Square não é tão ruim quanto de Bed-Stuy, mas leva mais ou menos uma hora até eu saltar na parada 145th no Harlem. Estou morando aqui há apenas meio ano. Eu e meu pai costumávamos morar bem perto de onde Ezra vive agora, em Tompkins. Eu sinto muita falta do Brooklyn, mas o proprietário aumentou o aluguel e meu pai não podia mais pagar. Ele trabalha na maioria das noites da semana como porteiro de um condomínio de luxo em Lower Manhattan, e alguns dias ele tenta arrumar serviços extras, como fazer entregas e passear cachorros. Tenho uma bolsa de estudos por talento e, ainda assim, todo o seu dinheiro vai para mim e para a St. Catherine's — apenas para que eu possa seguir minha paixão por arte. A pressão para conseguir notas melhores, para montar um portfólio incrível e a inscrição da faculdade, fazer todos os sacrifícios valerem a pena e conseguir entrar em Brown... pode me sobrecarregar às vezes, ao ponto que fica difícil até respirar.

Meu pai fala para eu não me preocupar.

— Além do mais — ele diz — eu sempre quis morar no Harlem.

Não sei se ele está mentindo só para me animar, mas há algo definitivamente excitante sobre esse bairro. Langston Hughes e Claude McKay e todos os outros poetas negros e queer da Renaissance fizeram sua arte aqui. Talvez morar no Harlem vá me tirar desse inferno de bloqueio criativo que eu estou e me inspirar a montar um portfólio e inscrição incríveis para a Brown — bons o suficiente não só para entrar, mas para conseguir a bolsa integral também. Nossa, quão incrível seria isso? Entrar na Brown seria como levantar um dedo do meio gigante para os Declan Keanes do mundo — as pessoas que dão uma única olhada para mim e decidem que não sou bom o suficiente.

Eu coloco meus fones de ouvido e dou play em Fleetwood Mac na minha *playlist* do Spotify enquanto desco pela rua íngreme, passando pelo parque que evito a todo custo desde que um rato tentou subir pela minha perna quando eu atravessava a grama uma noite. Passo pelo Starbucks — o maior símbolo da gentrificação em qualquer bairro — a loja de um dólar, a academia e a barraca de frutas na calçada. Há limões, uvas, morangos e as mangas mais vívidas que eu já vi. Elas se parecem com sóis em miniatura. Eu pego meu celular e tiro uma foto para o Instagram, mesmo não me considerando o tipo de cara que curte #foodporn.

O vendedor me encara.

— Vai comprar alguma coisa?

Eu dou de ombros.

— Não.

— Então cai fora daqui.

Eu ando pela quadra, passo pelo KFC e pelo restaurante chinês, há crianças empinando bicicletas, descendo a rua em alta velocidade, sirenes do caminhão dos bombeiros soando a algumas quadras de distância, um homem sem camisa andando com seu Shih Tzu sem coleira. O prédio que meu pai arranjou para a gente é todo de tijolos vermelhos com um pátio onde alguns caras estão sentados no corrimão da rampa. Eu ando até o saguão com azulejos marrons e vasos de plantas nos cantos, uma garota está conversando no celular perto das escadas. O elevador me leva até o quinto andar e depois de atravessar um corredor que me lembra de *O Iluminado*, eu destravo a porta e entro.

— Cheguei! — eu grito, incerto se meu pai está em casa.

Capitã, que deve ter me ouvido andando pelo corredor, está esperando na porta. Ela imediatamente se esfrega na minha perna, arqueando o dorso e ronronando, a cauda balançando de um lado a outro. Eu a encontrei ainda filhote no Brooklyn num dia de inverno quando estava andando para meu apartamento em Bed-Stuy com Ezra, e fiquei com medo dela morrer se eu não a ajudasse, então a levei para casa. Meu pai ficou irritado, mas deixou que eu a aquecesse e desse leite, e um dia se transformou em alguns dias, que se transformaram em algumas semanas e, após alguns meses, meu pai teve que admitir que gostava dela também. Eu me curvo para pegar a Capitã, mas ela desaparece num piscar de olhos, disparando para longe de mim e em direção à cozinha.

O apartamento é menor do que o que tínhamos em Bed-Stuy. As paredes são bege, o piso de madeira clara está arranhado e gasto, um aparelho de ar-condicionado está enfiado na única janela da sala. Tecnicamente, esse é um apartamento de um dormitório, mas há um cômodo minúsculo e sem janelas que deveria ser um espaço de escritório e agora virou meu quarto. É grande o suficiente para meu colchão de solteiro, uma mesa de canto e uma cômoda encostada na parede. Eu disse a meu pai que me sentia o Harry Potter, dormindo no armário debaixo das escadas. Eu estava só brincando, mas me senti mal no segundo que falei. Meu pai está realmente fazendo seu melhor, eu sei que ele está — e reclamar do meu novo quarto, enquanto ele trabalha tanto por mim e minha educação, não foi exatamente meu melhor momento.

O piso de madeira range quando vou até a cozinha, onde vejo um pote do Jacob's, o delivery mais barato e delicioso que há: ensopado de carne, ervilhas e arroz, banana da terra e macarrão com queijo de forno. Meu pai está em casa, então não me surpreendo, já que ele terá que sair para o trabalho em algumas horas. Meu pai sempre foi o tipo de pessoa que tem trabalhos esquisitos. Ele me contou uma vez que sua paixão não era o trabalho — era sua família. Ele ficaria totalmente feliz sendo um pai que cuida da casa. Minha mãe trabalhava como enfermeira no hospital, sendo a provedora da casa, eu acho, mas quando ela foi embora, tudo desabou.

Agora meu pai está batalhando para me enviar a uma escola privada cheia de riquinhos, só para que eu possa viver meu sonho e ter uma chance de entrar numa faculdade da Ivy League, tudo isso fingindo que não estamos sofrendo para não falir. A voz de Declan Keane ecoa na minha cabeça. Eu sou a verdadeira fraude. A merda é que ele meio que está certo.

Eu me acomodo na sala de estar, tirando os sapatos com os pés e pegando meu *notebook* da mesa de centro, me espreguiçando no sofá confortável. Eu vou parar no lugar de sempre: a pasta de rascunhos do e-mail.

Tenho 472 e-mails rascunhados. Todos são endereçados para a mesma pessoa: Lorraine Anders. Seu sobrenome depois que ela se divorciou do meu pai e mudou de *Love*.

Eu clico em *escrever* para compor uma nova mensagem e digito *oi de novo* no campo de assunto.

Oi, mãe,

Esse é o 473º e-mail que eu rascunho para você.

Isso é... muito.

Isso é meio estranho? Você pensaria que sou esquisito, por estar te escrevendo todas essas mensagens não-enviadas durante anos e guardando-as em minha pasta de rascunhos?

Não vou te enviar essa também. Já sei que não vou. Mas talvez, um dia, eu crie coragem de te escrever um e-mail de verdade que espero que você leia e eu vou esperar em frente ao *notebook*, atualizando constantemente o Gmail para ver se você vai responder. Eu nem sei o que esse e-mail diria. *Como vai você? Como vai a vida na Flórida? Como estão minha meia-irmã e meu padrasto? Você pensa em mim? Você ainda me ama?*

Enfim, você sabe que acabei de começar o programa de verão e tinha um projeto em grupo. Pra resumir a história, Declan Keane estava lá. Já te contei sobre ele. Ele me deixou puto, como sempre faz. Mas — se liga nisso — *Ezra* ficou com raiva de *mim* por ter brigado com Declan. Tipo, que caralhos? Marisol também estava lá. Eu me sinto tão sem jeito quando ela está por perto, e queria encontrar uma maneira de... Não sei, fazê-la entender que ela estava errada sobre mim. Eu sei que não posso *obrigar* ninguém a nada, mas ainda é muito chato quando ela me ignora ou age como se ela estivesse nem aí pra mim ou minha existência. Faz eu me sentir... bem, acho que um pouco como você faz eu me sentir. Exceto que você é dez mil vezes pior. Porque, bem, você é minha mãe.

Ok, isso é autopiedade o suficiente por hoje. Talvez algum dia eu decida clicar em enviar em cada uma dessas mensagens só para inundar sua caixa de entrada. Mas até lá...

Seu filho,

Felix

A porta do quarto se abre e meu pai sai do cômodo com os olhos turvos. Eu fecho o *notebook*. Eu me dou conta de que isso faz parecer que eu estava assistindo pornô ou algo assim, mas meu pai não percebe. Ele está vestindo sua camisa branca com gravata, paletó pendurado no braço. Seu cabelo grisalho é esparso e ele parece ficar mais magro a cada ano.

— Ei, filhote — ele diz, já que ainda tem dificuldade para dizer meu nome.

Eu e meu pai não nos vemos há três dias. O programa é basicamente um acampamento de verão, mas numa cidade em vez da floresta. A maioria dos outros estudantes ficam nos dormitórios do campus "para uma experiência criativa imersiva", como a St. Catherine's gosta de dizer, e como as aulas são na mesma rua do apartamento de Ezra, eu tento ficar com ele o máximo de tempo possível. Mas meu pai disse que me quer aqui com ele. Eu argumentei que é importante que eu tenha experiência de vida antes da faculdade e me acostume à ideia de morar sozinho, o que era só meia verdade, então fizemos um acordo: Eu passaria alguns dias com Ezra e alguns dias em casa. Basicamente, estou vivendo o sonho. Não há muitos adolescentes que tem a chance de viver sem adultos *antes* da faculdade.

— Você já comeu alguma coisa? — meu pai me pergunta enquanto anda até a embalagem de plástico da comida.

— Não — digo, abrindo o *notebook* de novo e indo até o Instagram para ver quantas curtidas meu post de #foodporn das mangas teve. Duas até agora: uma de Ezra e outra da conta falsa do Ezra.

— Como estão as coisas? — meu pai pergunta com a boca cheia de macarrão com queijo. — Como está Ezra? Você tem se alimentado bem e ido dormir num horário razoável e está fazendo seus deveres e tudo mais?

Eu hesito. Acho que ele não quer saber que ficamos acordados até as 3 da manhã, fumando, ou que estou com dificuldades para não sair dos trilhos. Ele continua.

— Estou confiando em você para ser responsável. Você sabe disso, né? Então:

— Ah, merda. Inferno, a gata mijou em tudo de novo.

Eu o ajudo a pegar papel toalha para limpar a sujeira enquanto ele murmura alguma coisa sobre precisar levar a Capitã para o veterinário e eu falo que a Capitã provavelmente só está ansiosa. Ela nunca gostou desse novo espaço — não podemos abrir a única janela e não há sacada, nem saída de incêndio, nenhum lugar para sentar-se do lado de fora. Eu entendo. Também me sinto bastante preso nesse apartamento.

Meu pai aponta para o rolo de papel toalha na minha mão e diz meu nome para chamar minha atenção — mas não o meu nome verdadeiro. Ele fala o meu nome antigo. O nome que ganhei quando nasci, o nome que ele e minha mãe me deram. O nome em si não me incomoda muito, eu acho — mas ouvi-lo dizer em voz alta, direcionado a mim, é sempre uma pontada de dor no peito, essa sensação de frio na barriga. Eu finjo que não o ouvi, até que meu pai percebe seu erro. Há um silêncio constrangedor por alguns segundos, antes dele murmurar um pedido rápido de desculpas.

Nunca conversamos sobre o assunto. Como ele não gosta de dizer o nome Felix em voz alta. Como ele sempre se descuida e usa os pronomes errados e não se preocupa em corrigir. Como em algumas noites, quando ele bebe um pouco de uísque ou cerveja demais, ele me diz que sempre serei sua filha, sua garotinha.

Eu largo o papel toalha e ando os dez passos até chegar em meu quarto, fechando a porta atrás de mim com um *clique* suave.

— Filhote — ouço meu pai chamar, mas o ignoro enquanto me deito na cama, encarando a luz do teto que pisca.

Capitã aparece do nada, pulando no meu colo e esfregando a cabeça na minha mão, e eu tento não chorar, porque não importa o quanto eu esteja irritado com ele, não quero que meu pai me ouça.

Eu espero do lado de fora do prédio cinzento de vidro e aço de Ezra, com óculos escuros para proteger meus olhos da luz forte de verão. São sete horas, e o ar ainda tem aquela frieza do início da manhã. Ez vem descendo as escadas e sai pela porta, também com óculos escuros. Eu meio que odeio o quão previsíveis somos nesse momento.

— O que aconteceu *contigo*? — Ezra diz imediatamente.

Seus cabelos estão soltos, mas parece que ele não se preocupou em penteá-los, então os cachos emaranhados caem em seus olhos. Ezra sempre consegue perceber quando estou irritado ou chateado. Ele diz que é um empata. Eu acho que ele está de sacanagem.

— Nada — ele continua me encarando enquanto caminhamos, esperando, então eu digo — É só meu pai. Ele me chamou pelo nome errado de novo.

— Merda — Ez murmura. — Sinto muito.

Eu dou de ombros, porque por mais que eu queira dizer *tudo bem*, na verdade não está tudo bem. Algumas pessoas trans sempre souberam exatamente quem são, declarando seu gênero e pronome corretos quando crianças e insistindo que deveriam ganhar roupas e brinquedos diferentes. Mas eu levei um tempo para entender minha identidade. Eu sempre odiei ser forçado a usar vestidos e ganhar bonecas. Os vestidos e bonecas não eram o verdadeiro problema. O verdadeiro problema foi entender que essas eram coisas que a sociedade havia atribuído a garotas e, mesmo que eu não sabia ainda o que era *trans*, alguma coisa sobre ser forçado a assumir o papel de *garota* sempre me incomodou bastante.

Eu sempre tentava ficar com os outros garotos quando os professores nos dividiam. Eu seguia esses garotos nos recreios, chateado que eles me ignoravam e me rejeitavam. Eu tinha uns sonhos, às vezes — sonhos onde eu estava num corpo diferente, o tipo de corpo que a sociedade diz que pertence a homens. Eu ficava tão feliz, mas então acordava e via que nada havia mudado. Eu me lembro de pensar: *Com sorte, se eu reencarnar, vou nascer um garoto.*

Foi só quando eu tinha quase doze anos, quase cinco anos atrás, que eu li um livro com um personagem trans: *I am J*, de Cris Beam. Ler sobre J foi como... Eu não sei, não foi só uma lâmpada que se acendeu dentro de mim, mas foi o próprio sol nascer por trás dessas nuvens eternas e tudo em mim se iluminou com a certeza: eu sou um cara.

Eu sou a porra de um cara.

Levei alguns meses de surto e idas e vindas sobre se eu era mesmo trans ou não. Mais alguns meses para descobrir como contar aos meus pais. Eu chamei meu pai na sala de estar de nosso antigo apartamento em Bed-Stuy. O tempo inteiro eu senti que iria vomitar, e estava tão nervoso que as únicas palavras que consegui dizer foram "Pai, eu tenho uma coisa para te contar" e "eu sou trans". Ele ficou quieto. Ele tinha uma expressão, como se estivesse confuso. E então ele disse, "Ok". Mas eu podia ver que não estava tudo ok, não para ele — eu podia ver que toda essa coisa de *me assumir* não estava indo tão bem. Ele disse que estava cansado e foi dormir, e isso foi o fim da conversa. Eu mandei um e-mail para minha mãe no dia seguinte, já que ela morava na Flórida com meu padrasto e meia-irmã desde que eu tinha dez anos de idade. Ela nunca respondeu. Foi a primeira e última vez que eu realmente cliquei *enviar* num e-mail que escrevi a ela.

Levou quase um ano inteiro implorando até meu pai concordar em me deixar ir ao endocrinologista. Nem sempre é fácil começar a usar hormônios, então tenho sorte de ter conseguido. Foi mais ou menos na época em que eu comecei a mostrar que tinha talento para arte e ele decidiu me mandar para a St. Catherine's, o que foi ótimo, porque eu não precisava ficar perto das pessoas que conheciam o meu eu antigo. Eu não tinha amigos na escola antiga, de qualquer forma, então não foi nada demais.

Precisou de muito convencimento e ajuda do meu médico, mas há quase um ano meu pai me ajudou a conseguir fazer uma mastectomia. Eu sei como tenho sorte por isso. Nem todo mundo que quer fazer a cirurgia tem o dinheiro. Meu pai precisou encarar muita papelada com cartas e fornecedores e tudo mais, e ele teve que entender como funcionava meu plano de saúde para isso virar uma realidade. Ainda assim, ele teve que pagar uma parte do próprio bolso. Não importa o quanto ele me irrita algumas vezes, eu não teria conseguido começar a minha transição física sem meu pai. Talvez isso seja o mais confuso de tudo: Por que ele pagaria pelos meus hormônios, minha cirurgia, minhas consultas médicas, por tudo—mas se recusa a dizer meu nome verdadeiro?

Ezra me conheceu bem no início da minha transição. Nós sentamos lado a lado nas aulas e nos aproximamos graças aos nossos comentários sarcásticos, até que começamos a passar quase cada segundo do dia juntos. Ezra só me conhece como Felix. Eu não contei a ele, nem a mais ninguém, o meu nome antigo. Eu tentei apagar todas as evidências da minha vida passada: fotos ou vídeos onde eu tinha cabelo comprido, ou onde estou de vestido ou qualquer coisa que a sociedade atribui a *garotas*. Não é mais quem eu sou — quem eu nunca fui. É engraçado. De certo modo, eu acho que de fato passei por uma reencarnação. Eu comecei uma vida nova, numa nova forma física. Eu consegui exatamente o que sonhei.

Meu pai pediu para guardar algumas de minhas fotos antigas — *pelas memórias, você nunca sabe se algum dia vai querer se lembrar de quem você era.* Não era realmente por mim. Eu sabia que ele queria essas fotos para ele mesmo, uma última conexão de quem ele acha que eu era, ou quem ele acha que ainda sou, o que é motivo o suficiente para eu querer apagar todas as fotos. Eu as tenho arquivadas no Instagram e cheguei bem perto de apagá-las algumas vezes. Sinto um anseio de náusea sempre que vejo meu eu antigo aparecer na galeria. Mas ainda guardo as fotos. É estranho. Ele me irrita, mas ainda é meu pai, e eu não deveria sentir que devo nada a ele por me ajudar com a transição, mas sinto. Acho que entendi que isso não importa de verdade. Eu escondi as fotos do público. Somente eu posso acessá-las. Não faz mal mantê-las por perto até que meu pai possa finalmente aceitar quem eu sou.

Mas... Mesmo depois de me assumir, mesmo depois de começar a transição, às vezes eu tenho uma sensação. A sensação de que algo ainda não está certo. Perguntas começam a surgir. Essas perguntas mexem com um fio de ansiedade e tenho medo de que, se puxar com muita força, vou me desfiar e desmontar. Talvez seja por isso que eu odeie quando meu pai me chama pelo nome morto, mais do que qualquer outra coisa. Isso faz eu me questionar se sou mesmo *Felix*, não importa o quanto eu grite esse nome.

Três

A caminhada da casa de Ezra até a St. Catherine's é bem curta. Desviamos de buracos e merda de cachorro na calçada ao passar pelas quadras de basquete e tênis e pelo parque, com os caras fazendo barras e crianças pequenas correndo uma atrás da outra aos berros enquanto suas mães observam sentadas. Tem um café novo com painéis de madeira na esquina — não é exatamente um Starbucks, mas todos os sinais apontam para gentrificação. Lanço um olhar para Ezra. Ele pode não ser branco, mas ainda tem um apartamento de um milhão de dólares no fim da rua. E eu? Mesmo sendo pobres para caralho, eu e meu pai estamos fazendo basicamente a mesma coisa ao nos mudarmos para o Harlem, não estamos?

Eventualmente, os apartamentos se tornam cada vez menores até que há uma série de bodegas e bares com bandeiras arco-íris penduradas na porta, e o campus cercado com sebe e árvores aparece. A St. Catherine's é afiliada a uma faculdade de artes que ocupa sozinha quatro quadras, mas temos um prédio próprio no canto do campus, próximo ao estacionamento. Somos em torno de cem estudantes, todos inscritos por talento, riqueza ou ambos. A maioria das pessoas no meu ano faz o programa de verão para trabalhar em seus portfólios para as inscrições universitárias, e preciso do máximo de ajuda possível com meu portfólio. Eu ainda nem sei qual será o tema do meu portfólio, enquanto todo mundo já está a meio caminho andado. A Brown tem uma das menores taxas de aceitação do país, e eu preciso entrar — *preciso* conseguir aquela bolsa se eu quiser estudar lá. Claro, há outras boas faculdades de arte, e estou me inscrevendo para várias delas também, mas não sei... Eu quero provar, eu acho, que sou bom o suficiente para uma faculdade como a Brown.

O prédio da St. Catherine's é um clássico prédio de tijolos vermelhos com enormes janelas modernas de vidro escuro. Eu e Ezra chegamos ao estacionamento onde um bando de outros estudantes estão sob a sombra das árvores. Nós automaticamente andamos até Marisol, que está encostada na parede de tijolos enquanto conversa com Leah, fumando ao lado da placa de "Proibido Fumar Num Raio de 7 Metros". Eu odeio que ainda não consigo olhar Marisol nos olhos. Ela sempre tem um olhar frio, cabelos e maquiagem perfeitos, um sorriso arrogante de canto de boca. Algumas pessoas tomam cuidado para mostrar apenas uma parte do que elas querem que os outros vejam. Eu sei que Marisol tem outros lados. Ela só nunca os mostra para mim.

— Deus, preciso de umas cinco horas a mais de sono — Marisol diz, oferecendo o cigarro a Ezra. — Por que infernos esse programa é tão cedo?

Ezra bate no cigarro com os dedos para soltar as cinzas.

— É isso que eu quero saber.

— Eu vi um estudo — Leah diz — que fala que não é saudável forçar adolescentes a acordar, tipo, sete da manhã. Alguma coisa a ver com nossos relógios biológicos internos.

— Será que devemos fazer uma reclamação formal à reitora? — Ezra diz. — Podemos começar um protesto.

— Uma ocupação — Leah oferece — até que as aulas comecem meio-dia.

Marisol ri, brincando com as pontas de seu longo cabelo encaracolado.

— Me conta depois como foi.

Eles continuam conversando, mas sinto que estou absorto demais na minha própria cabeça para prestar atenção. Quando conheci Marisol pela primeira vez na aula, eu fiquei impressionado com ela — e intimidado. Havia algo... não sei, inebriante em sua confiança. Marisol *sabe* que é linda e talentosa e inteligente. Ela não questiona se merece respeito e amor. Quando eu a chamei para sair no verão passado, apenas alguns meses depois de fazer a mastectomia, eu ainda estava me acostumando com meu novo corpo, me sentindo um pouco inseguro com todos os olhares que recebia, as pessoas estavam claramente confusas sobre meu gênero... e acho que eu tinha esperança de que um pouco da confiança de Marisol iria passar para mim.

Marisol havia dado de ombros.

— Claro — ela disse, como se não fosse nada demais, e talvez não fosse para ela.

Ela havia saído com pessoas antes, mas essa era minha primeira vez. Os três encontros que tentamos foram desconfortáveis para caralho. A gente simplesmente não conseguia achar sobre o que conversar sem Ezra como intermediário, e eu podia ver que Marisol estava entediada comigo, encarando o vazio enquanto eu falava sobre minhas técnicas de pintura acrílica. Não posso culpá-la por ficar entediada — eu estava nervoso, tagarelando, desesperado para preencher o silêncio. Finalmente, no terceiro encontro fomos no Starbucks e Marisol disse repentinamente:

— Sabe, eu não estava conseguindo entender por que não estou interessada em você, mas acho que agora entendo. No fim das contas, eu só acho que não consigo me envolver com um misógino.

Eu me assustei, o medo agarrando meu coração. Fiquei preocupado de ter feito ou dito algo sexista sem ter me dado conta.

— Desculpa — disse automaticamente. E então: — Por que eu sou um misógino?

— Bem — ela disse — você decidir ser um cara em vez de uma garota parece inerentemente misógino.

Ela me disse:

— Você não pode ser feminista e decidir que não quer mais ser uma mulher.

O medo virou choque, então raiva e então vergonha.

— Ok — eu disse, porque não sabia o que mais dizer.

Nós nos despedimos e desde então não falamos sobre aquele dia. Eu guardei o que ela me disse. Estava envergonhado demais para contar a alguém. E parte de mim — uma fagulha no meu peito — estava, e ainda está, preocupada de que ela pode estar certa. É irônico, eu acho. Eu queria sair com ela para provar que mereço amor. Em vez disso, ela conseguiu solidificar essa teoria que vem lentamente crescendo de que, afinal, não mereço.

— Vou para a sala — eu digo, mas Ezra não me ouve, ainda absorto na conversa com Marisol, que agora mudou para discutir se Hazel e

James estão se pegando no armário de suprimentos (Leah tem certeza que sim). Ezra nunca deixa passar uma boa fofoca, e já que ele não sabe o que Marisol me disse, os dois ainda passam o tempo juntos.

Eu atravesso a porta de correr de vidro para o vento forte do ar-condicionado (sério, por que o ar-condicionado sempre está ligado no infinito durante o verão?) e dou três passos sobre o piso branco antes de olhar para cima.

Há uma galeria nas paredes do saguão. Sempre há instalações artísticas de estudantes no saguão durante o ano letivo, então não estou surpreso. O que me surpreende são as imagens. Fotos ampliadas para um tamanho de 16 x 16cm.

Fotos do meu Instagram.

Fotos de quem eu *era*.

Cabelo comprido. Vestidos. Imagens de mim com esses sorrisos forçados. Expressões mostrando como eu me sentia desconfortável. A dor física está estampada em meu rosto nessas fotos.

Esse desconforto não é nada comparado ao de agora.

Puta merda. Eu não consigo respirar.

Ando devagar até uma delas, piscando para tentar focar minha vista, como se não tivesse certeza de que isso é real. A placa na parte inferior tem um título com meu nome morto e o ano das fotos. Mas que caralho? Mas que porra é essa? Essas são fotos que estavam escondidas no meu Instagram. Quem fez isso? Como caralhos essa pessoa entrou na minha conta?

Eu estendo a mão tentando retirar a foto emoldurada do gancho à minha frente. Não consigo nem olhar para ela sem sentir meu estômago se revirar e, é vergonhoso, mas posso sentir as lágrimas brotando — sou baixo demais, não alcanço, e há outras sete que precisam ser retiradas, então...

A porta se abre e, por cima do ombro, consigo ver alguns estudantes entrando, parando por alguns segundos para encarar, confusos, antes de — graças a Deus — continuarem seus caminhos.

— Felix?

Eu me viro e Ezra vem até mim. Ele mexe a boca para formar as palavras, *mas que caralho* enquanto olha ao redor.

— Esse... esse é você? — ele pergunta.

— Não sou eu porra nenhuma — digo, mais alto do que queria.

Ele trava o olhar no meu, percebendo seu erro.

— Merda. Desculpa, não, eu sei que não é você.

Sem dizer mais nada ele se aproxima e estende o braço acima de mim, pegando a moldura e tirando-a do gancho. Ele se apressa até a próxima e eu me afundo no chão, sentado com as costas para a parede, observando-o. Alguns estudantes — acho que eles são da turma de escultura — passam por ali, olhando para as fotos e então para mim.

— Continuem andando, caralho — Ezra diz com raiva e eles se assustam antes de apressarem o passo pelo corredor.

Ele se move cada vez mais rápido até estar correndo de uma moldura para outra, até que todas as imagens são retiradas. Ele pega todas as molduras de uma vez, olhando ao redor em busca de um lugar para jogar fora, e então esconde as fotos atrás da mesa de segurança vazia. O guarda não vem durante o verão. Quem quer que tenha feito a galeria deve ter esperado por esse momento.

Eu fecho os olhos e abraço os joelhos contra o peito. Posso sentir Ezra se sentando ao meu lado, sua camiseta roçando no meu braço — sua mão, incerta, no meu ombro.

— Você está bem? — ele pergunta com a voz baixa.

Eu sacudo a cabeça.

— Acho que vou passar mal.

— Precisa que eu te leve ao banheiro?

Balanço a cabeça de novo.

— Não. Só... Não fala nada. Me deixa...

Nós ficamos sentados ali. Não sei por quanto tempo. Mais barulho de portas de correr de vidro, vozes e passos. Alguém chama, perguntando a Ezra se estou bem, e ele não diz nada, mas de acordo com os movimentos de seu corpo ao meu lado, acho que ele deve estar dispensando-os.

— Não acho que muita gente viu — ele sussurra para mim, esfregando meu ombro com a mão.

Em vez de vomitar, uma onda de dor me atinge, e eu me curvo para a frente. A vontade de gritar é profunda em meu peito. Ele esfrega minhas costas. O sinal toca e nós continuamos exatamente no mesmo lugar.

Eu abro os olhos com um suspiro e deixo a cabeça encostar na parede. Ezra me observa, a preocupação estampada no rosto, com as sobrancelhas franzidas. Ele engole em seco.

Quando eu sinto que posso falar de novo, eu digo a ele:

— Eu só quero saber quem infernos que fez isso.

Ele balança a cabeça.

— Tipo, quem saberia?

Muitas pessoas, eu penso. Não estou exatamente camuflado. Eu não escondo as cicatrizes da mastectomia e o assunto já surgiu em conversas vezes o suficiente para que eu tenha certeza de que todo mundo sabe... mas isso nunca foi um problema antes. Eu achava que ninguém se importava.

— Acho que todo mundo sabe que eu sou trans — digo a Ezra.

— Não, quero dizer— ele hesita. — Quem saberia o seu... nome antigo? — ele pergunta. — Ou até mesmo onde conseguir essas fotos?

Eu não faço ideia. Nem Ezra sabe meu nome de nascença. O entendimento de que agora ele sabe dispara outra pontada de dor em mim. Eu começo a me curvar para a frente de novo, mas ele se vira para mim com as duas mãos em meus ombros.

— Ei — ele disse. — Olha para mim. Eu tô aqui, tá bom? Vamos descobrir quem é esse filho da puta e vamos expulsá-lo da St. Catherine's. Tá bom?

Estou acenando que sim com a cabeça, tentando não chorar. Ezra me puxa para um abraço apertado, daqueles de esmagar os ossos, e ele não me larga, não por dez segundos inteiros. Quando ele se afasta, estou enxugando os olhos.

— O que você quer fazer? — ele pergunta. — Devemos contar a algum professor ou algo assim?

Eu reviro os olhos.

— Eles não vão fazer merda nenhuma.

— Quer voltar para minha casa?

Eu sacudo a cabeça.

— Não. Eu não quero que quem fez isso saiba que me atingiu.

A pessoa provavelmente está na aula agora, toda satisfeita consigo mesma, esperando para ouvir que eu saí correndo do prédio aos prantos.

Ezra acena com a cabeça. Ele se levanta e me puxa para ficar em pé. Nós passamos no banheiro para que eu possa lavar o rosto com água e esperar até que meus olhos não estejam tão vermelhos.

— Pode ter sido literalmente qualquer um — eu digo a ele enquanto saímos pela porta e andamos pelo corredor em direção à nossa primeira aula de acrílico.

— Poxa, como a pessoa conseguiu, sei lá, ter aquela galeria aprovada?

— Eu não acho que foi. Sem guarda de segurança. Sem professores por perto. A pessoa deve ter dado um jeito de pendurar as fotos nas molduras essa manhã bem cedo quando ninguém estava aqui.

— Quem caralhos teria todo esse trabalho?

— Porra, não faço a menor ideia, Ezra.

— Desculpa — ele diz. — É só que... é difícil acreditar que alguém se esforçaria tanto pra te machucar dessa maneira. Por quê? Por que infernos alguém faria isso?

— Qualquer um pode ser secretamente transfóbico, ou talvez a pessoa só não vá com a minha cara.

Eu tento dizer isso como uma brincadeira, como se eu não nem me importasse, mas minha voz falha e estou à beira das lágrimas mais uma vez. Eu sei que não estou vivo há muito tempo, e que por esses dezessete anos eu tive uma vida muito privilegiada. Eu fico irritado com meu pai por causa dos erros estúpidos dele, claro, e ainda me sinto bem merda pelo fato da minha mãe ter abandonado eu e meu pai para começar uma família nova—mas tenho um lugar para morar e o que comer. Eu estudo numa escola particular de artes e tenho a chance de ir à universidade. Eu nunca senti uma dor como essa antes.

Definitivamente estou sentindo agora.

Sinto como se tivesse sido atacado fisicamente. Como se alguém tivesse tomado o controle de quem eu sou. Tomado esse controle de mim.

Talvez Ezra esteja certo. Talvez eu devesse voltar para seu apartamento.

Entramos na aula de pintura acrílica. É um labirinto de murais de cortiça que permite que a gente se espalhe para trabalhar, mas primeiro sempre tem nosso check-in diário. A professora — ela nos fala para a chamar pelo primeiro nome, Jill, para provar que ela é legal e se dá bem com os jovens — se esparrama num sofá de veludo cotelê rosa e salpicado de tinta, enquanto todo mundo se senta em suas banquetas altas de metal que são aglomeradas juntas. Marisol está no fundo da sala com Hazel e Leah, eu e Ezra sempre ficamos lá com elas. Declan e seus amigos imbecis estão na mesa ao lado.

Eu e Ezra entramos no meio da fala de Jill.

— É sobre se esforçar criativamente, mas sabendo a técnica e usando essa técnica como ferramenta — ela diz, olhando para a gente, acenando para que entremos. — Obrigada por se juntarem a nós.

— De nada — Ezra diz, segurando minha mão enquanto andamos pela sala.

Alguns rostos se viram e há alguns sussurros. Adivinha sobre o quê. Nós nos sentamos em nossa mesa de sempre. Leah se inclina para perto.

— Ouvi falar do que aconteceu — ela diz. — No saguão.

— Para — Ezra diz.

— Eu só queria dizer que sinto muito — ela me diz.

— Eu disse *para*, Leah.

Ela volta a ficar ereta no assento, olhando para frente.

Jill nos dá um sorriso brilhante. Ela é uma artista talentosa, mas é meio pequena, tímida e jovem para uma professora, talvez tenha só vinte e cinco ou algo assim — tenho certeza de que esse é o seu primeiro trabalho —, e ela sempre sente a necessidade de provar sua dominação como professora.

— Você gostaria de fornecer uma explicação para o atraso? — ela pergunta.

Declan, claro, decide se meter na conversa.

— Ah — ele diz, se inclinando para trás em seu banco com as mãos atrás da cabeça — esses dois nunca tem uma explicação. Você tem sorte que eles resolveram aparecer.

Eu não estou no clima. Não estou *mesmo* no clima. Ezra aperta minha mão.

Declan claramente não superou o que aconteceu ontem. Ele se apruma mais um pouco no assento.

— Sabe, sra. Brody...

— Jill.

— Sim. Claro. Eu acho que não é justo. Eles podem chegar sem pressa quando querem e não há consequências? E o resto das pessoas que sempre se esforça para chegar na aula na hora? Entregar o trabalho na data?

Você imagina que ele teria aceitado que já tinha dito o que precisava e finalmente calaria a boca, mas não; ele continua.

— É especialmente injusto se estamos nos inscrevendo para as mesmas escolas e bolsas de estudo.

— É, — Ezra diz sarcástico — e os babacas que deveriam tomar conta de suas próprias vidas? Não é justo que a gente tenha que lidar com a merda deles também!

Isso causa algumas risadas espalhadas. Jill claramente não sabe o que fazer, então ela nos deixa em paz só com essa chamada de atenção, o que deixa Declan encarando Ezra e eu enquanto ela continua sua aula matutina.

Eu pego meu celular, debaixo da mesa, e abro o Instagram. Clico em cada uma das fotos que estavam na galeria e apago todas elas. Eu tinha esperança de que, com cada clique na lixeira, eu me sentiria um pouco melhor, mas não ajuda. Na verdade, estou irritado comigo mesmo por não ter feito isso antes — antes que alguém sabe-se lá como entrasse na minha conta e as roubasse.

Eu deixo a mente divagar. Tintas acrílicas são meu meio preferido, mas não há chances de eu me concentrar, não agora. Eu olho ao redor da sala para todos os estudantes. Nasira faz bola com o chiclete e tem o olhar perdido para a frente ao lado de Austin, que manda mensagens no celular sob a mesa. Tyler está dormindo com a cabeça nos braços e, do outro lado da sala, Elliott e Harper sussurram um para o outro, Harper lança um olhar para mim por cima do ombro antes de virar o rosto para a frente de novo. Há dúzias de outros que poderiam ter armado a galeria, mas não consigo deixar de pensar se o babaca está nessa sala. Meu olhar pousa em Declan. Ele me nota olhando e revira os olhos. Seu amigo James se inclina para perto de mim.

— Ei — ele diz — então seu nome de verdade é...?

Ele me chama pelo nome morto. É como se ele tivesse me dado um soco no estômago. Ezra tenta se levantar, e eu realmente acho que ele pode ir até lá e bater no James, então eu agarro seu braço e balanço a cabeça. Não vale a pena. Ezra seria expulso da St. Catherine's devido à política da escola de tolerância zero com violência.

James ri e se vira para a frente. Declan apenas continua me encarando. Aquele escárnio ainda em seu rosto.

Declan. Declan de merda Keane.

Será só uma coincidência? No dia seguinte dele ter me chamado de *fraude*, há uma galeria com minhas fotos antigas e meu nome antigo? Seria mesmo tão surpreendente se ele e seus amigos de merda tivessem dado um jeito de invadir minhas contas de redes sociais, imprimir minhas fotos e pendurá-las no saguão?

Jill nos deixa começar nossos projetos do dia. Eu e Ezra escolhemos lugares próximos um do outro na parede, as telas já esticadas e preparadas.

— Foi o Declan — eu sussurro para ele.

Seus olhos encontram os meus.

— O que? Como você sabe?

— O jeito como ele estava olhando para mim ainda agora. E ontem, ele me chamou de *fraude*, lembra?

— Sim, mas... — Ezra pausa.

Ele se vira de volta para a tela e começa — não surpreendentemente — a espremer a tinta preta da bisnaga. Eu começo a espremer vermelho, laranja e amarelo.

Ez ergue o pincel.

— Quero dizer, não é como se eu estivesse defendendo-o ou nada assim, mas isso não é uma prova de verdade, né? E se não for ele?

Eu sei que Ezra está certo, mas não consigo explicar essa sensação que tenho no peito, enfiada bem ao lado da dor, que se transformou num machucado adormecido — um machucado que eu não sei se vai sumir, nem mesmo em vinte anos, talvez nunca. Declan Keane fez isso. É a única coisa que faz sentido.

— É ele — eu digo com firmeza. — Eu sei que é. Quem mais faria algo assim?

Ele balança a cabeça.

— Eu não sei, mas...

Já sei o que ele vai dizer. Talvez eu só esteja me fixando no Declan porque preciso de um lugar para depositar toda essa raiva que está crescendo em mim. Eu sei que é isso que ele está pensando, então o interrompo.

— Foi ele — digo de novo.

— Ok — Ezra diz, e me deixa puto que ele soa como se estivesse tentando acalmar uma criança no meio de um chilique. — Ok. Vamos dizer que *foi* ele. O que você quer fazer?

Ele olha ao redor.

— Contar a Jill? Ir até a reitora?

— Não — digo a ele. — Nem fodendo. Declan Keane? Eles ligariam para o pai dele e dariam uma bronca talvez, mas não fariam merda nenhuma com ele. Não, não vou contar à reitora.

Jill se aproxima. Ela caminha por trás de nós serenamente enquanto olha sobre nossos ombros para observar nosso trabalho, que é não-existente.

— Menos conversa, mais pintura — ela diz com um sorriso.

Quando ela segue adiante, Ezra olha para mim.

— Então, o que você vai fazer? — ele pergunta.

Não é óbvio?

— Eu vou destruir esse filho da puta. É isso que eu vou fazer.

Ezra dá de ombros com um sorriso de canto de boca.

— Bem, seja Declan ou não, eu não me importaria em ver isso — ele começa um rascunho com a tinta preta, as pinceladas soltas. — Qual é o plano?

Quatro

Mesmo que eu tivesse absolutamente nenhuma vontade de ir até a reitora Fletcher e contar a ela o que aconteceu com a galeria, a fofoca deve ter se espalhado o suficiente para que os professores ouvissem, porque assim que a aula de pintura acrílica termina, um estudante aparece na porta da sala e diz que eu preciso ir à diretoria. A reitora Fletcher, com seu penteado afro com uma única mecha grisalha, é uma mulher pragmática, aterrorizante e objetiva, vestida num terno e salto de quinze centímetros. Seu escritório — coberto por painéis escuros de mogno exceto pela única porta de vidro — é surpreendentemente simples e minimalista. Não é exatamente o que você esperaria de uma escola de artes. Ela acena para que eu entre, me pede para sentar na cadeira dura na frente da grande mesa de madeira, e não perde tempo para me perguntar sobre a galeria.

— Você sabe quem pode estar por trás disso?

— Não.

— Alguém está fazendo bullying com você ou tem feito comentários sobre sua identidade?

— Não.

Deus, eu só quero ir embora.

A reitora Fletcher junta as mãos.

— Foi algo inaceitável e instalado sem a permissão dessa administração — ela diz e eu sinto um vazio no estômago ao entender que era por isso que fui chamado para o escritório: para tirarem o deles da reta. Ela está com medo de que eu possa processar a St. Catherine's ou algo assim. — Sinto muito que isso aconteceu com você, Felix. Você quer conversar com o orientador de verão?

— Não — eu digo, um pouco rápido demais. O orientador apenas perguntaria um bando de coisas e eventualmente essas perguntas entrariam no território do abandono da minha mãe e isso é definitivamente algo sobre o qual eu não quero falar. — Não — eu digo de novo — obrigado.

A reitora Fletcher pausa e parece que ela quer me pressionar a fazer algumas sessões de orientação, mas ela finalmente me dá um único aceno de cabeça.

— Vamos começar uma investigação.

Eu me impeço de revirar os olhos. O máximo que eles vão fazer é perguntar a alguns estudantes se eles viram alguma coisa e quando esses estudantes disserem que não, a galeria será dada um caso encerrado.

— Se você souber de algo, por favor me conte imediatamente — diz a reitora Fletcher. — Nós temos uma política de tolerância zero para esse tipo de comportamento de ódio.

E mesmo que eu esteja irritado e que a escola não fará merda nenhuma para encontrar quem é responsável, ainda assim é bom ouvi-la dizer isso.

É depois do quarto *Sinto muito, Felix* e da terceira pergunta sobre meu nome morto que eu aceito a oferta de Ezra para matar aula e ir embora mais cedo para o apartamento dele. Nós paramos no restaurante chinês na esquina para pegar duas caixas das melhores asas de frango e batatas fritas da cidade inteira, e então vamos na loja de vinho logo ao lado, usamos a identidade falsa de Ezra para pegar duas garrafas de chardonnay barato porque, como ele diz, é hora de ser chique. No caixa, a dona olha da identidade para o rosto de Ezra e de volta para a identidade, como se ela soubesse que isso é uma farsa total. Ela pega o cartão de crédito de Ezra e conta uma história de quando ela tinha dezesseis anos e entrou escondida no bar de seu bairro em Paris. Nós entendemos isso como permissão para escapar com nossas garrafas ilegais, levando o vinho e o frango em direção à quadra do apartamento de Ezra.

Há homens musculosos de regatas brancas do outro lado da rua, gritando com sotaque bajan, em pé ao redor de carros com os motores ligados e rugindo, com o som alto tocando uma música antiga das The Chicks. Ezra destrava a porta de entrada de vidro e nós entramos no corredor de piso cinza asfalto e paredes brancas descascando. Nós subimos correndo os três andares, Ezra murmurando uma oração para que seus vizinhos não estejam em casa — "Eu não sei o que caralhos eles fazem, ninguém transa assim às três da manhã, eles estavam rolando pra lá e pra cá e arremessando as coisas no chão, juro" — antes dele abrir a porta do apartamento.

O apartamento tem uma única parede de tijolos, piso de madeira escura e uma bela de uma cozinha com bancadas de granito, junto com uma geladeira de aço inoxidável e fogão a gás — mas além disso, o lugar é basicamente vazio. Ezra já mora aqui há um mês, mas ele não se preocupou em comprar qualquer móvel com a quantidade exorbitante de dinheiro que seus pais lhe deram para gastar.

Até agora, tudo que ele tem é um colchão na sala de estar, na frente de um suporte minúsculo com uma tv tela plana de 12 polegadas. Ele nem tem lâmpadas. À noite, nós só ligamos na Netflix e usamos a luz amarela dos postes da rua para ver. A luz do sol forte ilumina o apartamento agora. Há vasos de plantas perto da janela — um pé de menta, um de manjericão e um de cannabis. Duas delas são mais pela estética.

Ezra deixa o vinho e a comida ao lado do colchão e se joga nele, tirando os sapatos com os pés.

— Você acha que a gente vai se meter em problema por faltar metade do dia?

Eu me sento ao lado dele, puxando o frango para mim.

— Ah, não, provavelmente não.

Literalmente a única professora que já se importou com a agenda e os horários foi a Jill.

— Tá bom, olha, eu odeio o cara — Ezra diz — mas você acha que Declan tinha razão?

— Sobre chegar atrasado? — eu digo com a boca cheia de batatas. — Nem fodendo.

— E se a gente se encrencar? Ou se a gente, não sei, for expulso ou algo assim?

— Todo mundo sempre está atrasado pra tudo, Ez. O Declan só está focando na gente porque ele é um bosta.

Eu tento ignorar a fagulha de medo no fundo da mente — não de que seremos expulsos, mas que Declan estava certo sobre uma coisa, pelo menos: Estou dando uma de moleque, procrastinando no meu portfólio porque tenho medo demais de começar de verdade — medo demais de tentar e acabar falhando. Aterrorizado de que não entrarei em Brown. Eu trabalhei duro esses últimos três anos só para que os sacrifícios do meu pai não fossem desperdiçados..., mas e se nada disso importar no fim das contas?

Ezra pega o vinho e desatarraxa a tampa.

— Copos ou sem copos?

— Sem copos.

Estou um pouco irritado com Ezra por mencionar o nome de Declan. Afinal, é a ele que posso agradecer por aquela porra de galeria. A dor não é tão aguda como era mais cedo, mas ainda está aqui, ecoando em mim.

Ezra acomoda a cabeça em meu colo, como um cachorro tentando ficar confortável. Como se ele tivesse lido minha mente — não sei, talvez ele seja mesmo um empata ou algo assim — ele diz:

— Desculpa. Eu não deveria ter tocado no assunto.

— Tá tranquilo.

— A gente não deveria mais dizer o nome dele? — ele diz. — Eu não seria contra a ideia de chamá-lo de outra coisa. Babaca filho da puta. Merdinha McMerda — ele se senta e toma um gole do vinho, então volta a se deitar. — Comandante Pau no Cu.

Eu me recosto na parede.

— Não, eu não me importo de dizer o nome dele — digo. — Desde que eu possa foder com a vida dele.

— Destruir esse merda.

— Aniquilar com a vidinha dele.

— Ele não faz ideia do que esperar.

— Não, porra nenhuma — o que pode ter começado como uma piada se torna um pouco mais sério para mim agora. — Ele não vai nem se reconhecer quando eu tiver acabado com ele.

— Você é muito Sonserina.

— Eu sei — digo, pegando a segunda garrafa de chardonnay —, mas você ama.

— *Eu amo mesmo* — Ezra diz, se sentando para pegar um pedaço do frango, então ele chia e retira a mão, dizendo que está muito quente. — Já pensou no que você vai fazer? — ele pergunta.

— O que a Jill disse mais cedo? — eu pergunto. — Aquela coisa sobre a técnica.

— Use a técnica como ferramenta — ele diz — para encontrar sua criatividade.

— Eu acho que a técnica é o Instagram. Declan descobriu como invadir minha conta e achar minhas fotos. Ele deve ter olhado para as marcações das fotos e descobriu meu nome antigo.

As fotos haviam sido tiradas e postadas antes mesmo de eu começar a pensar em transicionar, na época em que eu ainda precisava mentir sobre minha idade para entrar em qualquer rede social.

— Ok — Ezra diz devagar. — Então o que você sugere?

Eu balanço a cabeça.

— Não tenho certeza. Se tivesse um jeito de, não sei, fazer a mesma coisa que Declan fez comigo...

Não seria o mesmo que postar minhas fotos e expor meu nome morto. Nem de longe. Mas eu poderia ficar sabendo de um segredo de Declan e usar isso contra ele — publicar seu segredo, e machucá-lo como ele me machucou... Isso definitivamente seria um começo.

— Talvez eu possa dar um jeito de falar com ele. Arrancar um segredo dele, algo que ele não quer que ninguém mais saiba — começo a pensar nas possibilidades.

Que tipo de merda sinistra Declan Keane pode estar escondendo? Talvez exista algo que eu possa usar contra ele. Algo tão ruim que ele terá que desistir de sua inscrição para a Brown. Sem Declan na competição, eu teria meu lugar praticamente garantido. Minhas notas e os resultados de meus testes não são os melhores, mas sou talentoso para caralho, e não há ninguém mais no nosso nível que está se inscrevendo para essa bolsa.

Ouço a pergunta anterior de Ezra — *E se não foi ele?* —, mas deixo essa merda de lado. Tenho muita convicção de que foi ele... e se não foi, Declan Keane ainda merece cem por cento do que vou fazer com ele.

— Arrancar um segredo dele — Ezra repete — tipo, o quê? Enganá-lo se passando por outra pessoa?

Eu estalo os dedos.

— Sim. Posso fazer uma conta falsa no Instagram. Declan sempre está postando umas merdas estúpidas. Vou começar a comentar e mandar mensagens. Tentar começar uma amizade. Fazer ele confiar em mim.

Ezra semicerra os olhos.

— Ah... Tipo, *parece* uma boa ideia. Em *teoria*. Mas não consigo pensar em ninguém mais desconfiado do que Declan Keane — ele morde o lábio. — Ele não se importava com... você sabe, a parte física. A gente se pegar e essas coisas. Mas quando eu tentava fazer ele falar da vida, dos sentimentos dele? Você se lembra. Ele é um túmulo.

Eu sempre tento esquecer que Ezra e Declan costumavam namorar. Durante sete meses inteiros ao longo do nosso primeiro ano na St. Catherine's, o mundo girava em torno de Ezra Patel e Declan Keane. Levou exatamente um dia de flerte pesado da parte de Ezra antes que eles estivessem grudados. Inseparáveis. Mãos dadas, beijos no rosto, o pacote completo. Eu aceitei meu papel de vela — e para ser honesto, eu nem ligava. Não mesmo. Eu considerava Declan meu amigo também. Nós três passávamos muito tempo juntos. Falávamos sobre nosso futuro, nossos planos. Eles foram as duas primeiras pessoas na St. Catherine's para quem eu contei que sou trans. Só isso já diz tudo sobre o quanto eu confiava em Declan Keane.

Então, de repente — sério, do nada — Declan terminou com Ezra e virou o maior de todos os babacas. Um dia, ele estava andando com a gente, como sempre fazia e, no dia seguinte, terminou com Ez por mensagem de texto. Ezra não chorou nem nada assim, mas eu praticamente podia sentir a confusão e dor emanando dele em ondas. Até hoje, ele não faz ideia do porquê Declan terminou as coisas daquele jeito inesperado. Mas, quero dizer, somos maduros o suficiente para ainda falar com nossos ex, não é? Foi isso que eu e Ezra pensamos quando fomos falar com Declan na manhã seguinte. Ele estava sentado com James e Marc, que já eram os dois machões mais populares na escola... e quando tentamos dizer oi, Declan só nos encarou com frieza, como se ele nem soubesse quem a gente era.

Ezra queria perguntar se ele havia feito algo de errado, para ver se ainda havia uma chance deles se entenderem de novo.

— Podemos conversar? — ele perguntou.

Eu ainda me lembro do nojo no rosto de Declan.

— Prefiro não.

James e Marc estavam desdenhando de nós. Eu podia sentir a vergonha de Ezra, mas ele apenas acenou com a cabeça.

— Ok. Acho que eu só... vou te deixar sozinho, então.

Você talvez pensaria que Ezra deixar o Declan em paz seria suficiente, mas não. Declan revirava os olhos sempre que eu e Ezra falávamos alguma coisa nas aulas, reclamava com os professores quando a gente se atrasava e falava merda sobre mim e Ez para qualquer um que quisesse ouvir. Ele deixou claro que pensava ser melhor do que a gente, que ele não queria ter nada a ver com a gente. Ele nunca disse o porquê. Nenhuma explicação. Nada.

Ezra deixou para lá como se não fosse nada e agiu como se não estivesse magoado de verdade. Ele decidiu seguir em frente. Mas eu vou admitir: Declan fez eu me sentir um merda. Eu sei que ele fez o Ezra se sentir um merda também. Nunca o perdoei por isso. Provavelmente nunca irei.

Ezra testa o frango de novo, partindo a asa no meio.

— Eu perguntava a ele, sabe, sobre a família, ou como foi crescer no norte do estado de Nova York, mas ele desviava de todas essas perguntas. Tentar arrancar um segredo dele é uma boa ideia — ele diz de novo —, mas eu não acho que Declan diria algo a um estranho que ele conheceu online.

Merda. Eu sei que Ezra está certo.

— Mas eu não sei o que mais fazer — digo a ele. — Tenho que tentar.

Ele dá de ombros.

— Tudo bem — ele diz com um tom de *Boa sorte*.

Eu pego meu celular.

— Qual deve ser meu nome de usuário?

— Porra, esse frango tá bom pra caralho — ele diz com a boca cheia.

— É um pouco longo.

Ele leva um segundo pensando.

— Felix é uma coisa de Harry Potter, não é?

— É — digo, vasculhando meu cérebro, tentando lembrar, já faz um tempo desde que li a série. — Era aquela coisa que o Ron achou que bebeu pra ter sorte na partida de Quadribol.

Felix significa "sortudo" em latim. O significado foi o motivo de eu ter escolhido esse para ser meu novo nome. Quando entendi que não sou uma garota, e comecei a fazer todas as mudanças necessárias, eu sabia que era muito sortudo.

Ezra acena com a cabeça para mim.

— Que tal Lucky?

— Hum... que tal Lucky?

— Foi isso que falei, porra.

Eu digito no celular, tentando um bando de iterações diferentes de Lucky, até que finalmente acho um nome de usuário livre: luckyliquid95.

— Parece sacanagem — Ezra diz com um sorriso de canto de boca.

— Que seja.

Eu digito o nome de usuário. Odeio que eu me lembro do nome de usuário de Declan, mas me lembro — eu digito na barra de pesquisa: thekeanester123. (Honestamente, esse nome deveria ter sido um sinal vermelho para mim e Ezra desde o começo.) Eu olho as imagens de Declan. Um monte são fotos pretensiosas em preto-e-branco dele mesmo, armadas com luz forte de luminárias antigas e cortinas translúcidas. Algumas são de comida, cenários urbanos com o sol brilhante entre os prédios, algumas dele e do James em pé na frente de graffiti, dele e do Marc no Estádio Yankee.

Mas a maioria das publicações era de suas ilustrações.

Eu odeio Declan Keane. Tipo, odeio ele para caramba. Mas até eu preciso admitir que o cara tem talento. Talento de verdade. Do tipo que não pode ser ensinado. Do tipo que não pode ser imitado.

Eu sempre gostei mais de retratos em acrílico, e sei que sou bom. Mas a arte de Declan é... indescritível. Não há rótulo que caiba. Colagem, talvez? Ele usa tantos meios diferentes. Carvão às vezes, pastel outras, um simples lápis ou nanquim. Mas é seu uso do espaço negativo que é tão forte. Parece simples à primeira vista, mas é o tipo de espaço negativo que me lembra de olhar para cima, através dos galhos de uma árvore, para ver o céu brilhando por trás, ou o espaço que há entre algo tão fino e delicado como renda. Os temas de suas peças são sempre interessantes: um pássaro com a asa quebrada, uma mulher com anéis de pescoço tradicionais e brincos de argola modernos, uma simples mão. Mas é sempre — sempre — o espaço negativo que ele constrói ao redor dos personagens com seu design e pedaços de jornal, folhas ou lenços amassados, o que parece literalmente qualquer coisa que ele encontraria no chão, que coloca o seu trabalho acima do trabalho dos outros.

O que faz dele um artista melhor até mesmo do que eu, na verdade.

Eu fico puto em admitir. Odeio que é verdade. Mas é. Declan é um artista melhor do que eu.

Com seu trabalho e seu pedigree de Ivy League, e suas notas impecáveis, Declan definitivamente vai conseguir uma vaga na Brown. Ele provavelmente vai conseguir a bolsa também, mesmo sem precisar. Mesmo sendo um babaca que não merece.

Eu passo por suas artes e começo a curtir vários posts aleatórios. Eu comento numa peça: **Ótimo uso do espaço negativo!** Comento em outra. **Quais materiais você usou para essa?**

Ezra aniquilou uma caixa inteira de frango e fritas e começa a comer a minha, então eu pego uma asa.

— Eu não sei se quero olhar para meu pai por até pelo menos umas doze horas — digo a ele. Especialmente agora, depois da galeria. Se meu pai me chamar pelo nome morto, eu posso comprar uma briga com ele. — Tudo bem se eu passar a noite aqui?

— Você pergunta isso literalmente toda vez — Ezra diz — e literalmente toda vez eu digo que sim.

— Eu não quero ser presunçoso — digo. — E se você, sei lá, tiver um amigo especial que vem passar a noite ou algo assim?

Ele solta uma gargalhada.

— *Amigo especial?* Felix, você está comigo vinte e quatro horas por dia. Quando é que eu encontraria esse amigo especial?

Eu dou de ombros.

— Ou e se você se cansar de mim, mas não sabe como dizer isso?

Ezra revira os olhos, pega meu celular e liga no Spotify. A estação do Fleetwood Mac ainda está ativa, então "Spirit in the Sky" de Norman Greenbaum começa a tocar. Ezra se levanta e começa a fazer piruetas pela sala — ele teve treinamento clássico de dança desde os cinco anos de idade. Eu pego um pouco da erva, algum papel que estava guardado ao lado da TV e faço um baseado enquanto Ezra ergue a perna até o alto no ritmo da batida, com os dedos do pé em ponta e tudo. O isqueiro está na beirada do balcão na cozinha, eu clico e clico até o papel chiar e um fio de fumaça subir no ar. Ezra desliza para meu lado e eu coloco a ponta na boca dele. Eu abro a janela que dá para um beco vazio e nós nos acomodamos do lado de fora na saída de incêndio, as pernas balançando. O sol está começando a se por. Os tons mais escuros de roxo do céu no horizonte.

— Você fica pensando — ele diz, espremendo os olhos em direção ao céu — por que estamos aqui?

Ai, Deus. O Ezra chapado filosófico é literalmente um porre.

— Não há motivo para estarmos aqui. Nós apenas existimos. Isso é tudo. É isso.

— Não. Não *assim* — ele torce o rosto em frustração. — Por que aqui, no Brooklyn? Por que nesse programa? Por que arte?

— Ah...

— Por que isso tudo? — ele pergunta um pouco agressivamente. — Sério, Felix. Por que não ciência, ou negócios ou literalmente qualquer outra coisa?

— Acho que você é um pouco novo demais para ter uma crise de meia idade, Ez.

— E se essa for a minha crise de meia idade? — ele insiste. — E se eu morrer daqui a exatamente dezessete anos e eu desperdicei minha vida nisso, em arte e pintura e moda e toda essa merda criativa, porque eu *pensei* que era minha paixão, quando na verdade, eu deveria estar fazendo outra coisa?

Há uma fagulha de frustração no meu peito. Ezra pode ter uma crise de meia idade aos dezessete anos por causa de seu privilégio e a riqueza de sua família. Eu? Eu preciso entender o que quero fazer e trabalhar muito por isso se eu quiser ter uma mínima chance de qualquer tipo de futuro. Eu nunca terei nada fácil na vida, do modo que as coisas são fáceis para Ezra. Mas eu tento afastar esses sentimentos, e talvez seja a maconha, mas a paranoia de Ezra bate em mim também. Quero dizer, quem pode ter certeza de que eu não deveria ser um astrofísico? Ou que eu não sou o próximo Bach?

— Sabe essas pessoas que se envolvem em acidentes de carro? — pergunto a Ezra. — Ou são atingidas por raios? E então elas ficam em coma ou algo assim, mas quando acordam, elas se tornam gênios em alguma coisa que nunca haviam feito antes?

Ezra tem o olhar perdido no céu.

— Não.

Eu franzo o cenho para ele.

— Sério? Bem, tipo, acho que estou só dizendo a mesma coisa que você.

— Ok — ele vira o rosto para mim. — Quer que eu te atropele com um carro?

— Vai se foder, Ezra.

— Não, sério, eu posso fazer isso. Quero dizer, se você quiser que eu faça.

Eu tento não rir.

— Você nem tem um carro.

— Eu certamente roubaria um carro só pra poder te atropelar com ele.

Eu empurro o braço dele e ele me dá um sorriso.

— Talvez você devesse. Assim eu posso ter a chance de ser talentoso de verdade em alguma coisa.

Ele geme e se encosta em mim.

— O que diabos você tá falando? Você é talentoso.

— Eu sou... não sei, alguém com um pouco de talento, que quando era criança decidiu que isso é o que eu quero fazer, e então decidiu praticar para cacete por dez anos, só para chegar aonde estou agora. Que é lugar nenhum em comparação com algumas pessoas.

— *Quais* pessoas?

— Você — eu digo— e falo sério.

A arte de Ezra sempre é incrível. Ele é instantaneamente um gênio em qualquer coisa que ele decide tentar. Primeiro, foi aquarela; no ano seguinte, escultura. Agora, ele está focando em moda e aprendeu sozinho a costurar e criar estampas *em apenas três meses*. Ezra é tão bom que ele nem fez questão de se inscrever para a oficina de costura de verão; ele só decidiu me seguir em pintura acrílica para que a gente pudesse passar as aulas juntos.

— *Moi?* — Ezra diz, fingindo estar lisonjeado.

Eu hesito.

— E pessoas como Declan Keane.

Ele solta um suspiro profundo.

— A gente vai mesmo falar dele agora?

— Não — digo. — Mas o que quero dizer é que vocês dois tem esse talento natural, e é tipo... Eu não sei, às vezes eu penso se talento vem de experiência, sabe?

— Eu realmente não sei — Ezra diz, me passando o baseado. — Você precisa relaxar, Felix. Você tá sempre se duvidando. Seu trabalho é *ótimo*.

— Você tem que falar isso porque você é meu amigo.

— Não, nem é. Como seu amigo, é meu trabalho ser honesto. Por exemplo, essa regata dos Beatles — ele diz, acenando para minha camisa, que tem retratos dos quatro membros. — Você ao menos *gosta* dos Beatles?

Eu dou uma cotovelada nele.

— Às vezes.

Ele pega o baseado de volta, dando uma tragada longa, olhando para a rua lá embaixo.

— Eu nunca — eu hesito, porque o que vou dizer é um pouco vergonhoso, mas digo assim mesmo. — Eu nunca me apaixonei. O que é irônico, porque, você sabe, meu sobrenome e tal.

Ezra ri, mas não fala nada.

— Eu *quero* me apaixonar. Eu nunca... Nunca senti o tipo de *paixão* que grandes artistas falam. Eu quero isso. Eu quero sentir esse nível de intensidade. Nem todo mundo quer amor. Eu entendo isso, sabe? Mas eu... eu quero me apaixonar e ter o coração partido e ficar puto e de luto e me apaixonar tudo de novo. Eu nunca senti nada disso. Eu só tenho feito a mesma merda de sempre. Nada novo. Nada excitante.

Ezra não diz nada por um longo tempo, até que ele me cutuca com a cabeça e me olha com aqueles olhos grandes de cachorrinho.

— Eu não sou excitante?

— Porra, cala a boca.

— Sou chato demais para você? Sério?

— Porra, Ez, estou tentando ser sério.

— É. Eu também — ele se senta, olhando para a frente. — Você vai passar por tudo isso em algum momento — ele diz —, mas enquanto isso, você está esquecendo que está bem aqui, comigo e isso é foda pra caralho.

Eu reviro os olhos. A música "Come Together" começa a tocar na estação do Spotify.

— Tá vendo? Eu ouço os Beatles.

— Parabéns.

— Obrigado.

Ele sorri para mim por um segundo, então encosta a cabeça no meu ombro. Eu sou bem mais baixo do que ele, então ele precisa esticar o pescoço, mas ele não parece se importar.

— O Keanester respondeu?

Eu confiro meu celular e checo as notificações.

— Não.

— Te falei.

Eu dou de ombros. Sou paciente quando o assunto é destruir meus inimigos. Terei apenas que continuar tentando.

É quando estamos limpando as coisas e nos preparando para dormir que meu celular vibra. Eu pego e arrasto a tela para abrir o Instagram, prendendo a respiração, pensando que pode mesmo ser o Declan — mas a notificação é para a minha conta de verdade. Eu franzo o cenho e clico no link de Pedido de Mensagens. Uma conta anônima, *grandequeen69*, enviou uma única linha:

Gostou da galeria?

Cinco

Ei, mãe,

Tem uma coisa que eu ainda não te contei: mesmo que eu tenha me assumido por e-mail para você como um cara trans — é, exatamente, aquele e-mail que você nunca respondeu —, eu não tenho certeza se sou mesmo um cara. É um sentimento difícil de descrever. É tipo... essa sensação, esse sentimento, no meu estômago, de que alguma coisa está errada. Eu sei que definitivamente não sou uma garota. Mas isso é tudo que eu sei.

Eu tenho pesquisado. Tentando encontrar diferentes definições, rótulos e termos. Algumas pessoas dizem que não deveríamos precisar de rótulos. Que estamos nos esforçando demais pra caber numa caixa. Mas eu não sei. Me faz bem, saber que não estou sozinho. Que mais alguém se sentiu do mesmo jeito que eu, passou pelas mesmas coisas que eu passei. É uma validação.

Mas é vergonhoso também. Eu levei muito a sério isso de ser um cara. E agora estou fazendo o que, mudando de ideia? Ou é a minha identidade que está evoluindo? Eu não sei. Uma coisa muito ruim aconteceu comigo. Tinha uma galeria na escola com minhas fotos antigas, expondo meu nome morto para todo mundo, e logo depois, eu recebi uma mensagem de Instagram me provocando. Estou magoado que alguém teria feito esse trabalho todo para me atacar mas, a essa altura, a dor está se transformando rapidamente em raiva. Ódio. Estou puto. Tipo, ao ponto de querer meter a porrada na pessoa que está fazendo isso comigo. E tenho certeza de que é tudo coisa do Declan Keane.

Eu nem contei sobre a mensagem de Instagram para o Ezra. Eu não queria assustá-lo com isso. E se Declan é quem está por trás disso tudo, então não importa: eu vou derrubá-lo logo, logo.

É meio irônico, eu acho, que estou escrevendo para você sobre tudo isso, quando você foi quem mais me machucou — sim, até mais do que a galeria e até mais do que a mensagem no Instagram e até mais do que as merdas que preciso ver nos noticiários diários, sobre pessoas trans como eu lutando pelo direito de viver. É meio difícil acreditar a essa altura, mas é verdade. É como se eu estivesse constantemente tentando provar que mereço ser amado, mas como posso, se nem mesmo minha própria mãe não me ama?

Seu filho...?

Felix

Esse é o tipo de plano de vingança que vai me exigir tempo, então eu não continuo comentando nas publicações de Declan. Dois comentários não respondidos são o suficiente por enquanto, não quero assustá-lo..., mas eu começo a construir meu perfil um pouco mais. Ao longo dos próximos dias, eu tiro uma foto em close-up da parede de tijolos de Ezra para minha primeira imagem, e outra foto da maconha, do manjericão e da menta lado a lado. Eu começo a dar like e comentar em outras publicações, para não parecer que estou fixado em Declan. Ezra me faz dar like em cada um dos posts dele, e eu dou um pulo no Instagram de Marisol também, tentando ignorar as fotos dela se pegando com pessoas diferentes de St. Cat's. Eu provavelmente deveria ter mandado Marisol ir se foder no segundo em que ela me chamou de misógino por ser trans, mas ela está sempre por perto das mesmas pessoas que eu e Ezra, e era meio impossível arrancá-la da minha vida. Tem isso... e essa vontade de convencê-la de que está errada.

Após um fim de semana inteiro de nada mais além de Instagram, asas de frango e chardonnay, eu recebo uma mensagem de texto do meu pai quando estou em aula na segunda-feira: VC TÁ OK?

Eu respondo a mensagem: **Sim, só estive ocupado com o Ezra.**

Ele responde: OK. **Vejo vc hj à noite.**

Imagino que isso é um sinal de que ele não está feliz que eu não dei notícias, mesmo que a gente tenha combinado que eu dividiria meu tempo entre ficar em casa e no apartamento de Ezra. Meu pai sempre foi tranquilo, em comparação com minha mãe, antes dela nos abandonar por sua nova e melhor família. Eu tenho lembranças dela sendo rígida. Eu tinha que vestir tudo que ela mandava: aqueles vestidos estúpidos de renda e sapatos brilhantes e brincos de pérola, com laços e presilhas no cabelo. Meu pai sempre deixava a disciplina com ela e, mesmo depois dela nos deixar, ele nunca foi muito bom em estabelecer regras ou toques de recolher nem nada assim.

Eu volto ao meu projeto. Nossa aula de tese toma a segunda metade do dia, após o almoço, antes das aulas acabarem às duas horas. A aula de tese é nossa chance de trabalhar em qualquer coisa que quisermos, e para a maioria dos formandos como eu e Declan, estamos focando no portfólio que vamos usar para nossas inscrições na faculdade. Declan ocupou um canto da sala com seu trabalho de colagem espalhado sobre *duas mesas* (o narcisismo é impressionante, sério), mas eu acabo na frente de uma tela esticada e preparada, tinta acrílica à espera numa pilha organizada ao meu lado.

Estou sentado numa longa mesa branca com Ezra, Marisol, Leah, Austin, Hazel e Tyler. Bem, é mais como se eu estivesse sentado com Ezra, e todo o resto está sentado com ele. Leah está focada em seu *notebook*, editando fotos para seu portfólio — eu a ouvi dizer que ela quer trabalhar em fotojornalismo, então leva sua fotografia muito a sério. Ela ficou muito irritada quando lhe disseram que tinha muitos créditos de fotografia para o programa de verão, forçando-a a fazer pintura acrílica. Ela é a única na sala que está completamente em silêncio. Todo mundo está sussurrando enquanto trabalha.

— Astrologia não é real — Hazel diz. Ela tem a pele escura e o cabelo tingido de roxo, com piercings e tatuagens.

— É que nem as casas de Hogwarts.

— Dá licença, — Ezra diz. — As casas de Hogwarts são reais.

— Eu ainda não li os livros — Marisol diz, se recostando na cadeira.

— Quê? Sério? — Austin não tira o olhar do seu trabalho.

Austin tem os cabelos loiros, olhos azuis, um sorriso com covinhas e tem aquele jeito de alguém que vestiria um suéter amarrado sobre os ombros sem ser por ironia.

— Eles são tipo, um fenômeno cultural.

— Eu meio que odeio ler — Marisol diz.

— Isso explica bastante — Hazel murmura.

Marisol lança um olhar frio a ela. Acho que o término não está indo muito bem.

— Astrologia é real — Tyler insiste. — Escuta. A lua controla as marés, certo? O corpo humano é, em maioria, água. Faria sentido se a lua nos controlasse também.

— Tyler — Hazel diz — ninguém sabe que porra é essa que você está falando.

Marisol ri. Tyler parece frustrado. Suas bochechas ficam coradas.

— Eu também meio que acho que astrologia é real — Austin diz, ganhando um sorriso de Tyler. — Quero dizer, não pode ser coincidência que tanta gente se identifique com seus signos, não é? E o modo como os signos interagem entre si. Eu sou de Libra e sempre me atraio por gente de Leão, sem erro.

Ezra se anima com isso.

— Eu sou de Leão.

Austin fica um pouco vermelho. Sem levantar o olhar, Leah diz:

— Ele sabe.

Eu pisco e olho para Ezra, que dá um sorriso pequeno e surpreso. Ok. Momento esquisito.

Hazel está entediada com o micro-flerte que está acontecendo.

— Você provavelmente acredita em destino e alma gêmea e essa besteira toda.

Austin hesita.

— Bem — ele diz — sim, acredito.

— Eu definitivamente acredito — Tyler nos diz.

— Ah, para. — Hazel diz. — Como você vive no século XXI e acredita nessas merdas?

— Ok, tá bom — Ezra diz. — Calma lá. Isso é só uma conversa.

— É — Marisol diz. — Por que você está ficando toda irritadinha?

Ela diz isso, claramente com o único propósito de deixar Hazel irritada. Pela expressão no rosto de Hazel, está funcionando.

— Não sei — Austin diz. — Parece que tem tanta coisa conectada, sabe? Você nunca sentiu que veio a esse planeta por um propósito?

Como se você estivesse aqui para fazer algo importante? Eu penso nisso toda hora. Qual é o meu destino? E se estou perdendo o que eu deveria estar fazendo?

— E se o seu destino é perder o seu destino? — Marisol diz.

— Isso é... ligeiramente aterrorizante — ele diz.

Não posso culpar o Austin. Isso é algo que eu já pensei: a dúvida se estou fazendo o que eu deveria estar fazendo nessa vida. O pensamento dispara uma pontada de medo em mim. Eu estava com dificuldade para me concentrar antes, mas estou com mais dificuldade ainda agora. Eu encaro a tela branca na minha frente. Retratos sempre foram minha especialidade, mas o portfólio não pode ser uma coleção aleatória de pinturas. Será que eu deveria escolher um assunto? Deveria ter uma paleta de cores? O que estou tentando dizer com esses retratos? Qual é a história que estou tentando representar?

O que infernos eu deveria estar fazendo, para convencer Brown de que sou bom o suficiente?

A pergunta me deixa paralisado. Eu poderia fazer qualquer coisa, mas de algum modo parece que não tenho opção nenhuma. Eu já posso sentir os anos de trabalho duro resultando em nada além das minhas notas medianas e resultados de teste abaixo da média, indo por água abaixo. Meu pai ficará decepcionado. Ele vai sorrir e dizer que tem orgulho de mim, mas como ele não ficaria decepcionado? Ele abriu mão de tudo por mim, por essa educação, para que eu pudesse fazer algo grande com minha vida e, em vez disso, estou sentado aqui com nada além de uma tela em branco.

Eu começo a recolher a tinta acrílica para guardá-la no armário de suprimentos.

— Aonde você está indo? — Ezra sussurra, mal tirando os olhos de seus rascunhos de vestidos espalhados na sua frente. Algumas outras pessoas olham também.

— Pra casa. Não consigo pensar em nada.

— Casa? Quer dizer meu apartamento?

— Não — digo a ele — meu pai quer que eu volte hoje à noite.

— Ah, bom — ele diz. — Agora eu finalmente posso convidar meu amigo especial.

— Até mais tarde, Ez.

— Tudo bem — ele diz e parece um pouco triste de verdade ao se despedir. — Até mais.

Eu saio pela porta, ignorando Declan, que revira os olhos e sacode a cabeça, murmurando alguma coisa do outro lado de suas duas mesas para James enquanto eu vou embora. As coisas acalmaram na escola. Eu não sei se Ezra tomou como missão pessoal ou algo assim, mas de algum modo, todo mundo se ligou que eu *não* quero falar sobre a galeria. Eu só quero fingir que isso nunca aconteceu. E então é assim que todo mundo está agindo. Isso fez com que voltar às aulas fosse suportável, mesmo que minha garganta ainda aperte toda vez que eu ande pelo saguão, ou sempre que abro o Instagram, com medo de que terá outra mensagem esperando por mim. Para ser sincero, a única coisa que deixa isso tudo melhor é pensar em como vou destruir a vida de Declan Keane. Não consigo evitar. Estou um pouco obcecado.

Os trens estão rodando sem problemas, pelo menos uma vez na vida, e estou de volta ao apartamento do meu pai em menos de duas horas. Ele está na cozinha, fazendo alguma fritura, pelo cheiro. A fumaça preenche o apartamento pequeno e instantaneamente faz meus olhos arderem. A TV está ligada, passando *The Real Housewives of New York*. O amor do meu pai por reality shows é incomensurável.

Eu vou até a sala de estar e me acomodo na cadeira de tecido. Capitã está sentada na frente da tela sobre o apoio de TV, olhando para mim, e ronronando profundamente.

— O filho pródigo retorna — meu pai diz, só um pouquinho passivo-agressivo.

Eu me impeço de revirar os olhos. Não sei por que ele está irritado de repente que estou passando tempo na casa de Ezra. Eu sei que sou o menor de idade nessa situação, mas isso ainda deveria ser uma chance para que eu me liberte e me acostume à ideia de que em um ano, estarei morando sozinho como um quase-adulto. Nós concordamos que eu dividiria meu tempo entre a nossa casa e a de Ezra, então é bem frustrante que ele esteja agindo assim.

Eu falo para ele que preciso pegar roupas limpas. Eu levo a mochila até o quarto para tirar a roupa suja, jogando-a num cesto. Sou meio obsessivo com organização, e não há muito espaço para ser bagunçado, de qualquer maneira, então o piso é impecável, a cama está feita, *Akira* sobre a cômoda. Eu abro a gaveta e pego algumas regatas e camisetas, shorts jeans e cuecas boxer, antes de enfiá-los na mochila e voltar à sala, apagando a luz. Meu pai coloca os pratos na mesa de jantar encostada na parede.

— Ei, filhote — meu pai diz enquanto eu me sento com a comida — talvez você devesse dar um tempo do apartamento do Ezra.

— O que você quer dizer?

— Quero dizer que seria bom se você ficasse em casa um pouco mais do que uma noite a cada dois ou três dias.

Eu franzo o cenho enquanto separo a vagem, empurrando-a para o lado.

— Achei que você tivesse dito que não tinha problema eu ficar com o Ezra.

— Sim — ele diz — de vez em quando. Estava pensando a cada algumas semanas.

— O programa acaba daqui a dois meses. Não faria sentido nenhum eu ficar lá só a cada algumas semanas.

— Então faz sentido para você não morar aqui, em casa, com seu pai?

— Não é nada demais — eu digo. — Não é como se eu nunca tivesse dormido na casa do Ezra antes.

— Não sei como me sinto com você passando esse tempo todo com um garoto.

Eu congelo. É o tipo de coisa que meu pai diria antes dele saber que eu sou um cara. O tipo de estereótipo de *pai que precisa proteger a filha* que me irritava antes, e com certeza me irrita ainda mais agora.

— É sobre isso? — eu pergunto. — Você não gosta que eu passe tempo na casa do Ezra porque ele é um cara?

Meu pai hesita.

— Os pais dele não estão lá...

— Eu sou um cara também — digo, e sou respondido com silêncio. — Se eu tivesse nascido com um pênis, teria o mesmo problema?

— Você está colocando palavras na minha boca — meu pai me diz. — O problema seria o mesmo. Vocês dois estão num apartamento sem supervisão de adultos.

— Nós temos dezessete anos — digo. — Vamos para a faculdade no ano que vem. Não somos crianças.

FELIX PARA SEMPRE

Meu pai está sacudindo a cabeça.

— Eu nunca disse que vocês eram.

Nenhum de nós dois diz nada por um tempo. Há o arranhar das facas nos pratos, o tilintar de copos sobre a mesa.

— Além do mais — meu pai diz —, só porque vocês dois são garotos, isso não significa que vocês não possam fazer coisas... *inapropriadas* um com o outro.

— Eu e Ezra somos amigos. Melhores amigos. Não tem mais nada aí.

Meu pai não me olha nos olhos e eu sei que deveria parar, mas há tanta coisa nessa conversa que me irrita.

— Eu gosto de passar tempo com o Ezra porque, pelo menos com ele, eu nunca preciso me preocupar com ele não me respeitar.

Meu pai franze o cenho.

— E o que isso significa?

— Significa que ele sabe que eu sou um cara — digo, ignorando a fagulha de vergonha no meu âmago, hoje em dia, eu nem sei mais se sou mesmo um cara. — Eu nunca sinto que preciso convencê-lo disso. Significa que ele me chama pelo meu nome: Felix.

— Escuta — ele diz —, não é fácil mudar de repente a minha concepção de quem você é na minha cabeça. Por doze anos, você era minha ga...

Eu o interrompo antes que ele possa dizer.

— Eu nunca fui. Você presumiu que eu era.

Ele fica quieto. Uma mulher na tela da tv está gritando, as lágrimas deixando rastros em seu bronzeado laranja falsificado. Meu pai quebra o silêncio.

— Estou tentando — ele diz. — Eu te mostrei isso. Eu provei isso. Eu nem sempre acerto, mas estou tentando entender.

Às vezes, eu não sei se isso é suficiente. Eu me sinto um filho de merda, ficando com raiva do meu pai sendo que foi ele quem pagou pelos meus hormônios, consultas médicas, a cirurgia, por tudo, mas sempre que estou perto dele, eu sinto que preciso me esforçar para provar que sou quem eu digo ser. Fico irritado que ele simplesmente não aceita. Que há algo que ele precisa *entender* primeiro.

— Eu preciso que você seja um pouco mais paciente — meu pai me diz. — Eu tinha uma determinada ideia de quem você era na minha cabeça por doze anos. É muito tempo.

Ele hesita e eu posso ver que ele quase me chamou pelo nome antigo.

Meu pai não olha para mim. Eu nem sei se ele sabe como olhar para mim. Ele não consegue enxergar quem eu sou, apenas quem ele quer que eu seja. Talvez isso seja errado, eu não sei..., mas de algum modo, é da aprovação dele que eu mais preciso, mais do que de qualquer outra pessoa. Eu preciso da validação dele. Seu entendimento, não apenas sua aceitação, de que ele tem um filho.

Não sei se isso é algo que ele vai me dar algum dia.

Eu me levanto, arrastando a cadeira no piso, pego minha mochila e vou em direção à porta.

— Aonde você está indo? — meu pai chama, mas eu o ignoro enquanto fecho a porta com força atrás de mim.

Seis

.

Ezra ou está dormindo ou não está em casa quando eu toco o interfone do apartamento dele, e quando ele não atende o celular, eu me sento nos degraus de concreto com os joelhos dobrados próximos ao peito e o queixo apoiado em cima deles. Pode ter sido um pouco dramático demais sair enfurecido daquele jeito do apartamento do meu pai, e a culpa está crescendo em meu peito. Vai ser desconfortável para cacete da próxima vez que eu tentar ir para casa.

Eu devo ter caído no sono assim, encostado no corrimão enferrujado, porque quando abro os olhos, há uma mão no meu ombro. Eu pisco para espantar a visão turva e vejo Ezra inclinado sobre mim, iluminado pela luz amarelada da rua.

— Ei — ele diz baixinho. — O que você tá fazendo aqui?

— Briguei com meu pai — eu murmuro, ainda meio dormindo.

Ele se senta ao meu lado e me deixa encostar nele, em vez do corrimão.

— Você tá bem?

Eu dou de ombros.

— Onde você estava? Na casa do amigo especial?

Ele me empurra de leve.

— Não. Eu não conseguia dormir, então fui dar uma volta.

— Com insônia de novo?

— Acho que me acostumei a passar a noite em claro com você.

Ezra me ajuda a levantar e nós subimos apressados os degraus até o apartamento dele. Ele abre a porta e eu entro primeiro. O relógio no fogão

63

de Ezra marca 23:03. Eu vou direto para o colchão, pronto para desabar. Nós dois podemos ficar acordados até as três da manhã numa noite boa às vezes, mas agora, depois daquela briga com meu pai, estou exausto.

Mas antes que eu possa adormecer de novo, Ezra se senta na beira do colchão, tirando os All Stars surrados com os pés.

— Eu sei de uma coisa que vai te animar — ele diz, se virando para me olhar sobre o ombro.

— É? — eu balbucio. — O que?

Ele abre um sorriso.

— Uma festa.

Eu o encaro.

— Que?

— Uma festa — ele diz de novo. — Vamos fazer uma festa. Vou convidar algumas pessoas.

— Você tá brincando, né?

— Não — ele diz. — Por que eu estaria brincando?

— Porque são onze da noite numa segunda-feira.

— Caramba, você é um idoso — ele diz. — As verdadeiras festas da St. Cat's não começam antes da meia-noite, de qualquer maneira.

Eu não saberia. Não sou muito do tipo que vai para festas.

— Os dormitórios são próximos. As pessoas devem conseguir chegar aqui bem rápido. Vou falar para eles trazerem bebida como entrada.

Ele já estava com o celular na mão, passando pela lista de contatos. Eu estendo a mão para impedi-lo, mas ele afasta o celular num puxão.

— Olha, se você não quiser vir para a minha festa, tudo bem — ele diz, se levantando, os dedos voando sobre a tela enquanto, eu imagino, envia convites por mensagem de texto. — Mas esse é meu apartamento, então você terá que esperar do lado de fora até a festa acabar.

Eu solto um gemido e viro para o lado, me encolhendo na posição fetal.

— Você não vai convidar o Declan e os amigos imbecis dele, vai?

— Quem diabos você acha que eu sou? — Ezra diz.

Ele começa a marchar pelo apartamento, jogando as coisas numa lixeira que ele tem no canto da cozinha. Parece que mal se passaram três minutos antes do interfone dele começar a tocar. Ele sorri para mim enquanto aperta um botão e, depois de ouvir passos ecoando na escada lá fora, há uma batida impaciente na porta de Ezra.

Ele abre a porta e Marisol entra passeando, a maquiagem borrada no rosto, com um vestido apertado e coturnos. Ela claramente estava em outro lugar. Ela me ignora enquanto segura um engradado de seis cervejas e olha ao redor.

— Onde caralhos está todo mundo? — ela diz.

— Você é a primeira pessoa a chegar.

— Merda — ela diz, entrando e largando a cerveja na bancada da cozinha. — Pior festa de todas, Ezra.

— Relaxa — ele diz, pegando uma garrafa de cerveja e usando a camiseta para abrir a tampa. — Vai ficar bom pra cacete logo, logo.

E ele estava certo. Nos próximos minutos, mais de uma dúzia de pessoas aparece. A maioria são estudantes da St. Cat's. Alguns são pessoas que eu nunca vi na vida. Ezra pediu a Leah que trouxesse suas caixas de som, e um iPhone está conectado a elas, tocando alto Hayley Kiyoko e BTS. Ezra ainda não tem lâmpadas, então a única maneira de enxergar é o brilho baixo da tela da TV, as luzes amareladas da rua lá fora e os celulares que as pessoas sacodem ao redor delas. Ninguém parece se importar. Alguns se aproveitam do escuro, pelo barulho de bocas se beijando e um pouco de gemidos altos demais. Há dança, risadas e gritos de um cara pedindo para passarem o baseado. Alguém trouxe pisca-piscas brancos de Natal, eu não faço ideia do porquê, e metade das pessoas passa alguns bons minutos, bêbados, decorando o apartamento de Ezra com eles.

Marisol dança com Hazel, se beijando, mãos por baixo das blusas. Austin está lá, se inclinando para Ezra, sussurrando em seu ouvido, com a mão na perna dele. Leah e Tyler estão gritando a letra de uma velha música da Lizzo no rosto um do outro, pulando para cima e para baixo. Os shorts, saias, tênis e saltos plataforma de todo mundo me rodeiam enquanto estou sentado no colchão, encostado na parede, observando.

Observando, observando, observando. Parece que isso é tudo que eu faço às vezes. Observo outras pessoas dançando, observo outras pessoas se beijando. Marisol foi a primeira e última pessoa que eu tive coragem para chamar para um encontro. Nós nunca nos beijamos. Nós mal nos tocamos. Do que você chama alguém que nunca foi beijado? Um boca virgem? Acho que sou um boca virgem.

Por que sou sempre a pessoa que apenas se senta num canto e observa? O que há em mim que ninguém gosta, que ninguém quer? É como se eu fosse demais para as outras pessoas — ser negro, ser queer e ainda por cima ser trans... ou, talvez isso seja apenas o que eu digo a mim mesmo porque tenho medo demais de me expor, tenho medo demais de ser rejeitado e me machucar. Talvez seja um pouco de ambos.

Eu pego meu celular e o coloco no modo de longa exposição, tirando uma foto. Quando tempo suficiente se passou, eu olho para ela. A foto é uma mancha de celulares e luzes de Natal, rastros de branco na tela, borrões de pernas e sapatos.

Eu entro no Instagram para publicar a imagem, mas hesito. O merdinha que me mandou mensagem — tenho certeza que foi Declan com uma porra de conta falsa — não disse mais nada, mas eu não sei se postar isso o faria querer me mandar mensagem de novo. Eu não deveria ter medo de postar fotos na minha própria conta de Instagram, mas tenho. Além do mais... Não quero que ninguém veja essa foto. Parece vulnerável demais. Solitário demais. As pessoas aqui na festa poderiam conferir seus celulares e ver. Seria estranho.

Mas algo assim... eu quero, não, eu *preciso* mostrar a foto para o mundo, para o universo, como se no segundo que essa foto existe em algum lugar além do meu celular é o momento em que eu passarei a existir também. Eu faço login na conta luckyliquid95 e publico. A legenda diz "o observador". Perfeito.

Há uma série de batidas furiosas na porta. Quando Ezra a abre, o vizinho de cima grita que é uma da madrugada, algumas pessoas precisam trabalhar amanhã, abaixa a porra da música ou ele vai chamar a polícia etc. Ezra não é nem um pouco mesquinho como eu — o vizinho de Ezra é um babaca, então eu com certeza teria mantido a festa do jeito que estava —, mas Ez diz que as coisas já estão se acalmando mesmo e desliga a música. As pessoas eventualmente saem aos poucos, gritando que vão se ver na aula amanhã, risadas e vozes altas e passos ecoando na escada, até que finalmente ficamos apenas eu, Ezra, Marisol, Leah e Austin.

Ezra e Austin estão sentados lado a lado perto da janela aberta enquanto fumam maconha, sussurrando, os olhos brilhando quando eles se inclinam para a frente e riem, trocando olhares intensos. Eu sinto que estou testemunhando algo íntimo, como se eu não devesse estar olhando para eles. Leah e Marisol estão deitadas de costas no chão de madeira, os braços e pernas abertos como se elas fossem estrelas-do-mar. Depois que eu e Marisol tentamos nossos três encontros, ela declarou para todo mundo numa manhã antes da aula que ela só está interessada em se envolver com outras garotas. Eu tento não ser muito egocêntrico, mas quase parece que ela disse aquilo só para me atingir, para dizer que eu posso ser um misógino, mas ela claramente não é uma (como ela pode ser, se ela ama tanto garotas que vai sair apenas com elas?); para sugerir, de algum modo, que ela apenas sai com garotas, que é o motivo dela ter tido vontade de sair comigo. Eu não sei se ela está tentando me machucar de propósito, sequer se ela percebe que está fazendo isso, ou se estou sendo sensível demais. Pode ser difícil entender o que Marisol está pensando, e quase tenho certeza de que ela gosta assim. O pior é que nem posso falar com Ezra sobre isso, não sem admitir o que Marisol disse.

Marisol está no meio de um monólogo sobre Hazel.

— Ela é tão confusa. Quero dizer, o que foi aquilo hoje à noite? Ela só está de sacanagem comigo? Ela faz essa coisa de não responder minha mensagem por, tipo, cinco horas, e eu não sei se ela está se fazendo de desinteressada ou se ela realmente não olha o celular.

— Provavelmente só não olha o celular — Leah diz a ela. — Qualquer um agarraria a chance de ficar contigo.

Eu tenho a sensação de que Leah está brincando apenas em parte.

— Eu sei, num é? — Marisol diz, então adiciona uma risada. — Foi mal você não ter tido a chance, Felix.

Estou de bruços, com a cabeça apoiada nos braços dobrados. Há uma sensação de vergonha em meu peito.

— Obrigado, eu acho?

Ezra nos ouviu da janela. Ele geme com um sorriso.

— Esqueci totalmente que vocês saíram — ele pausa. — É esquisito que vocês saíram por, tipo, aproximadamente três segundos?

— Primeiro, vai se foder, foram duas semanas — Marisol diz. — E segundo...

Na luz baixa da TV no mudo e das luzes piscantes de Natal, ela se senta de frente para mim.

— Bem, não é esquisito para mim. Só não deu certo. Acontece. É esquisito para você, Felix?

Ela sorri um pouco, como se estivesse me provocando. Ela sabe que as coisas estão esquisitas para caralho. Eu hesito. Eu nunca contei a Ezra o que Marisol disse. É vergonhoso, quase humilhante, e não quero lidar com o desconforto. Ezra ficaria puto, ele e Marisol iriam brigar e haveria uma fofoca desnecessária na St. Cat's. O comentário estúpido de Marisol não vale a pena bagunçar meu último ano de escola. Ao contrário da galeria de Declan.

— Hum... — Eu digo, consciente de repente de que estão todos me encarando. — Não. Não é esquisito.

Leah coça a nuca e Austin morde o lábio. Ezra dá um sorriso meio careta do tipo da Chrissy Teigen.

— Então, é mesmo esquisito pra porra, hein?

Marisol dá de ombros.

— Eu não fazia ideia que você se sentia desconfortável — ela me diz. — Nós podemos falar sobre isso, eu acho, se você quiser.

Não, eu definitivamente não quero falar sobre isso, especialmente quando Marisol, de algum modo, tem um jeito de fazer as coisas serem problema meu. Como se ela não tivesse nada a ver com o motivo de eu estar desconfortável com ela. Como se ela não tivesse memória de me dizer que sou um misógino.

Ezra vem até nós, sentando-se ao meu lado no colchão. Austin apaga o baseado e o segue, sentando-se de pernas cruzadas no chão ao lado de Leah.

— Podemos fazer disso um episódio do Dr. Phil — Ezra sugere.

— Dr. Phil? — Marisol ecoa. — Quantos anos você tem, cinquenta?

Ezra a ignora.

— Terapia em grupo. Pode ser bom para a gente.

Eu não consigo pensar em nada mais desagradável.

— Obrigado — eu digo — mas não, obrigado.

Leah sorri para mim. Seu rosto fica extraordinariamente vermelho quando ela está embriagada.

— Felix, posso te perguntar uma coisa? — ela continua sem esperar minha resposta. — Você saiu com a Marisol — ela diz — mas você também gosta de caras? Já que você saiu com o Ezra, quero dizer.

Marisol começa a gargalhar. Ezra se engasga e eu torço o rosto, confuso.

— Quê?

Leah está surpresa.

— Vocês dois namoraram, não é?

— Não, a gente não namorou.

A risada de Marisol fica mais escandalosa.

— Ah — Leah diz, olhando para Marisol e Austin, confusa. — Eu achava que vocês tivessem saído. Não sou a única que pensou isso, né?

— Todo mundo sempre acha que a gente namorou — Ezra diz, dando um sorriso pequeno e envergonhado sem olhar para Austin.

Austin bebe um gole da garrafa de cerveja de Leah. Desconfortável.

— É — eu digo — também gosto de caras. Por quê?

Leah se recupera rápido.

— Eu estava só pensando se você se considera bissexual ou pansexual ou algo assim. Eu achava que era bissexual — Leah nos diz, — mas acho que era só porque eu meio que tinha que ser. Era quase como um hábito, até que finalmente, um dia, eu pensei: espera, por que falo que me atraio por homens quando literalmente o último cara que eu achei bonito foi o Simba?

Há silêncio. Marisol pisca para Leah.

— Você sabe que Simba era um leão, né?

Austin adiciona:

— E um desenho.

— Simba era gostoso pra porra, tá bom? — Leah diz. — Aquela cena na selva com a Nala? Por favor, né — ela pausa. — Apesar de que, pensando agora, talvez eu estivesse mais atraída por *Nala* na verdade...

— Eu achava o Kovu gostoso — Ezra nos diz, encostando na parede.

— Eu só tinha olhos para a irmã da Lilo — Marisol diz. — Aquelas curvas. Sério.

— Zuko também — Ezra adiciona.

— Ah — Leah diz, sentando-se. — E a Mulan? E aquelas vibe bissexual pra caralho do Li Shang?

Eu me lembro de repente que amava *Mulan* até ela começar a se vestir de novo como uma garota. Fiquei decepcionado quando ela foi forçada a deixar o exército, forçada a dizer que era uma mulher. É engraçado... eu não havia pensado nisso até agora, mas é mais uma pista. Minhas memórias estão salpicadas com pequenos pedaços de evidência de que sempre fui trans, mesmo antes de saber o que *trans* significava. Às vezes, fico um pouco frustrado comigo mesmo. E se eu fosse uma dessas pessoas que sabem, sem dúvidas, que são trans desde a época em que eram crianças pequenas? Quantos anos eu desperdicei vivendo essa mentira, e tudo isso porque eu sequer sabia que poderia estar vivendo a minha verdade o tempo inteiro? Mas eu também sou grato. Feliz em ter pelo menos entendido.

— Espera — Ezra diz, — todo mundo aqui é queer?

— Sim, claro — Marisol diz. — Eu só ando com gente gay.

Leah enrola um cacho com o dedo.

— Gente hétero é tão cansativa.

— Vocês viram aquele artigo sobre se a mulher tem algum valor se não for casada e tiver filhos? — Austin pergunta.

— Eu vejo pelo menos uma coisa todo dia que me faz questionar se as pessoas hétero estão bem da cabeça.

— E também tinha aquele artigo dizendo que seriados de TV queer estão deixando mais pessoas gays.

— Eu nunca tinha visto um único seriado de TV com uma pessoa gay até tipo, o ano passado — Leah diz — e eu não acabei hétero. Então...

— Os seriados não estão fazendo as pessoas gay — Austin diz. — Eles só estão fazendo as pessoas perceberem que isso é... Eu não sei, uma possibilidade. É como se todo mundo passasse por uma lavagem cerebral quando somos bebês para pensar que precisamos ser hétero.

— Os héteros dizem que temos um plano para transformar as pessoas em gays — Marisol diz, — mas então forçam crianças umas com as outras e dizem que é *tão fofo* e que estão *destinados a se casar*. Fala sério.

Eu entendo o que Austin quer dizer. É tipo ler *I Am J* pela primeira vez e tudo *se encaixar*. Eu já havia passado pela situação toda de *questionar a sexualidade* alguns anos antes disso. Eu já tinha gostado de garotas e garotos antes, mas eu nunca tinha me interessado por uma garota e um garoto ao mesmo tempo. Era quase como um ciclo. Eu me atraía por garotas por alguns meses, então por garotos por alguns meses, então de volta por garotas. E agora relembrando isso, sempre que eu gostava de um cara, é difícil dizer se eu estava mesmo a fim dele, ou se eu queria apenas *ser* ele — ou ambos. Foi um dos períodos mais confusos da minha vida. Eu pensava, por algum motivo, que eu tinha que descobrir por qual eu me atraía mais, se eu era gay ou hétero. Um dia, algumas semanas depois de conhecer o Ezra, logo na época em que ele começou a sair com Declan, eu contei a ele que senti que estava enlouquecendo.

— Eu não entendo — ele disse, juntando as sobrancelhas. — Por que você precisa escolher?

E realmente foi fácil assim. Levou um tempo para perder o hábito, mas eu eventualmente parei de me preocupar com a questão e só fui no embalo dos ciclos — e conforme eu parei de me preocupar com isso, comecei a perceber coisas diferentes nas pessoas que me atraem, e os tipos de coisas que as conectam. Confiança. Uma chama dentro delas, como se soubessem exatamente quem são, e ninguém é capaz de dizer o contrário.

— Ezra — Leah diz, — você é bissexual também?

Ezra é do tipo bêbado preguiçoso. Ele dá de ombros com um sorriso lento.

— Eu honestamente não ligo muito para rótulos. Quero dizer, sei que eles são importantes para um monte de gente, e entendo o motivo, não estou criticando isso. É só que... Eu meio que queria que a gente pudesse existir sem precisar se preocupar em se encaixar em categorias. Se não existissem pessoas hétero, nem violência ou abuso ou homofobia ou coisas assim, a gente precisaria de rótulos, ou poderíamos apenas existir? Às vezes eu me pergunto se rótulos podem atrapalhar. Tipo, se eu tivesse convicção de que sou hétero, isso me força a gostar apenas de garotas? E se isso me impedisse de me apaixonar por um cara? Eu não sei — ele repete. — Entendo que rótulos podem ser importantes.

— Eles nos conectam. Eles ajudam a formar comunidades — Leah diz. — Entendo o que você quer dizer. Se o mundo fosse perfeito, talvez a gente não precisasse de rótulos. Mas o mundo não é perfeito, e rótulos podem realmente ser uma fonte de orgulho, especialmente quando temos que lidar com tanta merda. Eu tenho orgulho pra cacete de ser lésbica.

— É, isso é legal — Ezra diz, acenando com a cabeça. — Eu gosto muito disso. Eu só não quero usar rótulos pra mim mesmo. Eu me sinto melhor sem eles.

— Ok — Leah diz. — Essa é a sua escolha. Eu respeito.

Todos nós ficamos em silêncio, e é tarde. Dá pra perceber que todo mundo está cansado, e meus olhos estão começando a se fechar. Meu bolso vibra, me despertando. Marisol está mexendo em seu celular, no chão. O medo me atinge. E se for outra mensagem de merda no Instagram? Eu pego o celular e deslizo a tela para destravar. A notificação é do Instagram, mas dessa vez, não é para minha conta verdadeira. É para luckyliquid95.

— Você tá bem? — Ezra pergunta, me cutucando com o joelho.

Eu dou um aceno distraído enquanto digito na tela do celular. Minha foto da festa, o rastro de luzes e o borrão de pernas, recebeu uma curtida e um comentário. Eu me sento, a animação batendo no peito.

thekeanester123: Bonita foto. Realmente pega a atenção de quem olha. Também é interessante que o assunto é o observador, mas, de certo modo, quem visualiza também é um observador.

Jesus Cristo. A onda de excitação vai embora num instante. É claro que Declan Keane seria um babaca presunçoso, mesmo no Instagram.

— Felix — Ezra diz — o que tá rolando?

Eu entrego o celular para ele.

— Ah, puta merda — ele diz.

— O que foi? — Marisol pergunta, se inclinando para a frente para ver, mas eu balanço a cabeça rapidamente para Ezra.

Há dois tipos de fofoqueiros: Ezra, o tipo que é todo ouvidos e escuta alegremente qualquer e todo tipo de segredo; e Marisol, o tipo que espalha todos os segredos. Se ela descobrir meu plano com Declan, ele vai ficar sabendo antes do dia nascer.

Mari percebe que estou sacudindo a cabeça. Uma sombra de mágoa atravessa seu rosto.

— Sério?

Ezra se retrai.

— Desculpa. Isso é um pouco pessoal demais.

Ela revira os olhos e se levanta.

— Beleza. Que seja. Eu sei quando não sou desejada.

Ezra dá um aceno indiferente.

— Te vejo amanhã.

Ela sopra um beijo para ele.

— Adeus, meu amor.

— Eu deveria ir para casa também — Austin diz.

— Eu também — Leah diz, levantando-se num pulo.

Austin hesita, encontrando o olhar de Ezra. Ezra provavelmente deveria se levantar e acompanhar Austin até a saída, depois de enfiar a língua na garganta do cara por aproximadamente uma hora, mas ele continua ao meu lado, piscando os olhos para Austin.

— Ah... Eu te mando mensagem, tá bom?

Austin dá um meio sorriso.

— Ok.

Os três saem e a porta se fecha atrás deles. Ezra me estende o celular.

— Austin, hein? — eu digo enquanto pego de volta.

Ezra morde o lábio, esfregando o pescoço.

— É, eu realmente não previ essa.

— Ele é um candidato para ser seu novo amigo especial?

Ezra dá de ombros, e fica óbvio que ele não quer falar sobre isso. Eu não sei por que, mas eu abandono o assunto e volto minha atenção de volta para o comentário de Declan, começo a ficar nervoso enquanto eu leio e releio a mensagem. Como eu respondo? Se não responder o comentário exatamente do jeito certo, posso estragar tudo. Essa pode ser a minha única e última chance de fazê-lo conversar comigo. Descobrir um segredo que eu posso usar para foder com a vida dele.

— O que você vai fazer? — Ezra pergunta num tom sussurrado.

— Eu não faço ideia.

Ele olha para mim.

— Quero dizer, você vai responder, né?

— Sim, é claro. Eu só não sei o que vou dizer.

Nós dois olhamos para o celular.

— Bem — Ezra diz, deitando-se, — eu vou dormir.

— Espera, o que? Você não vai me ajudar a resolver isso?

— Desculpa — ele vira de costas para mim. — Eu não posso em sã consciência apoiar as suas tendências de Sonserina.

Isso é novidade para mim.

— Você estava concordando em destruir a vida do Declan alguns dias atrás.

— É, mas isso foi antes de eu perceber que esse é literalmente o tipo de coisa que pode botar a gente na cadeia — ele diz, olhando sobre o ombro para mim. — Não sei, Felix. Talvez você não devesse fazer isso.

— Você tá falando sério? — eu digo, a raiva subindo. Eu quase sinto como se ele tivesse me traído. — É fácil para você esquecer o que Declan fez comigo, pelo visto, não foi você que ele humilhou.

— Não, não foi — Ezra concorda, — mas é nesse ponto que a *escola* deveria entrar. A gente deveria ir falar com a reitora ou algo assim. Não... *sei lá*, esse plano de vingança complicado demais. Só não parece que vale a pena.

A raiva estoura.

— Foi comigo que ele fodeu, Ezra, não contigo. Fui eu que ele chamou pelo nome morto. Foram minhas as fotos antigas que ele pendurou numa porra de galeria. É pra mim que ele tem enviado mensagens babacas no Instagram. Sou *eu* quem pode dizer se esse plano de vingança complicado demais vale a pena. Spoiler: vale pra caralho.

— Ok — Ezra sussurra. — Você tá certo. Desculpa.

Nenhum de nós dois fala nada por um tempo. Posso sentir a raiva crescendo no peito, meus olhos ardendo, e de repente fica um pouco difícil de respirar. Eu sei que não é com o Ezra que estou furioso. Eu não deveria ter despejado isso nele. O vizinho de cima, provavelmente ainda irritado com a festa, começa a pisar duro e jogar coisas no chão. As paredes do apartamento vibram e ecoam. Um carro com a música mais nova do Drake tocando alto passa na rua. Consigo ouvir Ezra engolindo saliva.

— O que você quis dizer — ele fala — com mensagens babacas no Instagram?

Eu não queria contar a ele, mas acho que agora já era, de qualquer maneira.

— Sei lá. Teve uma conta anônima, grandequeen69. Essa pessoa me disse... nem quero dizer o que essa pessoa me disse. Mas tenho certeza de que é o Declan.

— Cacete, Felix. Por que você não falou nada?

Eu balanço a cabeça.

— Não sei. Não importa. Se eu ainda puder acabar com o Declan, não importa.

Ezra franze o cenho, desviando o olhar do meu. É óbvio que ele voltou a pensar a mesma coisa que havia pensado no primeiro dia: não há provas concretas de que nada disso foi o Declan, não mesmo.

— É só que... — ele me diz — eu não quero que você... Não sei. Fique obcecado com isso?

— Obcecado?

— Obcecado com isso, quando você poderia usar sua energia com outras coisas — ele se vira para mim, apoiando-se no cotovelo. — Tipo o seu portfólio.

— Estou bem — eu minto. — Não preciso que você se preocupe comigo. Eu só preciso que você me apoie. Tudo bem?

Ezra se deita de costas, olhando para o teto quando há um barulho particularmente alto de algo quebrando.

— Ok. Tudo bem.

Eu respiro fundo, desbloqueio meu celular de novo, semicerrando os olhos para ler o comentário de Declan na luz baixa. Eu e Ezra não discutimos muito, mas quando isso acontece, eu tento seguir em frente e fingir que não aconteceu, e ele normalmente faz o mesmo.

— Droga. O que raios eu respondo?

Ez não olha para mim. Talvez ele ainda esteja com um pouco de raiva.

— Acho que uma maneira de fazê-lo falar é perguntar algo, né? Declan ama falar dele mesmo.

— É, você tem razão — digo.

Eu imediatamente sei o que perguntar. Meus dedos voam sobre a tela.

luckyliquid95: Obrigado! Você gosta de fotografia de exposição longa?

Encaro o celular, esperando para ver se ele vai responder.

— Felix — Ezra diz, — você está ficando obcecado.

— Não estou ficando obcecado.

— Você está sem sobra de dúvidas ficando obcecado.

Eu dou as costas para ele e seguro o celular com a tela para cima, encarando, esperando uma resposta — até que, sim, eu recebo uma notificação.

thekeanester123: Normalmente não. Exposição demais pode ser exagerada.

Eu reviro os olhos.

thekeanester123: Mas você fez bom uso.

Eu mordo o lábio, os dedos hesitando — não posso demorar muito para responder, ele pode ficar entediado de esperar e parar de falar comigo de vez, mas eu ainda preciso ser cuidadoso com o que dizer...

luckyliquid95: Qual é o seu meio favorito?

thekeanester123: Depende. Tem tanto que pode me inspirar. Eu não gosto de me categorizar.

Ainda presunçoso, mas eu até consigo entender o que ele quer dizer.

luckyliquid95: Quais são as coisas que te inspiram?

Ele não responde.

— Merda — eu murmuro, mordendo o lábio, esperando, esperando.

Talvez seja tarde demais — é quase duas da manhã agora — e ele decidiu ir dormir. Talvez ele tenha só se entediado e eu fiz perguntas demais. Não posso desistir. Eu tento de novo.

luckyliquid95: Ainda estou tentando entender o que me inspira.

A respiração de Ezra suaviza ao meu lado, e eu sei que ele adormeceu.

luckyliquid95: Acho que eu só... não tive experiências o suficiente para fazer o tipo de arte que eu quero fazer. Como devo fazer as pessoas sentirem coisas, se eu mesmo nunca senti nada?

Alguns segundos se passam, e então:

thekeanester193: É. Eu entendo o que você quer dizer.

Minhas sobrancelhas se erguem com isso. Declan sempre age como se fosse a Segunda Vinda de Cristo. Essa é a primeira vez que eu vejo uma fagulha de vulnerabilidade nele nos últimos dois anos.

luckyliquid95: Que tipo de coisa você quer experimentar?

Eu não consigo evitar, eu seguro a respiração. Esse é o tipo de pergunta onde a resposta de Declan pode me dizer algo que ele não gostaria que ninguém soubesse, um segredo que eu poderia usar contra ele. Mas esse também é o tipo de pergunta que pode levar essa conversa um pouco longe demais. Por que ele contaria algo assim para um estranho?

Mas um segundo depois, ele responde:

thekeanester123: Eu não sei direito, para ser sincero. Acho que não saber é parte disso tudo. Não saber nem que experiências eu preciso viver para ficar inspirado.

Merda. Ele ainda é um babaca, mas essa é uma resposta muito boa.

thekeanester123: E você?

Eu engulo, hesitando — eu sei o que quero responder para essa pergunta, mas será que isso levaria a conversa além do limite?

Eu me arrisco:

luckyliquid95: Eu quero me apaixonar.

Eu encaro, sem piscar, atualizando meu Instagram a cada segundo, mas ele não diz mais nada.

É isso.

Plano destruído.

Eu posso tentar de novo, mas há pouca ou nenhuma chance de ele responder, se ele ficou assustado com o tanto que eu falei.

Que inferno.

Eu largo o celular e me deito de costas com um gemido. Ezra balbucia no sono e rola para o lado, abraçando minha cintura, acomodando a cabeça no meu ombro. O cabelo dele tem cheiro de cerveja e está quente demais para ficar agarradinho hoje.

— Ezra — eu murmuro, empurrando-o.

Ele abre um olho para me ver, brilhando sob o pisca-pisca de Natal.

— Felix. Meu Deus. Por que você ainda tá acordado? Vai dormir.

Eu fecho os olhos.

— Não consigo. Acho que fodi o rolê. Ele parou de me responder.

— Quem parou de responder?

Ezra é praticamente inútil quando está sonolento.

— Declan.

— Ah — ele diz. Ele não diz nada por um bom tempo, acho que ele caiu no sono de novo, até que ele diz — Declan Keane não merece você.

— O quê? — eu olho para ele. — O que caralhos você tá falando?

— Eu posso dizer isso — ele diz. — Eu saí com ele por, tipo, quase um ano, e posso dizer que ele não merece nada da sua atenção. Você é bom demais para ele.

Eu reviro os olhos. Não sei se ele está meio bêbado, chapado, dormindo ou tudo junto.

— A gente pode ficar abraçado? — ele pergunta.

— Tá quente demais, Ez.

Ele não diz nada. Acho que ele está emburrado, mas está escuro demais para ver.

Eu suspiro.

— Tá bom. Mas não se deita em cima de mim. Você é pesado demais.

Ele volta ao meu lado imediatamente, com o braço na minha cintura, os cabelos cheirando a cerveja caindo na minha bochecha. Ele volta a dormir em segundos, mas eu tenho pensamentos demais rodopiando na cabeça, sonhos demais de Declan Keane e Instagram e aquela porra de galeria no saguão da St. Cat's. Eu durmo e acordo várias vezes, a cada hora mais ou menos, suando — está realmente quente demais, e Ezra conseguiu rolar metade do corpo para cima do meu, as pernas longas emboladas nas minhas.

Quando abro meus olhos de novo, a luz do sol está se derramando pela janela. Minha boca parece uma lixa. Eu pego meu celular: 8:24. Merda. Temos cinco minutos para chegar na aula a tempo.

Eu afasto Ezra de cima de mim, me levantando num pulo, mas antes de dar outro passo, eu vejo uma notificação do Instagram. Meu coração para por um segundo. Eu deslizo a tela e minha conversa com Declan abre.

thekeanester123: Eu queria conseguir me apaixonar também.

Sete

Declan Keane quer se apaixonar.

Essa é a única coisa que eu consigo pensar a caminho de St. Cat's. Ezra ainda está meio dormindo, arrastando os pés e resmungando que quer matar aula hoje. Eu normalmente toparia, depois de ficar acordado até as três da manhã, mas não consigo resistir à vontade de ver Declan. Olhar para ele, depois da conversa que tivemos.

Declan Keane quer se apaixonar.

Isso é um segredo grande o suficiente para destruir a vida dele?

Não, provavelmente não. Mas é interessante.

— Ei, Ezra — eu digo enquanto andamos.

Ele grunhe.

— Que?

— Você e Declan estavam apaixonados?

Ele franze a testa para mim e, mesmo por trás dos óculos escuros, eu posso ver que ele está me encarando.

— Que porra de pergunta é essa?

— Eu realmente quero saber — digo na defensiva.

— Por que você quer saber?

Eu dou de ombros.

— Depois da mensagem que o Declan enviou...

Eu contei a Ezra sobre a conversa, claro, mas ele não está muito animado a respeito. Ele suspira profundamente. Ele nunca foi uma pessoa que gosta de acordar cedo.

FELIX PARA SEMPRE

— Apaixonado é uma palavra forte — ele diz. — Mas eu não sei. A gente se gostava muito, eu acho. Mas ele nunca me disse *te amo*.

— Você o amava?

— Você tá enxerido pra cacete hoje.

— Desculpa — digo num tom que deixa óbvio que não me desculpo por nada.

Ele não responde, não de imediato, mas então ele diz:

— Bem, num dado momento, eu pensei nisso, talvez...

Eu tensiono o maxilar.

— Sério?

— Sério — ele diz. — Quero dizer, o cara é um babaca, mas aquele foi meu primeiro relacionamento sério. Sei lá. Acho que fiquei todo perdido na emoção do momento.

Ele me dá um sorriso que dura segundos, mas mesmo que ele tente esconder, ainda consigo ver a dor no modo como ele curva os ombros um pouco, no modo como os cantos de sua boca estremecem. Eu o cutuco de leve com o cotovelo.

— Bem, você sabe—ele é quem saiu perdendo e tal.

— Certo — Ezra diz.

Declan Keane quer se apaixonar, e ele pode ou não ter amado o Ezra. É estranho saber isso sobre ele assim de repente. Era mais fácil não saber. Mais fácil não pensar nele como uma pessoa com sentimentos, quando ele está agindo como um babaca, colocando minhas fotos antigas na galeria e usando meu nome morto e me enviando uma merda de mensagem horrorosa e provocadora no Instagram. Até quando eu achava que éramos amigos, antes dele de repente virar as costas para mim e Ezra, ele nunca falou dele mesmo dessa maneira.

Eu olho para Declan. Ele está sentado na mesa ao lado da minha, como sempre, e por ironia do destino, o único banco livre estava a apenas alguns metros dele. Jill está dando seu discurso de check-in da manhã — o tópico de hoje: ame a arte, não o artista.

— É importante focar na arte sem conhecer o criador — ela diz. — Importa quem foi o criador? A identidade do artista deveria importar quando o assunto é revisar e se conectar com uma peça que ele criou?

— Sim — eu sussurro para Ezra — especialmente se o artista é um babaca.

O rosto de Jill gira na minha direção. É como se ela tivesse audição supersônica ou algo do tipo, juro por Deus.

— O que disse? — ela diz com seu sorriso exageradamente amigável, animada que alguém na turma tem uma opinião de verdade, finalmente.

Eu suspiro. Jill se empolga um pouco demais com esses debates logo cedo.

— Eu disse que importa se o artista for um babaca.

— Por quê?

Eu dou de ombros.

— Sei lá. Digo, toda arte não é um pedaço da alma do criador? Se o criador é um filho da puta maligno, isso não significa que estamos sendo influenciados pelo mal no trabalho dele?

Ela parece considerar, com um brilho em seus olhos — sério, é cedo demais para qualquer um ficar tão animado assim.

— Mas a arte não é sobre expressar o objetivo do criador da melhor maneira que suas habilidades permitem? A moralidade tem alguma coisa a ver com a técnica da própria peça?

Declan está se inclinando em seu no banco, arriscando cair para trás, mas de algum modo conseguindo se equilibrar e parecer relaxado ao mesmo tempo.

— Além do mais — ele diz — quem é que pode julgar o que é e o que não é maligno?

— Ótimo ponto! — Jill diz, assentindo. — Sim, ótimo ponto. A questão da moralidade deveria ser mantida fora da arte?

Declan abre um sorriso falso em minha direção. Eu reviro os olhos.

— Moralidade, na sua essência, define o que é humano — digo. — Manter questões de moralidade fora da arte sugere manter a humanidade fora da própria arte.

Jill assente lentamente.

— Sim, esse é um ponto interessante também.

— Então você restringiria o trabalho artístico? — Declan me pergunta. — Censuraria?

Ele acena com a cabeça para a tatuagem de *Judit I (e a cabeça de Holofernes)*, de Klimt, em Ezra que pisca os olhos para Declan com uma expressão neutra, ainda meio sonolento.

— Não é exatamente moral cortar a cabeça de alguém fora. Essa peça nunca deveria ter sido criada?

Eu balanço a cabeça.

— Não, mas há um limite.

— Que limite é esse?

— Um limite que pode machucar as pessoas.

— Machucar as pessoas?

— Sim. Propaganda contra raças diferentes, ilustrações demonstrando grupos de humanos como inferiores a outros. Arte por arte, sem qualquer preocupação com outras pessoas...

Eu pauso. Há muita emoção na minha voz, e todo mundo está olhando para mim agora, as pessoas se viraram em seus assentos para me observar por sobre os ombros. Ezra está acordando, olhando para mim e Declan. Eu me aprumo no assento.

— Precisa existir um julgamento moral na criação.

Isso poderia ter acabado aí. Deveria ter acabado aí. Mas Declan Keane, ele nunca sabe quando calar a porra da boca.

— Acho que isso é em referência àquela galeria sua — ele diz.

A sala fica paralisada. Em silêncio.

Ezra fica tenso ao meu lado.

— Cala a boca, Declan.

Declan dá de ombros.

— Se é disso que você está falando, deveria dizer logo.

— Eu disse *cala* a boca, Declan.

— É difícil dizer quem foi o artista, ou qual era o seu motivo, mas...

Meu pé se move antes mesmo do meu cérebro registrar o que eu fiz. Eu chuto o banco de Declan e ele cai para trás, colidindo com o chão. Há um grito da nossa mesa — Leah — e Jill corre em nossa direção enquanto Declan se senta, com a mão atrás da cabeça. Ele olha a palma. Não há sangue, mas isso não o impede de me encarar com um ódio nos olhos.

— Você tá de sacanagem comigo? — ele grita.

— Ok, tudo bem — Jill tenta ajudá-lo, mas ele afasta as mãos dela, ficando em pé num pulo.

Merda. Merda, merda, merda.

— Acidente.

— É o caralho! — Declan tenta se aproximar de mim, mas Ezra entra no meio de nós dois na mesma hora, com as mãos erguidas.

— Foi um acidente!

Jill está balançando a cabeça. Merda.

Declan aponta para mim, ainda tentando desviar de Ezra.

— Você chutou meu banco. Eu poderia ter me machucado. Eu poderia ter morrido.

— Não seja tão melodramático.

— Vai se foder, Felix.

— Chega!

A voz de Jill ecoa na sala de aula, todos os sinais de sua animação anterior desaparecem. Todo mundo está de olhos arregalados. Austin está com a mão na boca, e Hazel está com o celular, filmando tudo do outro lado da sala. Meu coração afunda. A St. Cat's tem uma política de tolerância zero para violência, e Declan é basicamente a pior pessoa com quem eu poderia ter mexido. O pai dele poderia me expulsar em um piscar de olhos, especialmente se minha expulsão significar que Declan não terá mais competição para uma vaga na Brown. Eu posso dizer adeus para a bolsa e a Brown.

— Desculpa — digo, a voz rouca, um sussurro na sala silenciosa. — Juro, foi um acidente.

O maxilar e os punhos de Declan tensionam intermitentes.

— Vão para a sala da reitora — Jill diz. — Os dois. Agora.

— Eu me desculpei...

— Por que *eu*? Foi ele que...

— *Agora* — ela diz de novo.

Ezra tem expressão no rosto de como me sinto por dentro — aterrorizado — enquanto pego minha mochila e saio da sala, com Declan atrás de mim. *Merda*. Eu não estava pensando quando chutei. Eu não tive a intenção, mal foi um pensamento. É que ele não calava a boca sobre a galeria, e falava sobre isso de um jeito tão presunçoso, como se estivesse esfregando na minha cara, o fato de que foi ele quem publicou minhas fotos e meu nome de registro, que me enviou aquela mensagem no Instagram...

Os corredores têm paredes de tijolos e piso de madeira escura. Não há elevadores, então temos que subir três lances de escada abafados, minha camisa grudando nas costas com o calor. Declan me segue, mas não tão perto, como se ele não pudesse garantir que não iria empurrá-lo escada abaixo se chegasse perto o suficiente.

Chegamos ao primeiro andar onde há vários escritórios, incluindo o da reitora. A secretária escuta nossa história super simplificada — "fomos enviados pela Jill" — e ela nos diz para esperar no banco de metal do lado de fora do escritório da reitora.

Ela nos deixa lá. Eu fecho os olhos e respiro fundo. Preciso ter a cabeça fria quando entrar no escritório. Preciso acertar minha história. Foi um acidente. Eu chutei sem ter a intenção. Meu pé escorregou. Qualquer coisa.

Declan se senta na beira do banco, com o joelho inquieto para cima e para baixo. Ele confere a parte de trás da cabeça de novo, como se pensasse que magicamente produziria sangue dessa vez. Ele não olha para mim. Eu mal consigo olhar para ele também.

— Você é tão babaca — Declan murmura, de braços cruzados.

— Sujo. Mal lavado. Et cetera.

— Eu sou um babaca porque discordei de você sobre o papel da moralidade na arte?

Ele me observa e eu hesito. É estranho, mas aqui, agora, eu me lembro da conversa que tivemos na noite passada. Eu me lembro que o cara na minha frente era aquele digitando as mensagens no celular. Eu mordo o lábio, desvio o olhar.

— Não — digo, — você é um babaca porque sempre me trata como um merda.

— Como assim?

A galeria. A mensagem no Instagram. Eu quase digo as palavras. Ele espera, olhando para mim, e eu poderia dizer, poderia revelar que eu *sei* que foi ele, mas então eu também estaria desistindo do meu plano de vingança. Se eu contar, ele provavelmente vai descobrir que sou eu que está falando com ele online. Eu poderia falar com a reitora como último recurso, mas o máximo que ele levaria é uma reprimenda leve. Ele não sofreria as consequências que merece, não até eu conseguir descobrir seu segredo mais obscuro, algo que eu possa usar para destruí-lo. Eu não posso contar que sei que foi ele, ainda não.

— Como, exatamente, eu te tratei como um merda? — Declan pergunta de novo.

— Sério? — digo. — Você tem tratado eu e o Ezra como merda durante os últimos dois anos por razão nenhuma.

Ele revira os olhos.

— Eu posso ter tratado o Ezra como merda — ele diz, — mas eu não trato *você* como merda. E não é por razão nenhuma também.

— Você tá de sacanagem, né? — ele suspira impaciente, se virando para o outro lado, mas eu continuo. — Você tem sido um babaca condescendente comigo em qualquer oportunidade. Você fala merda de mim e do Ez, está sempre tentando nos meter em encrenca...

— Você só está puto porque nós dois vamos nos inscrever na Brown e você sabe que não vai entrar.

— Ah, meu Deus, vai se foder.

— Quê? — ele diz, olhando para mim de novo. — É a verdade, não é? Você sabe que eu vou entrar. Posso conseguir a bolsa também. E você não consegue dar um jeito na sua vida. Você nunca chega na hora, nunca trabalha no seu portfólio, e fica puto com isso, então você está descarregando suas merdas em mim.

Eu balanço a cabeça, encarando a porta fechada da reitora.

— Eu sei cuidar da minha vida.

Ele ri.

— Tá bom. Vou fingir que acredito.

Ficamos em silêncio por um tempo.

— Você nem precisa da bolsa — digo a ele.

— Não é exatamente da sua conta dizer se eu preciso da bolsa ou não.

— Até onde eu sei, você não precisa da bolsa. Não em comparação comigo.

A voz dele é baixa.

— Você não sabe merda nenhuma sobre mim.

Antes que eu possa dizer mais alguma coisa, a porta do escritório da reitora se abre, e a reitora Fletcher, com seu penteado afro e uma mecha grisalha, acena para que entremos em seu escritório de painéis de madeira. Nós nos sentamos na frente da mesa pesada.

Ela junta as mãos enquanto nos observa.

— O que aconteceu? A sra. Brody me ligou para dizer que houve uma briga.

Eu olho para meus tênis rabiscados, esperando Declan responder, mas ele também está quieto.

— Vamos lá — ela diz — quero ouvir.

— Nós tivemos uma discussão — Declan diz devagar.

— E? — ela pergunta. — Ouvi que você caiu?

Declan respira fundo, sem olhar para mim.

— Foi um acidente esquisito, eu acho. O pé dele escorregou, eu estava me inclinando para trás...

Eu olho para ele. A reitora ergue uma sobrancelha, olhando para nós dois.

— Um acidente?

Declan não diz mais nada. Eu aceno com a cabeça lentamente.

— É — eu digo. — Um acidente.

A reitora olha para mim, então para Declan e de volta para mim.

— Tudo bem — ela diz finalmente, claramente sem acreditar em nenhum de nós dois, mas não há nada que ela possa fazer a não ser que exista uma reclamação oficial. — Eu espero que vocês resolvam seus problemas para que não interrompam mais as aulas futuras. Enquanto isso, gostaria de um aperto de mãos e uma trégua.

Ela foi longe demais. A revirada de olhos de Declan demonstra que ele concorda comigo.

— Vamos lá — ela diz. — Um aperto de mãos e um pedido de desculpas, dos dois.

Jesus Cristo, vamos resolver isso logo. Eu giro no assento na direção de Declan, com a mão estendida. Seus braços estão cruzados, mas ele os descruza e aperta minha mão. Sua mão é maior, uma mão de artista com tinta seca nas dobras da pele. Declan me encara.

— Desculpa — ele diz, apertando minha mão um pouco no gesto.

— Desculpa também — digo a ele.

Nós soltamos as mãos imediatamente.

A reitora se levanta, arrastando a cadeira para trás.

— Já é um começo.

Declan sai pela porta primeiro, vários passos na minha frente, sem se importar em olhar sobre o ombro para trás. Eu não sei por que faço isso, por que eu sequer me importo, mas eu corro para manter o ritmo, caminhando pelo corredor ao lado dele.

— Por que você disse aquilo?

Ele não olha para mim.

— Disse o que?

— Que foi um acidente.

— Então *não* foi um acidente? — ele diz. — Que surpresa.

Eu não falo, apenas continuo andando pelo corredor de painéis de madeira, até que ele abre a porta no fim do corredor, fazendo com que entremos no saguão. Meu coração aperta e meu estômago se revira. Declan finalmente para de andar. Ele se vira e olha para mim.

— Escuta — ele diz, — eu não quis fazer nada ao mencionar a galeria. Eu só estava argumentando...

— Você não pode usar minha dor para fazer seu argumento.

Ele solta um suspiro profundo. Ele fica ali por um segundo, mexendo o maxilar, e eu o encaro, aguardando, consciente demais do fato de que estou enfrentando Declan aqui e agora, no mesmo espaço que ele usou para me machucar.

— Eu disse que foi um acidente porque não valeria a pena passar por quatro meses de audiências disciplinares só pra te expulsar.

— Ok — digo devagar.

Ele dá um passo para frente.

— E eu também quero que você saiba, quando eu entrar na Brown no seu lugar, não vai ser porque eu consegui te expulsar da escola — ele me diz. — Vai ser porque eu mereço mais do que você.

Eu o encaro sem expressão.

— Eu sempre fico impressionado com a profundidade das merdas que você fala.

Um sorriso aparece em seu rosto, e por um segundo, ele parece tão surpreso quanto eu. Declan Keane, rindo de algo que eu disse?

Ele se recupera rápido, olhando para o chão.

— Desculpa, então — ele diz, — por mencionar a galeria.

Ele se vira e me deixa no saguão com nada além de uma sensação gritante de *Que merda acabou de acontecer?*

Oito

Declan Keane nunca pediu desculpas. Nem uma vez, nunca, por nada que ele tenha feito comigo e com o Ezra.

— Talvez ele não seja tão babaca quanto gostamos de pensar que ele é — Ezra diz com os olhos fechados.

Ele parece entediado, como se já estivesse cansado de falar de Declan por hoje — e, quero dizer, sendo honesto, acho que Ezra está cansado de falar do Declan desde o momento que eles terminaram. É meio impressionante, na verdade: quando Ezra teve seus sentimentos feridos, ele disse que iria seguir em frente, e foi exatamente isso que ele fez. Diferente de mim. Quando alguém me magoa, eu fico obcecado em como convencer a pessoa de que eu mereço o amor dela ou fico obcecado em como destruí-la.

Estamos deitados na grama do parque com latas mornas de cerveja escondidas nas mochilas. As aulas acabaram por hoje, e é uma terça-feira tranquila — sem piqueniques, sem cachorros latindo ou crianças gritando. Apenas a brisa e uma conversa distante de um casal mais velho sentado num banco do parque. O celular de Ezra está tocando Solange, sza e Mila J cantando sobre como ela está em modo de avião e não precisa de drama, e é tão calmante, tão relaxante, o calor do sol em meu rosto, ombros e braços.

— Quero dizer — Ezra continua, — ninguém gosta de admitir, mas todos nós podemos ser babacas. Todo mundo faz merda às vezes. Mas aprendemos e crescemos e agimos melhor da próxima vez. Certo?

— Parece até que você está tentando inventar desculpas para Declan.

Ele franze um pouco a testa com os olhos fechados.

— Não. Eu só estou dizendo... Eu não sei, talvez a gente não saiba a história completa. Talvez ele não seja tão ruim como gostamos de pensar que ele é. É fácil designar papéis pras pessoas. Mais fácil só pensar que Declan Keane é um merda e pronto.

Eu semicerro os olhos.

— Você tá chapado?

Ele abre um olho.

— Não. Por quê?

— Você só parece meio chapado.

— Vou entender isso como um elogio.

— Não foi um elogio, mas beleza.

Ele se aproxima e passa o braço ao redor do meu pescoço de modo que no segundo seguinte estamos lutando na grama. Ezra vence, claro, me prendendo no solo, sorrindo para mim, até que ele desaba, sorrindo enquanto eu luto para empurrá-lo para sair de cima de mim. Ele se vira e deita na grama de novo. O casal mais velho está nos observando com um sorriso.

— Mas acho que eu entendo mais ou menos o que você estava dizendo — digo a Ezra. — Sobre se prender à ideia de alguém na cabeça.

— É?

As palavras estão saindo mais rápido do que eu posso acompanhar.

— É. E, tipo, acho que fazemos isso pra nós mesmos, também.

— Como assim?

Não tenho certeza nem se estou preparado para falar sobre isso. É difícil, talvez até impossível, articular os sentimentos que tenho circulando dentro de mim — todas essas questões sobre minha identidade. Mas eu já comecei e Ezra está me observando com expectativa e, não sei, talvez falar sobre tudo isso vai me ajudar a entender.

— No meu caso, por exemplo — digo a ele. — Eu me prendi nessa ideia de quem eu era. Eu disse a mim mesmo que sou um cara e pronto, não há nada mais para pensar sobre isso.

Ezra fica quieto. Ele apoia a cabeça enquanto me olha, esperando.

— E quero dizer, por muito tempo, era isso que eu pensava, sem dúvidas, desde que fiz a coisa toda de me assumir e fiz meu pai passar por tanta coisa.

— Ok, desculpa, só me deixa interromper você rapidinho — Ezra diz. — Você não *fez seu pai passar por nada*. Mas tudo bem. Sim. Continua.

— Bem, que seja — digo. — Quero dizer que foi muito sério isso de ser um cara e agora...

— E agora?

Eu dou de ombros, envergonhado de dizer de verdade. Eu me sinto culpado — com vergonha de estar questionando minha identidade de novo.

— Às vezes eu sinto que definitivamente sou um cara, sem dúvidas. Mas em outros momentos... — eu respiro fundo e deixo as palavras saírem — Eu sinto esse incômodo.

— Incômodo?

— É. Uma importunação. Como se algo não estivesse certo, sabe? Eu tenho pesquisado online, tentando entender e...

Ezra está assentindo lentamente, mas eu não acho que ele entende de verdade, e agora eu me sinto envergonhado e idiota, acima de tudo.

— Deixa pra lá — digo rapidamente, escondendo o rosto nos braços dobrados, deitado de barriga para baixo.

— Não, ei — Ezra diz. — Tá bom, eu não entendo direito o que você quer dizer, porque eu nunca questionei minha identidade de gênero antes, mas isso não significa que eu não estou escutando. Tudo bem continuar questionando, não é?

— É — digo, um pouco de hesitação aparecendo na minha voz. — Acho que é meio tipo, não sei, quando o Declan me chamou de *fraude*...

— Ah, por favor. Não, sério. Você vai deixar algo que aquele babaca disse mexer com a sua cabeça?

— Achei que ele não fosse um babaca.

— Eu disse que ele pode não ser tão babaca como pensamos, não que ele não seja um — Ezra abre um sorriso para mim, mas até enquanto o sorriso se dissipa, ele continua me observando com cuidado. — Sério. Esquece ele ou o que qualquer outra pessoa pensa. Faz o que você precisa por você mesmo.

— Acho que você tem razão.

— Você *acha* que tenho razão?

— Você definitivamente tem razão.

Ezra me dá um sorriso de canto de boca e afunda a mão nos meus cachos.

— Eu te amo, Felix. Ok?

Eu olho para ele e Ezra está me observando sem desviar o olhar, apenas me encarando, esperando que eu diga alguma coisa, que eu tenha qualquer reação, mas o que raios eu respondo? Ezra nunca disse *eu te amo* assim antes. Eu sei que, em teoria, é para ser algo que amigos que se amam dizem um para o outro, mas... isso faz com que eu me sinta um pouco vulnerável demais agora.

— Obrigado — digo, um pouco incerto.

Ele belisca minha bochecha e solta quando eu afasto a mão dele.

— Só me avisa se eu devo usar pronomes diferentes contigo.

Eu aceno com a cabeça.

— Sim. Tá bom.

Nós bebemos latinhas de cerveja o suficiente para ficarmos razoavelmente bêbados. Os irrigadores de grama no lado infantil do parque estão ligados, e vamos correndo em direção a eles, gritando e perseguindo um ao outro até ficarmos completamente encharcados. Nós nos secamos nos balanços, para a frente e para trás, as correntes de metal rangendo.

— Nossa, estou tão animado para o mês do Orgulho — Ezra diz. — Todas as festas... e a parada também, é óbvio.

— É óbvio.

— Você vem pra parada comigo esse ano?

— Nem pensar.

Ezra ama tudo e qualquer coisa que tenha a ver com o mês do Orgulho. Ele vai para a parada de Manhattan todo. Santo. Ano. Ele até fica do começo ao fim, o que eu não acho ser possível de verdade, já que a parada tem, o que, mais de dez horas? Mas de alguma maneira ele consegue, enquanto narra tudo por mensagens para mim e postando fotos e vídeos no Instagram o tempo todo. A parada é só um pouco... emocional demais, eu acho? Todo mundo gritando, pessoas chorando, aqueles trios doidos onde as pessoas estão *literalmente se casando e tendo sua primeira dança...* quero dizer, não sei. É tudo um pouco demais para mim, mas Ezra *ama* essa coisa toda. Ele diz que a Parada do Orgulho é um lugar de alegria pura. Seja lá o que diabos isso signifique.

— Beleza — Ezra diz, sem olhar para mim. — Eu posso ter outra pessoa para ir junto esse ano, de qualquer jeito.

Eu franzo o cenho para ele.

— É? Quem, seu amigo especial?

Ezra não ri dessa vez.

— Não, cacete, é sério? — eu pauso. — É o Austin?

Ele dá de ombros.

— Eu não sei, a gente tem se falado por mensagens.

Eu não sei por que me sinto constrangido de repente, ou por que Ezra nem olha para mim.

— Como tá indo?

Ezra dá de ombros de novo.

— Eu não sei se vai dar em algo mesmo. Ele me chamou para sair com ele algum dia essa semana. Acho que pensei, por que não?

Ainda estou com o cenho franzido quando me viro para olhar para o céu. O dia repentinamente não é mais tão relaxante. Austin está em nossas aulas, mas nunca passamos um tempo juntos de verdade antes. Ele só meio que sempre esteve lá, seguindo Leah e Marisol por aí. E agora, de repente, ele pode ser o novo *amigo especial* de Ezra? Estou feliz pelo Ezra, ao menos eu deveria estar. Esse é o primeiro talvez-namorado dele desde o Declan, e isso já faz alguns anos. Mas não consigo evitar a fagulha de inveja também. Parece que todo mundo ao meu redor está sempre se apaixonando.

— Não se preocupa — Ezra diz. — Você ainda é meu número um.

— Quem tá preocupado? Eu não tô preocupado.

Ele ri. Nós ficamos sentados em silêncio por um tempo, mas não é o silêncio calmo que estou acostumado a ter com Ezra. É do tipo em que nós dois temos muita coisa na cabeça, palavras na ponta da língua, mas nenhum dos dois está dizendo nada. É um pouco desconfortável.

Eu começo a me sentir mal por causa do movimento do balanço e toda aquela cerveja no meu estômago vazio, então nós nos deitamos de novo. O sol fica quente o suficiente e a grama é macia o suficiente de modo que quando eu fecho meus olhos, eu posso sentir que estou caindo no sono e acordando. Eu tenho sonhos aleatórios onde não sei se estou desperto, sonhos de uma galeria do Instagram e Declan Keane comprando minhas pinturas e Ezra dizendo que me ama. Quando eu acordo, o sol já quase se pôs, o céu está roxo com faixas de nuvens vermelhas. Ezra está de costas, mexendo no celular.

— Você acordou — Ezra diz, sua voz baixa e rouca o suficiente que eu sei que ele provavelmente acabou de acordar de um cochilo também.

— É — murmuro, me alongando e virando para deitar de costas.

— Minha mãe me mandou uma mensagem — Ezra diz, e eu olho para ele, percebendo suas sobrancelhas franzidas. — Ela e meu pai estão na cidade essa noite e querem que eu vá para casa para um jantar.

— Ah — digo, me sentando.

Ezra sacode a cabeça.

— Eu deveria estar mais animado pra ver meus pais, né?

Não vou dizer ao Ezra como ele deveria ou não se sentir.

— Não sei.

Ezra suspira e se levanta.

— Preciso ir. Eles estão me esperando pra daqui uma hora.

— Tudo bem — Ezra oferece a mão e me ajuda a ficar de pé também.

As faixas de vermelho sumiram do céu, e um azul mais escuro está se derramando. As luzes amareladas dos postes se acendem piscando. O parque vai fechar e os guardas aparecerão a qualquer momento para nos expulsar.

Enquanto andamos para a calçada, Ezra diz:

— Você quer, não sei, vir comigo?

Eu acho que ele está brincado por um instante, mas sua expressão sombria não muda.

— Pro jantar dos seus pais?

— É pra ser uma arrecadação de fundos — sua voz parece triste. Ele até estremece.

Eu hesito e olho para minha regata e meus shorts.

— Eu não estou exatamente vestido a caráter.

Sem mencionar que eu nunca sequer conheci os pais de Ezra antes. De todas as histórias que ele me contou, eles parecem aterrorizantes.

— Eu tenho algumas camisas e gravatas que devem servir em você — ele me diz.

Em todos os três anos que eu conheço o Ezra, eu nunca fui à sua casa de infância na Park Avenue. Qualquer menção ao apartamento de cobertura sempre era descrita como uma torre num conto de fadas, onde Ezra era a princesa, preso e desesperado para escapar. Ele passou cada segundo que pode longe daquele lugar, até mesmo antes dos pais comprarem seu apartamento no Brooklyn. Não é exatamente a experiência comum de um adolescente, eu acho, mas também, Ezra Patel não é um adolescente comum.

— Pode ser divertido — ele diz. — A gente come, bebe, dança, irrita a elite de Manhattan...

Apesar dele abrir um pequeno sorriso, posso ver o desespero em seus olhos também. Ele não quer voltar, não sozinho. Eu começo a pensar se há um lugar em que Ezra se sente... Não sei, seguro, talvez, algum lugar que ele pode ir e saber que será amado, não importa o que. Mesmo que meu pai cometa erros, eu sei que ele me ama. Será que Ezra sente isso também?

Ezra parece que está prestes a implorar para eu ir, e mesmo que eu esteja nervoso quanto a isso, eu quero apoiá-lo.

— Ok. Quero dizer, é, vamos.

Ele me recompensa com um sorriso largo enquanto apoia um braço sobre meus ombros.

— Obrigado, Felix.

Enquanto andamos até a estação, eu puxo a barra da camiseta de Ezra.

— Ei — digo a ele — sobre o que você disse antes, sobre Austin ser o seu novo amigo especial. Estou feliz por você. De verdade.

Ele me observa com atenção antes de me dar o esboço de um sorriso.

— Obrigado.

Nove

Nós pegamos juntos o trem G vazio, antes da transferência para o 7 na Court Square. O trem gelado está cheio de empresários bêbados perdendo o equilíbrio e turistas encarando o mapa nas paredes do trem, discutindo em italiano. Nós saltamos na 42ª e andamos através das multidões apinhadas que se empurram pelas ruas quentes e pegajosas que cheiram a mijo e lixo, com as luzes ofuscantes da Times Square cobrindo o céu noturno numa película brilhante de branco. Eu sigo Ezra pelas ruas e avenidas, se afastando das multidões e chegando mais perto da Park Avenue, até um prédio tradicional de pedras e arquitetura intrincada. Um porteiro inclina o chapéu para nos cumprimentar enquanto uma senhora com um cachorrinho barulhento na coleira passa por nós.

O saguão é todo de mármore — piso, paredes e teto. Há um lustre dourado enorme sobre a recepcionista do saguão, que diz boa noite com um sorriso.

— Bem-vindo de volta, sr. Patel.

— *Sr. Patel*? Eu me sinto como se estivesse em *Downton Abbey* — sussurro para ele enquanto entramos no elevador, feito todo de vidro e luzes brilhantes.

Eu tento não parecer visivelmente desconfortável, não ficar mexendo as mãos ou arrumando o amassado na regata. É mais perturbador ainda perceber como Ezra parece tranquilo com tudo isso. Vê-lo de cabeça erguida, os olhos apagados pelo tédio, realmente traz à tona o fato de que ele cresceu nesse tipo de riqueza, e que ele ainda é incrivelmente rico para caralho. Há uma pontada de inveja no meu peito, junto com a culpa. Eu não deveria ter inveja de Ezra, especialmente quando eu sei como ele tem uma relação difícil com os pais, mas não consigo evitar. O que meu pai e eu faríamos com ao menos um décimo desse tanto de dinheiro? Nós provavelmente ainda estaríamos em nosso apartamento no Brooklyn, para começar. Eu não me sentiria tão culpado por estudar na St. Catherine's, e talvez todo aquele estresse e pressão não me afetariam tanto. Talvez eu seria um estudante melhor.

O elevador nos deixa no último andar com um *ding*, as portas se abrem para mostrar a entrada do próprio apartamento. Meu queixo bate no chão e eu nem me preocupo em fechar a boca. O piso de mármore reluz e as paredes — parece que elas têm dez metros de altura — são todas de vidro, com vista para o horizonte de arranha-céus e luzes piscantes da cidade de Nova York. Só esse cômodo já é *gigante*. Eu poderia enfiar dez apartamentos iguais ao meu só nessa sala de estar. Há alguns empregados se preparando para a festa com garrafas de champanhe em baldes de gelo. Um homem de ombros largos, a coluna reta e um cavanhaque feito com precisão está em pé perto da porta num terno completo, com os braços cruzados enquanto observa os trabalhadores se movimentando. Ele olha de relance para Ezra, descruza os braços e estende uma mão enorme e grossa. Ezra aperta a mão do homem.

Ele observa Ezra como se estivesse analisando uma peça de arte.

— Você parece bem — o homem diz numa voz áspera. — Apesar da roupa.

— Obrigado — Ezra diz com uma quantidade surpreendente de formalidade, ignorando o comentário maldoso. — Esse é Felix Love.

O homem acena com a cabeça para mim, estendendo a mão pare que eu a aperte também. Estou um pouco confuso sobre quem ele é, até que eu paro um segundo para olhar para ele de verdade. Ele e Ezra tem o mesmo nariz, as mesmas sobrancelhas.

— Sua mãe está por aqui em algum lugar — o sr. Patel diz. Ele parece entediado e exausto ao mesmo tempo. — Troque de roupa, antes que ela te veja assim.

Ezra assente e gesticula para que eu o siga. Eu olho por cima do ombro para o sr. Patel. Essa não é a primeira vez que eles estão se vendo há meses? Eu fico irritado com meu pai, mas não consigo imaginá-lo pratica-mente me ignorando, não ficando animado ou feliz em me ver depois de tanto tempo. Mas Ezra não parece abalado. Ele age como se isso fosse completamente normal. Para ele, eu acho que é.

Ezra me leva através da sala de estar e por um corredor, até outro espaço aberto que claramente é onde a gala vai acontecer. Pequenas mesas circulares estão arrumadas e tem até um pequeno palco no fundo da sala. Há mais trabalhadores aqui, organizando uma enorme escultu-ra de gelo e acendendo velas em cada uma das mesas e correndo de um lado para outro com taças vazias de champanhe em bandejas. Eu vejo uma mulher de pele escura e cabelos cacheados num vestido dourado e salto alto em pé no centro de tudo.

— Merda, é a minha mãe — Ezra sussurra.

Nós tentamos passar sem chamar a atenção, mas mal conseguimos dar três passos antes dela chamar o nome de Ezra. Ezra murmura *Merda* para si mesmo enquanto se vira. Eu fico de lado, levemente hipnotizado. Ela realmente é linda demais. Tipo, a mulher mais linda que eu já vi. Ela tem os olhos escuros e cílios longos de Ezra, a mesma boca e até o mesmo sorriso. Ela vem até nós com os braços abertos e puxa Ezra para um abra-ço, o beija nas duas bochechas e arruma os cachos para longe do rosto dele.

— Ezra, Ezra, meu lindo Ezra — ela diz com um leve sotaque britânico.

Seus olhos são cintilantes e seu sorriso é contagioso. Eu não consigo não sorrir ao ver o modo como ela olha para ele. Sinto uma fisgada de dor, sabendo que minha mãe nunca olhou para mim assim, e provavel-mente nunca olhará.

— Senti tanto sua falta, meu querido.

O sorriso de Ezra é tenso. Estou confuso, observando eles dois. Ez sempre me disse que seus pais o tratavam como um cachorrinho: fofo quando é a hora de tirar fotos, mas além disso, eles não se importam de verdade com ele — e sim, acho que posso ver o pai dele tratando Ezra assim, agora que o conheci... mas sua mãe parece estar transbordando de amor por Ez.

Ele se desvencilha do abraço.

— Mãe, esse é meu amigo Felix. Ele vai ficar para o jantar.

Ela olha de relance para mim e meu coração quase para sob seu olhar. Eu digo com uma voz trêmula:

FELIX PARA SEMPRE

— É um prazer conhecê-la, sra. Patel.

Apesar do sorriso ainda estar estampado em seu rosto, eu posso sentir ela avaliando minha regata, meu short, os tênis rabiscados com marcador permanente. Antes de dizer qualquer coisa, ela percebe algo atrás de nós — empregados, carregando bandejas de *hors d'oeuvres*.

— O lugar disso é na cozinha — ela diz aos funcionários. Ela dá outro sorriso para Ezra, mal olhando para mim. — Com licença. A festa começa em uma hora. Você deveria começar a se arrumar. Seu pai não gostaria que você se atrasasse — ela diz a Ezra.

Com isso, fica claro que fomos dispensados. Ela sai andando em direção ao funcionário, dando instruções rapidamente.

O sorriso forçado de Ezra some. Eu vejo um resquício do que poderia ter sido mágoa, anos atrás, e decepção, mas agora, seu rosto inexpressivo sugere que isso é exatamente o que ele esperava dela.

— Vamos lá — ele sussurra para mim. — Vamos nos esconder no meu quarto.

O quarto de Ezra tem dois andares. O primeiro andar tem uma sala de estar em miniatura: sofás, uma televisão na parede oposta, três consoles de videogame diferentes, portas para um banheiro privado e um closet. O segundo andar é um loft que abriga sua cama gigantesca. É ali que nos esparramamos, talvez porque estamos acostumados a ficar no colchão de seu apartamento no Brooklyn. Nós até mantemos as luzes apagadas. A única luminosidade vem do mundo em miniatura da cidade de Nova York lá embaixo, piscando para nós através das paredes de vidro. Acho que consigo entender como Ezra pode ter se sentido como uma princesa de conto de fadas presa numa torre. Eu sinto que estou numa gaiola, ou num aquário com todas essas paredes de vidro e janelas. Ainda assim, a inveja se embrenha em mim.

— Sua mãe não parecia tão ruim — digo a ele.

— É? — ele está de costas, encarando o teto. — Espere até a festa começar. É como se ela pensasse que é a estrela num espetáculo, e todo mundo ao redor é o público. Ela com certeza vai me abraçar de novo quando tiver pessoas o suficiente observando.

— E o seu pai?

— Ele acha que é o roteirista — Ezra diz — sentado na primeira fileira e observando sua fantasia ganhar vida no palco. Ele já teve um papel especial feito para mim: um filho leal, seguindo os passos de seu pai para se tornar CEO, empreendedor, filantropo... O engraçado é que ele não se importou muito quando eu disse a ele que queria estudar arte, e que eu não queria ir para Harvard ou Yale estudar negócios. Ele apenas me editou para fora de seu roteiro — ele bufa uma risada curta. — Não sei. Talvez seja por isso que eu estou tendo tanta dificuldade em entender o que eu quero fazer da vida. Eu me libertei do que meu pai esperava de mim, mas agora há tantas opções, tantos caminhos diferentes. Qual deles eu devo escolher?

A inveja se mistura à frustração para criar um sabor desagradável de amargura. Ezra não dá valor a tantas coisas. Dizer, tão levianamente, que ele decidiu que não queria ir para Harvard ou Yale, sabendo que seu pai pagaria por tudo, sabendo que sua vida está feita, não importa o caminho que ele escolha, e ele ainda está reclamando...

— Isso parece um problema dos bons de se ter.

Ele franze o cenho para o teto.

— O que isso quer dizer?

— Digo, olhe ao seu redor. Você literalmente está banhado em privilégio e dinheiro. Você poderia fazer qualquer coisa — eu dou de ombros.
— O que você tem para reclamar?

Ele se senta, encarando os lençóis brancos sob nós, ainda sem olhar para mim.

— Isso é meio cruel.

Eu mordo o lábio. Alguma coisa no fundo da minha cabeça diz que eu deveria calar a merda da boca, mas quando as palavras começam a sair, é difícil empurrá-las de volta para baixo.

— Fico meio... sabe, meio puto de ouvir você reclamar quando você pode ter qualquer coisa no mundo se tivesse, não sei, a motivação para fazer alguma coisa.

— Isso é injusto.

— Sua mãe, ela te ama, eu posso ver, mesmo se ela não demonstra isso do modo como você quer que ela demonstre.

Ele está sacudindo a cabeça.

— E você pode ir para qualquer faculdade, qualquer universidade, só com a reputação e o dinheiro da sua família, sem falar no quão talentoso você é em tudo que tenta. Então me irrita, sabe, de verdade, te ver desperdiçar tudo porque...por quê? Você é privilegiado demais e não sabe o que quer fazer da vida?

Quando ele olha para mim, as palavras morrem na minha garganta. Os olhos de Ezra estão semicerrados, a raiva queimando e a expressão ardendo em brasas. Acho que Ezra nunca olhou para mim assim antes. Isso é como eu me sinto de verdade, como eu me sinto há algum tempo já, mas fui longe demais. Eu sei que fui.

Mesmo irritado, a voz de Ezra é calma.

— Acho que você está projetando — ele me diz.

— Quê?

— Você está com raiva de mim por não ter a motivação — ele diz, — mas e você? Você ainda nem começou seu portfólio.

A raiva me consome. Eu reviro os olhos.

— Eu só estou...

Ele fica sentado, me observando, me esperando terminar a frase e, conforme o silêncio cresce entre nós, sinto que é cada vez mais difícil engolir, eu sei que ele está certo. A raiva se retrai e vira vergonha. Eu massageio minha nuca.

— Desculpa — digo a ele. — Talvez eu esteja projetando um pouco.

— Você tem razão — ele diz. — Eu sou privilegiado. E posso esquecer disso às vezes. Desculpa se pareci ingrato. Eu sei que tenho muita sorte de ter essa vida. Mas não saber o que quero fazer, não querer ser forçado a seguir os passos do meu pai e tendo um surto com isso é tudo real e válido também.

Merda.

— Desculpa — digo de novo. — Eu não sei por que disse isso tudo. Estava sendo um babaca.

— Todo mundo fala merda às vezes, eu acho.

— Contanto que a gente aprenda e cresça, certo? — eu reviro os olhos para mim mesmo. — Talvez seja o estresse. A coisa da Brown. Cacete, você tá certo. Eu não consigo pensar no meu portfólio e se eu não começar logo, não tem a menor chance de conseguir terminar a tempo.

Ezra está me observando com atenção.

— Posso te perguntar uma coisa?

— Sim.

— Eu não quero te ofender.

— Só pergunta, Ez.

— Por que você quer ir para a Brown? — ele pergunta.

A pergunta me surpreende. Eu o encaro.

— Bom... É uma faculdade Ivy League. Tem um programa de graduação dupla com o RISD. É para onde eu sempre quis ir.

Pela expressão em seu rosto, consigo ver que Ezra sabe que há mais do que isso, e que ele está disposto a ficar ali sentado e esperar até que eu esteja preparado para contar toda a verdade a ele.

— E — adiciono, hesitante, — eu não sei. Eu acho que só quero provar que consigo entrar na Brown. Que eu mereço estudar em uma faculdade Ivy League.

Ezra franze o cenho para mim.

— Que você merece estudar em uma faculdade Ivy League? — ele repete.

— É. Tipo, as pessoas podem olhar para alguém como você e não ter dúvidas que você é bom o suficiente para uma Ivy League. E pessoas como Declan e Marisol... Ninguém questionaria se algum de vocês é bom o suficiente pra entrar num lugar como a Brown. Mas eu? — estou envergonhado agora, posso sentir o calor subindo na garganta. — Eu só quero provar que sou bom o suficiente também. Que eu mereço. É meio como provar que... Não sei, provar que mereço respeito e amor também, mesmo que ninguém mais concorde comigo. Mesmo que ninguém mais acredite.

Eu me interrompo, desejando que eu tivesse parado de falar dez frases atrás. A emoção está queimando no meu pescoço, subindo no meu rosto e começando a alcançar meus olhos.

— Ok — Ezra diz. — Primeiro, eu não sei se você precisa provar nada para ninguém. Lugares como a Brown e as outras universidades assim consomem o seu valor até virar um monte de bosta. Você não é as suas notas. Você não é o resultado dos seus testes ou a inscrição da faculdade ou até mesmo seu portfólio.

Eu abro a boca para discutir, mas ele continua.

— Segundo — ele diz — não importa o que eles pensam. Só importa o que você pensa. Você acha que merece respeito e amor?

Minha boca ainda está aberta, mas agora não sai nenhum som.

FELIX PARA SEMPRE

— Eu acho que você merece — ele me diz, ainda me observando, totalmente sem vergonha por estar encarando.

Eu quase quero perguntar como ele consegue manter contato visual assim, porque conforme os segundos passam, um calor cresce em meu peito, meu pescoço, meu rosto e eu preciso piscar e desviar o olhar. Eu nem sei o que estou sentindo. Vergonha? Constrangimento? Ezra parece não sentir nada disso. Ainda posso sentir ele olhando para mim na luz baixa.

Eu tento pensar em algo estúpido para dizer, para preencher o silêncio desconfortável, mas antes que eu possa falar, há uma batida na porta lá embaixo.

— Sr. Ezra? — uma voz chama. — Sua mãe está perguntando por você.

Ezra se joga na cama e geme com o rosto no braço, então grita de volta:

— Já vamos, um segundo! — ele suspira, se esforçando para levantar. — Bora. Vamos trocar de roupa.

Ele desce até o closet, como se nós não tivéssemos acabado de abrir os corações um para o outro, e pega uma camisa social branca que é grande demais para mim, arrumando-a dentro do meu short. Eu pareço um idiota, mas Ezra diz que gosta do estilo e veste um par similar de short e camisa.

Quando saímos, parece que cem convidados em vestidos cintilantes e ternos de três peças apareceram magicamente. Nós recebemos várias olhadas julgadoras e uma mulher literalmente empina o nariz para a gente, enojada, mas algo me diz que é assim que Ezra gosta. Ele sorri, rindo na cara dos esnobes de Nova York. Essa é a maneira dele resistir, mas eu não gosto disso. É um mundo completamente novo, um mundo no qual eu não me sinto nem um pouco confortável. Eu não gosto do modo como os convidados e os pais de Ezra estão me encarando, ou do modo que eu me sinto envergonhado depois de rir alto demais com uma taça de champanhe enquanto Ezra e eu ficamos bêbados num canto.

Meu coração se parte por Ezra. Eu não sei como diabos ele sobreviveu tantos anos nessa cobertura, com essas galas e bailes. Eu me sinto ainda pior depois da merda que eu disse mais cedo, e para piorar, Ezra parece mesmo já ter superado, como se ele só estivesse feliz que eu estou aqui com ele, distraindo-o de seu privilégio e sua vida perfeita e torta.

Ezra sugere sequestrar o DJ e começar a tocar música trap para que possamos dançar, mas antes que possamos cruzar a sala, meu celular vibra. Eu acho que pode ser meu pai, me perguntando onde estou, mas vejo que é uma notificação do Instagram. Eu tenho uma sensação ruim, e o sentimento só aumenta quando eu vejo de quem é a mensagem: grandequeen69. Eu já sei que ler a mensagem é uma ideia ruim da porra, mas eu abro a inbox assim mesmo.

Por que você está fingindo ser um garoto?

Eu encaro a mensagem. É como se um vento gelado me atravessasse e eu posso sentir minhas emoções entorpecerem como um formigamento. Além da galeria, eu nunca vivenciei esse tipo de ódio por ser quem sou antes, não diretamente. Eu sempre vejo no noticiário. Os modos pelos quais o governo está tentando me apagar, o jeito como políticos tentam fingir que pessoas transgênero não existem, mesmo que a gente exista, e sempre existimos e sempre existiremos. Eu vejo os artigos, as histórias sobre pessoas transgênero sendo negadas atendimento de saúde, estudantes como eu sendo assediados e forçados a usar os banheiros errados, adolescentes da minha idade sendo expulsos da própria casa, adultos sendo demitidos de seus trabalhos apenas por serem quem são, tantos de nós sendo atacados e assassinados apenas por andar na rua, tantos de nós decidindo tirar nossas próprias vidas porque não somos aceitos.

Eu sei que, como uma pessoa trans não-branca, minha expectativa de vida é por volta dos 30 anos, simplesmente por causa do tipo de violência que pessoas como eu enfrentam todo dia. Eu sei de tudo isso, mas de alguma forma, tudo sempre pareceu tão distante. Eu posso fechar a aba dos artigos online, mudar o canal do noticiário, rir com Ezra no parque enquanto comemos asas de frango e fumamos maconha e bebemos chardonnay barato e só nos preocupamos com coisas como o meu futuro e o que vou fazer da vida. Eu me sinto seguro, mesmo com os erros que meu pai comete, mesmo com uma mãe que, eu tenho certeza, não me ama mais, se é que ela amou algum dia. Tenho vergonha disso, mas essas mensagens... elas são quase surpreendentes. Como se eu pensasse que o tipo de ódio que vejo todo dia acontecendo com outras pessoas trans nunca aconteceria comigo de verdade.

Ezra percebe que há algo errado, pergunta o que houve, mas eu não quero contar a ele. Uma parte de mim quer fechar o aplicativo e fingir que isso nunca aconteceu..., mas eu não tenho certeza se posso ignorar a mensagem dessa vez. Ezra vira minha mão gentilmente com seus dedos, olhando para meu celular.

— Que caralhos? — ele olha para mim. — Felix, que porra é essa?

Eu não o respondo. Eu encaro a mensagem, mordendo meu lábio. Eu começo a digitar.

Quem é você? Por que você tá me trollando?

E, quando grandequeen69 não responde, eu continuo.

Não estou fingindo ser um garoto. Só porque você não evoluiu pra entender que identidade de gênero não é a mesma coisa que biologia, não significa que você pode dizer quem eu sou e não sou. Você não tem esse poder. Somente eu tenho o poder de dizer quem sou.

Eu aperto *enviar*, sentindo-me um pouco orgulhoso de mim mesmo por revidar, mesmo que eu não tivesse que fazer isso para começo de conversa, mas a vitória parece curta, marcada por raiva e inquietação. Já estou receando o momento em que grandequeen69 enviará uma mensagem de novo.

Dez

Ezra quer que eu fique para que possamos voltar ao seu quarto e conversar sobre a mensagem do Instagram, mas eu não vejo a hora de ir embora da cobertura. Eu já estava desconfortável, e a mensagem de grandequeen69 realmente fodeu com a minha cabeça. Raiva, medo e ansiedade estremecem em mim, meu estômago se revira até eu quase me sentir nauseado, e de repente, até fingir curtir a gala dos Patel não é mais tão divertido. Há apenas uma coisa que eu quero fazer: ir para casa, pegar meu celular e bagunçar com a vida de Declan Keane.

— Você tem certeza de que está bem? — Ezra pergunta, repetidas vezes, e até sua preocupação está começando a me irritar.

Não, eu não estou bem, mas tenho que fingir que sim para que ele não se preocupe comigo, o que gera seu próprio desgaste emocional. Eu aceno com a cabeça, e ele beija minha testa ao se despedir para que eu possa ir pegar o trem A em direção à rua 145.

Eu e meu pai não nos falamos depois de nossa última briga. Não faço ideia se ele ainda está irritado comigo. Depois do que eu testemunhei com os pais de Ezra, estou lidando com um turbilhão de emoções. Por um lado, eu tenho um grande sentimento de gratidão por meu pai. Ele comete muitos erros, mas pelo menos ele se preocupa o suficiente para sentar-se comigo no jantar e perguntar como foi o meu dia e agir como se ele realmente me quisesse por perto, não me abandonar em algum apartamento enquanto viaja pelo mundo. Mas por outro lado, eu ainda não consigo deixar de ficar irritado com ele por todas as merdas que ele fala e faz. Ele quer que eu saiba que ele está tentando, mas eu não tenho certeza se deveria existir algo para ele *tentar*. Se ele me ama, e ele sabe que eu sou seu filho, então deveria ser fácil para ele dizer meus pronomes certos, mesmo que eu não tenha muita certeza deles às vezes. Deveria ser fácil para ele dizer meu nome.

Eu chego ao nosso prédio, subo o elevador e percorro o corredor. O ar-condicionado está ligado quando eu abro a porta de entrada. Meu pai está sentado no sofá, com os pés sobre a mesinha de centro enquanto a Capitã se equilibra precariamente no braço fino do sofá.

Meu pai olha sobre o ombro para mim, sua expressão um pouco preocupada.

— Ei — ele diz. — É depois das dez. Eu não achei que você voltaria essa noite.

— Tudo bem que eu voltei? — eu fecho a porta atrás de mim.

Estou só brincando — mais ou menos —, mas meu pai claramente não acha que sou muito engraçado. Ele franze o cenho para mim antes de se virar de volta para a TV.

Eu tiro os sapatos com os pés e largo minha mochila, sentando-me em uma das cadeiras acolchoadas, colocando uma almofada no colo e mexendo com a franja dela. Capitã pula na almofada e se alonga, as garras espetando o tecido. Eu tento não me mexer, para não a assustar. É o suficiente poder me deleitar na graça que a Capitã me concedeu agora.

— Como foi o seu dia? — meu pai pergunta, os olhos grudados em algum programa de culinária.

— Bom — digo, encarando qualquer coisa menos ele. As orelhas da Capitã se mexem enquanto ela se acomoda.

— Como está o Ezra?

Eu decido assumir o risco e estender a mão para fazer carinho no dorso da Capitã, mas assim que eu mexo o braço, ela corre para o chão, a cauda mexendo. Ela vai embora. Tão, tão perto.

—Bem — eu digo. — Está com os pais dele.

Meu pai mexe a cabeça e esse é o fim de nossa conversa. Nós nunca conversamos de verdade sobre o que eu quero conversar. Eu nunca pergunto a ele o que eu gostaria de ser corajoso o suficiente para perguntar:

Por que ele não me chama pelo meu nome verdadeiro? Por que ele estava tão disposto a me ajudar com minha transição, mas não aceita que tem um filho?

Eu pego meu celular do bolso e vou abrindo aplicativos aleatórios até que vou parar no Instagram. O próprio app faz meu coração disparar de ansiedade agora, mas eu preciso me ater ao plano para fazer Declan pagar pelo que fez — por suas mensagens anônimas estúpidas como grandequeen69. Ele tinha me olhado nos olhos hoje cedo, sabendo que ele iria me enviar aquela mensagem transfóbica essa noite. Quão maléfica e vingativa pode ser uma pessoa?

Eu entro na minha conta luckyliquid95, desço pelo feed — Ezra publicou uma foto do jantar dos seus pais, parece que ainda está rolando, e Marisol assou uma torta de mirtilo. Declan também postou algo recentemente. Outra peça de arte. A lua, com as crateras e tudo, feita de pedaços amassados de recortes de jornal. A frustração e a inveja correm em minhas veias.

É lindo.

Até eu preciso admitir que a peça é extraordinária. Não parece justo, que um babaca tão maléfico pode ser tão talentoso.

Eu toco duas vezes para curtir a imagem. Pergunto nos comentários o que significa. Enquanto estou digitando, eu imagino Declan, talvez no apartamento do pai em SoHo, sentado no chão do quarto com as pernas cruzadas, pedaços do seu portfólio temático de colagens espalhados ao seu redor. Apenas uma hora e pouco atrás, ele teria decidido que estava entediado ou... não sei, sentindo-se particularmente diabólico, e pegado seu celular para me enviar aquela mensagem. Eu tento visualizar a cena na minha cabeça, me lembrar do porquê estou fazendo isso..., mas quanto mais eu tento imaginar Declan se importando o suficiente para de fato gastar tempo e energia para me enviar a mensagem no Instagram, só para poder me machucar, mais difícil fica de continuar.

É verdade, eu acho, que não tenho mesmo prova nenhuma de que ele estava por trás da galeria, ou que ele é realmente grandequeen69. Eu não sei. Talvez Ezra tenha razão. Talvez esse plano de vingança não valha mesmo a pena. Não consigo parar de pensar sobre hoje mais cedo, sentado no banco ao lado de Declan, nossa discussão no saguão, o pedido de desculpas esquisito dele. A sensação esmagadora ao me dar conta de que o cara olhando para mim era o cara que estou enganando online, mesmo com a fúria pulsando em mim.

— Esse programa sempre me deixa com fome — meu pai diz, encarando a TV.

Eu recebo uma resposta do Declan um segundo depois:

thekeanester123: O objetivo não é realmente o que isso significa pra mim. É o que significa pra você.

Esse é o jeito dele de me perguntar o que essa peça significa para mim? Cristo, por que ele não pode só perguntar?

luckyliquid95: Eu acho que significa... Não sei, essa dicotomia. Recortes de jornal, simbolizando o mundo e humanos e todos os nossos problemas, amassados numa bola da lua, tão distante de tudo. Faz eu me sentir solitário.

thekeanester123: Solitário? A lua é solitária pra você?

luckyliquid95: É. Quero dizer, esse é o sentimento que eu tenho sempre que olho para ela.

thekeanester123: Eu olho pra lua, e não consigo deixar de pensar em todas as outras pessoas do planeta que estão olhando pra ela também, e como estou sozinho, mesmo que estejamos todos aqui na mesma Terra. Penso no fato de que deveríamos estar todos conectados, mas não estamos. Estamos preocupados demais tentando machucar uns aos outros. Faz eu pensar em como posso ser hipócrita, e nos erros que cometi, e como machuquei outras pessoas também.

Minha respiração fica presa na garganta. Quase parece que Declan está prestes a confessar tudo — a trollagem, a galeria.

luckyliquid95: Quais são os erros que você cometeu?

thekeanester123: Não sei. O de sempre, eu acho.

Há uma pausa e a frustração cresce enquanto eu tento pensar no que poderia dizer para fazê-lo querer continuar a falar de uma maneira que não fosse tão óbvia, tão desesperada, mas o celular vibra em minha mão.

thekeanester123: Isso ficou muito "perdoe-me, padre, porque pequei".

Eu dou um sorrisinho, mesmo sentindo uma onda de decepção. Eu sinto como se estivesse a segundos de conseguir obter a verdade dele.

luckyliquid95: Há coisas piores do que ser um padre, eu acho.

thekeanester123: Eu meio que tenho uma queda por padres, na verdade.

Eu paro, olhando a tela.

luckyliquid95: Espera. O quê?

thekeanester123: Eu cresci católico, e tinha um projeto depois da escola com o padre da catequese, o padre Duncan. Ele não fazia ideia de que eu tinha uma crush nele, mas ele sempre foi muito legal e nunca julgava, e foi a primeira vez em que eu realmente ouvi qualquer tipo de autoridade religiosa dizer que tudo bem ser gay, que Deus ama toda a Sua criação. Eu não sou super religioso agora, mas... Não sei, acho que o padre Duncan me marcou.

luckyliquid95:...Padres? Sério?

thekeanester123: Haha, sim. Não me julga.

luckyliquid95: Não estou te julgando!

Estou cem por cento julgando.

luckyliquid95: Então... o uniforme de padre te deixa com tesão?

thekeanester123: Você acabou de me fazer cuspir o café. Uniforme de padre?

É claro que ele está bebendo café às onze da noite. Provavelmente puro, sem leite ou açúcar.

luckyliquid95: Não sei como chama. Aquela coisa branca que eles usam ao redor do pescoço.

thekeanester123: O... colarinho clerical...?

luckyliquid95: Tipo, é claro que você saberia o nome. Você curte.

Meu pai se mexe no sofá.

— Você está sorrindo de que aí?

Eu levanto o olhar com o cenho franzido.

— Sorrindo? Não estou sorrindo.

Ele ergue a sobrancelha.

— Uhum. Claro.

Eu reviro os olhos e volto a atenção para o celular.

thekeanester123: Não é que eu tenha tesão especificamente em padres ou seus colarinhos. É mais tipo... Não sei, nunca foi muito fácil para mim estar fora do armário, e às vezes eu ainda me sinto um pouco... encabulado. Envergonhado. Tem alguma coisa nos padres, ou qualquer tipo de figura religiosa, que ser aceito por eles me deixa... atraído por eles.

luckyliquid95: Isso não parece super saudável.

Eu digitei e apertei enviar sem pensar de verdade, mas quando ele não responde de imediato, eu mordo o lábio. Achei que estávamos nos divertindo, mas talvez eu tenha ido longe demais. E se eu disser uma coisa errada, fizer algo errado, e ele decidir parar de falar comigo? Mas meu celular vibra em minha mão de novo.

thekeanester123: É. Você provavelmente tá certo.

luckyliquid95: Sabe, não sou um padre, mas ainda assim posso ouvir. Se você quiser, claro.

Isso é um tipo muito específico de maldade: dizer a alguém que pode confiar em mim, na esperança de que me dirão algo pessoal, apenas para que eu consiga traí-los.

thekeanester123: Sou grato por isso. É... fácil conversar com você. Eu nunca falei assim com ninguém antes.

A culpa se contorce mais fundo.

luckyliquid95: Se faz você se sentir melhor, eu cometi erros também. Acho que todos cometemos, mesmo que ninguém queira admitir de verdade.

thekeanester123: Acho que é por isso que gosto de falar com você. Isso é algo que você está disposto a admitir.

Não consigo pensar em nada para dizer em resposta. Há uma sensação quente no meu peito, que eu sei que não deveria estar sentindo, não por Declan, e não enquanto estou tentando destruí-lo. Eu recebo outra notificação.

thekeanester123: Você estuda em NY? Você não tem muitos detalhes na sua bio.

Seria estúpido dizer que não estou em Nova York, metade das minhas fotos nessa conta são de ruas aleatórias, restaurantes e arranha-céus. Se eu disser que não estou em Nova York, Declan vai perceber que estou mentindo.

luckyliquid95: Sim, estudo.

thekeanester123: Qual escola?

Eu hesito. Eu poderia dizer a ele que estou em outra escola, mas e se ele quiser mais detalhes, ou ele aleatoriamente tem um amigo ou primo ou algo assim que estuda nessa escola, e ele tenta perguntar sobre mim e descobre que não estudo lá? Mas se eu contar a verdade a ele — que sou um estudante da St. Cat's — ele pode conseguir descobrir que eu sou luckyliquid95.

luckyliquid95: Por que você quer saber?

thekeanester123: Só estou curioso. Gosto do modo como você pensa. Sobre arte, a vida e tudo mais, eu acho.

Meu pai se levanta do sofá com um grunhido, murmurando que está ficando velho, e vai até a cozinha. Não sei bem como responder Declan.

Ele pode descobrir que estou fingindo ser alguém que não sou. Talvez ele até saiba que sou eu esse tempo todo, e está apenas brincando comigo antes de acabar com a minha vida.

thekeanester123: Eu sei que é esquisito, mas será que podemos trocar números de celular?

Eu encaro a mensagem. Leio e releio um punhado de vezes.

thekeanester123: Talvez a gente possa se falar por mensagens de texto?

Mais um chef é mandado para casa, e o vencedor derrama lágrimas vitoriosas enquanto agradece sua filha por ser sua inspiração, sua motivação e sua própria razão de viver. Meu pai funga da cozinha enquanto mexe nas panelas.

Declan envia o número dele.

Sem pressão.

Eu hesito, os dedos flutuando sobre a tela. Nós nunca tivemos o número um do outro, até quando a gente costumava andar junto. Ezra sempre foi o intermediário entre a gente, então eu mandava mensagem para Ez, e Declan mandava mensagem para Ez, e nós acabávamos nos encontrando no mesmo lugar. Mas agora...

Isso é uma coisa boa, certo? Isso significa que Declan está se abrindo para mim. Começando a confiar em mim.

Eu pressiono e seguro o número antes de apertar o botão de *enviar mensagem* que aparece. Meu coração está acelerando um pouco demais. Eu digito uma mensagem curta:

Ei. É o Lucky, do Instagram.

Declan responde quase imediatamente.

Obrigado por mandar mensagem. Eu não sabia se você responderia. Não que eu te culpe. Trocar mensagens com um estranho é um pouco esquisito, né?

Não sei. Talvez?

Eu não faria isso normalmente, mas tem alguma coisa nos seus comentários, eu acho.

O que você quer dizer?

Seus comentários são abertos. Vulneráveis. Honestos. Ninguém nunca é assim. Me faz querer ser do mesmo jeito.

Você não se abre normalmente?

Não.

Por que não?

FELIX PARA SEMPRE

Não sei. Não é fácil ser vulnerável dessa forma. Fica mais fácil para as pessoas te machucarem.

Eu franzo o cenho com isso.

As pessoas te machucam muito?

Talvez não mais do que a todo mundo. Você nunca se machuca?

Eu não sou muito aberto e vulnerável na vida real.

Sério? Isso me surpreende. Talvez porque somos estranhos, você se abre mais...

É. Talvez.

Declan não responde por um tempo. Meu pai está fazendo pipoca. Ela está estourando e queimando no micro-ondas. Quando meu celular vibra, meus olhos vasculham a tela.

Preciso começar a me preparar pra dormir, mas tudo bem se eu mandar mensagem de novo daqui a pouco?

Eu não sei por que estou animado. Eu realmente não deveria estar animado assim.

Sim. Claro. Tudo bem.

Eu continuo trocando mensagens com Declan. Enquanto estou escovando os dentes, sob os lençóis na cama com as luzes apagadas, estou grudado na tela que vibra em minhas mãos a cada poucos segundos. Primeiro nós só falamos de arte e das suas novas peças de colagem, mas as mensagens eventualmente vão para além disso. Eu me deito de costas na cama, a Capitã encolhida no meu pé — são três da madrugada e meu pai acha que estou dormindo.

Você tá de brincadeira? O melhor é primeiro Boruto, só ENTÃO FMA: Brotherhood, e depois Death Note.

Você perdeu a cabeça, eu digo a ele. Perdeu a desgraça da cabeça. Como você pode botar BORUTO na frente de FMA?

Boruto é hilário.

FMA é engraçado!

Sim, mas Boruto também me fez chorar.

E você não chorou com FMA??? Você é o que, um monstro?

Declan envia alguns emojis de risada. Depois de uma pausa, outra mensagem chega.

Isso é uma das coisas que você está pensando fazer depois da faculdade, né? Declan pergunta. Trabalhar com animação?

Eu hesito. Foi um detalhe aleatório que eu deixei escapar durante nossa conversa mais cedo. Eu contei a ele que gostava de ilustrar outras pessoas, conseguia me ver trabalhando com quadrinhos ou animação como designer de personagens, apesar de não ter muito certeza de que é isso que quero fazer. Contei a ele que entrar na faculdade era o único objetivo agora, então era difícil pensar sobre o que viria depois. Mas agora eu me arrependo de contar isso a ele. Seria mais fácil para ele descobrir quem eu sou?

Sim. Eu gosto da Disney/Pixar. Uma parte de mim quer fugir para a Califórnia e começar a estagiar pra eles.

Não é um sonho ruim. O que está te impedindo?

Não é tão fácil assim só decidir e ir. Eu só tenho dezessete anos.

Verdade. Às vezes eu só quero mandar tudo à merda. Deixar a escola, não ir para a faculdade, só viajar o mundo ou algo assim.

Isso é uma novidade e tanto para mim.

Por quê?

Não sei. Toda essa pressão, eu acho.

Tenho sentimentos conflitantes. Metade de mim quer dizer a ele para ir de vez, então. *Dê o fora daqui, porra.* Há pessoas que querem o lugar que ele inevitavelmente vai pegar quando se inscrever para a escola. Por que ir para a faculdade se ele nem mesmo quer? Isso me deixa puto, pensando que depois disso tudo, ele nem mesmo *quer* a vaga na Brown, ou a bolsa, e ele ainda pode consegui-las no meu lugar.

A outra metade, porém, entende completamente o que ele quer dizer. Toda essa pressão me toma por inteiro de um jeito que torna difícil pensar, difícil se mexer, difícil até de respirar. O quão bom seria não se importar? Só tirar um ano sabático? Viajar e sonhar e aprender mais sobre quem eu sou? Talvez todas as respostas para as perguntas que eu tenho sobre mim mesmo se materializariam do ar.

Seu nome é mesmo Lucky? Ele me pergunta.

Por que a pergunta?

Não sei. Estou curioso sobre você, eu acho. Gosto de conversar contigo.

Eu me sento com a sensação o peito aquecendo. *Esse é Declan Keane,* eu tento me lembrar. *Esse é o Declan de merda Keane.* O cara por trás da galeria, que tem enviado mensagens no Instagram. Mas aqui e agora... é difícil acreditar que foi mesmo ele. Talvez eu só esteja me dizendo isso porque estou gostando de verdade da nossa conversa, o que parece impossível. Errado, até.

Desculpa se isso é esquisito, ele diz.

Não é esquisito. Eu respiro fundo, mesmo que seja totalmente e completamente esquisito. **Eu gosto de falar com você também.**

Talvez a gente possa se encontrar algum dia. Estamos os dois em Nova York.

É. Talvez.

Declan não responde de imediato. As coisas avançaram tão rápido. Não é tarde demais para parar tudo isso. É só não responder nenhuma mensagem dele. Então, finalmente:

Estou com um pouco de medo de você estudar na minha escola ou algo assim.

Eu estremeço. Merda.

Por que você teria medo disso?

As pessoas meio que me odeiam na escola.

É minha vez de pausar. De que porra Declan está falando? Todo mundo está sempre se reunindo ao redor dele. Ele é o próprio menino de ouro da St. Cat's. Ele está literalmente na capa da brochura da escola.

Por que você acha isso?

Bem, não todo mundo, eu acho. Eu só não sinto que tenho amigos com quem possa conversar. Estou rodeado de conhecidos.

Eu ergo uma sobrancelha. Isso é surpreendente de ouvir. Então os amigos estúpidos dele, James e Marc, nem são tão próximos de Declan? Eu me lembro das palavras de Ezra, que talvez não saibamos da história completa.

Outra mensagem chega logo.

E, beleza. Tem pelo menos duas pessoas que me odeiam pra caralho.

Meu coração aperta. Eu seguro o celular com força.

Sério? Quem?

Tem esses dois caras. Eu saía com um deles e não terminou bem.

Eu não consigo me segurar.

O que aconteceu?

Eu sei o que aconteceu, eu sei o que infernos aconteceu — ele decidiu que não estava interessado e começou a nos ignorar do nada, mas eu quero ouvir isso do próprio Declan.

Isso é uma história para outra hora.

Decepcionante. Eu hesito, mas, foda-se, já estou envolvido demais nisso mesmo.

Ok. E o outro cara?

O outro cara. Por Deus, eu não consigo entender, na verdade.

O que você quer dizer?

Quero dizer que ele não me suporta e eu não faço ideia do motivo.

Eu encaro a tela. Eu quero rir. Quero arremessar o celular na parede. Quero gritar. *O que infernos você quer dizer com não faz ideia do motivo?* Declan é realmente tão desatento assim? Ele realmente não tem uma porra de noção de que me tratou como um merda completo pelos últimos dois anos?

Tipo, tá bom, nós dois queremos essa vaga na Brown, e nós dois somos competitivos, mas ele REALMENTE me odeia por isso, e eu só o odeio um pouquinho.

Haha, que engraçado.

Estou segurando o celular com tanta força que minhas mãos estão começando a tremer.

É. Eu me sinto meio mal por ele, na verdade.

Eu me sento tão rápido que a Capitã chia e salta dos lençóis.

Por quê?

É uma longa história. Resumindo, o cara é trans e alguém o expôs, aparentemente?

Meu coração está martelando em meu peito. Posso sentir o sangue pulsando nas veias do meu pescoço.

Alguém montou uma galeria de fotos dele de alguns anos atrás antes da transição, e tinha o nome antigo e tudo. Eu não vi, mas fiquei sabendo que ele teve um colapso.

Eu enxugo os olhos. Eu nem sei por que estou chorando.

E ninguém sabe quem fez isso?

Não. É louco, né? Acho que a pessoa precisa ser totalmente do mal para fazer algo assim. O que me deixa meio arrepiado é que seja lá quem for, está de boa em qualquer uma das turmas em que estou.

Eu não sei o que dizer. Eu fico sentado, sem me mexer. Capitã começa a arranhar o tapete no chão. Um minuto se passa. Cinco minutos. Declan manda mensagem, perguntando se caí no sono. Merda. Puta que pariu.

Então você nunca faria algo assim? Nem com alguém que você odeia?

Declan não responde de imediato. Acho que ele mesmo pode ter dormido, mas então meu celular vibra.

Eu nunca faria algo assim, nem mesmo com meu pior inimigo. Isso é tipo, não sei, alguém ser racista ou homofóbico ou qualquer tipo de merda ignorante. É imperdoável.

Eu coloco o celular na cômoda. Outra vibração, e outra, e outra, mas eu ignoro as mensagens.

Não foi o Declan.

Cacete, não foi o Declan.

Ezra estava certo. Eu sabia que existia uma possibilidade dele estar certo. Não estou surpreso. Até eu estava começando a questionar se foi mesmo o Declan ou não. Eu queria que fosse ele, esperava que fosse ele, porque assim era mais fácil para tentar entender a situação toda. Mais fácil colocar minha raiva e ódio num alvo que eu já tinha raiva, que eu já odiava.

Agora? Pode ser qualquer um. Literalmente qualquer um na St. Cat's poderia ter feito aquela galeria. Poderia ter tido todo esse trabalho só para me machucar.

Quem infernos foi?

Outra vibração. Eu suspiro e pego o celular, pronto para dizer a Declan que cale a porra da boca, estou indo dormir, quando eu vejo as mensagens.

Lucky, espero que isso não seja esquisito... mas você estuda na minha escola, não é? Você estuda na St. Catherine's.

Tá bom, desculpa, isso foi esquisito.

Mas eu realmente acho que você é de lá. Eu sinto que te conheço.

Espero que me conte quem você é.

Porque o mais esquisito de tudo é isso. Desculpa por antecedência.

Mas eu acho que estou me apaixonando por você.

Onze

Eu preciso tomar minha dose de testosterona antes de ir para a aula na próxima manhã. Eu tomo uma a cada duas semanas, tem sido assim pelos últimos dois anos. Há algumas opções diferentes para tomar meus hormônios, mas essa é a que funciona melhor para mim. Meu pai oferece me acompanhar até a clínica, como ele sempre faz, e eu não sei... Acho que essa é outra coisa esquisita sobre tudo isso. O modo como ele tecnicamente me apoia para cacete, de todos os jeitos certos, mas ainda não me aceita como seu filho. Eu digo que estou bem e vou sozinho pegar o trem.

Eu abro meu Instagram assim que me sento. Quando acordei, vi que tinha recebido uma nova mensagem de grandequeen69 no Instagram, uma mensagem que eu estava com medo demais de ler. Eu toco para abrir a mensagem.

Por que você está fingindo ser um garoto?

Quem é você? Por que você está me trollando?

Não estou fingindo ser um garoto. Só porque você não evoluiu para entender que identidade de gênero não é a mesma coisa que biologia, não significa que você pode dizer quem eu sou e não sou. Você não tem esse poder. Somente eu tenho o poder de dizer quem sou.

E a nova mensagem:

Não estou trollando você. Só estou te dizendo a verdade. Você nasceu uma garota. Você sempre será uma garota.

Pontadas de dor e fúria ardem em mim. Não é direito de ninguém dizer quem eu sou, ou como eu me identifico, mas nem todo mundo acredita nisso. Eu sei que grandequeen69 não é a única pessoa no mundo que pensaria que a minha identidade é baseada no gênero que me foi designado ao nascer, que me forçaria numa caixinha, me controlaria para seu próprio conforto, porque eles têm medo do que não entendem. Porque eles têm medo de mim.

Saber que há pessoas por aí que me odeiam, querem me machucar, querem apagar minha identidade, sem nunca sequer me ver ou me conhecer, assim como há pessoas por aí que me odeiam pela cor da minha pele — é irritante, revoltante, mas também machuca. Aquela sensação de vazio que se embrenhou no meu peito no momento em que vi a galeria do meu eu antigo ainda existe, e parece que está crescendo a cada segundo, como um buraco negro no meio do meu corpo. E o pior é que eu sei que tenho questionado minha identidade. A culpa e vergonha em mim aumentam.

Alguma coisa me diz que eu deveria só apagar as mensagens e bloquear grandequeen69, mas a vontade de discutir, de fazer a pessoa entender, fazer a pessoa *enxergar* só cresce.

Eu não sou uma garota. Você não pode me dizer quem eu sou. Você não tem esse poder. O que você ganha ao me mandar mensagens desse tipo?

Não há uma resposta imediata. Uma parte de mim está aliviado, mas há um receio também, de ter que esperar pela próxima vez que esse merdinha me enviar mensagens de novo.

Eu desço na rua 14. Está um pouco frio essa manhã, com nuvens cinzas cobrindo o céu, fortes lufadas de vento quase me fazendo voar. A clínica Callen-Lorde está em um dos bairros mais caros de Manhattan. O quarteirão é alinhado por sobrados com vinhas e cortinas de renda nas janelas. Pessoas queer estão por toda parte. Duas mulheres andam de mãos dadas abertamente, e outro cara passa voando num skate vestindo uma camiseta de arco-íris.

Eu me aproximo das portas de vidro fumê da Callen-Lorde e as empurro para entrar no saguão de azulejos manchados e paredes cheias de flyers para eventos do mês do Orgulho. Eu vou até os fundos para pegar minha prescrição. A sala de espera está cheia e a fila dá voltas. Sempre tem uma fila na Callen-Lorde. É uma das poucas clínicas e farmácias especialmente para pessoas LGBTQIA+ em NY, e há tantas pessoas desesperadas por um bom atendimento de saúde que a clínica até chegou a atingir capacidade máxima e teve que fechar as portas para novos pacientes. Eu fui um dos últimos sortudos que conseguiu uma consulta há dois anos.

Enquanto entro na fila, eu tento não encarar as pessoas ao meu redor. Há um homem de cabelos brancos num terno azul de negócios, um casal de mulheres falando espanhol, uma garota alta de vinte e poucos anos com cabelos roxos — ela me nota olhando e sorri — um homem mais velho com uma bengala. Eu nunca me canso de ver os pacientes que vêm aqui. Tantos tipos diferentes de pessoas, todos nós conectados por essa coisa, nossa identidade queer. Estou um pouco impressionado, eu acho. Mas também um pouco invejoso. Eu sou a pessoa mais nova aqui. Todas as outras pessoas já tiveram anos para se entenderem. Provavelmente não questionam mais nada sobre si mesmos. Sem pensamentos irritantes e *importunados* sobre suas identidades. Como eles souberam, no fim das contas, se eram um homem gay ou uma mulher trans? Como eles descobriram suas respostas?

Eu pego meus remédios e vou para o elevador, saindo no segundo andar para assinar presença na recepção do centro de juventude. Sou chamado para os fundos, amassando o saco de remédios em minhas mãos, as palmas um pouco suadas. Sempre fico nervoso antes da injeção, mesmo que já faça dois anos agora.

Minha enfermeira Sophia está me aguardando no corredor.

— Como está se sentindo hoje, Felix? — ela pergunta enquanto me leva para uma das salas.

Ela tem a pele branca, cabelos castanho-escuros presos num coque. Eu entrego o saco de remédios a ela.

— Tudo bem — eu murmuro.

Também ainda fico um pouco tímido, mesmo depois de todo esse tempo. Eu abro o botão e o zíper do meu short jeans antes de me sentar, fico com os joelhos balançando enquanto Sofia abre o saco e faz sua rotina, pegando a agulha e limpando minha coxa com um tecido desinfetante.

— Está tão frio hoje, né? — ela diz, alegremente. — Pronto?

Eu prendo a respiração e aceno com a cabeça.

Ela enfia a agulha na minha coxa, tão suave que mal sinto — Sophia sempre é a melhor para me dar a injeção — e aplica a testosterona. Eu observo enquanto ela é absorvida na minha perna. É estranho, sentir-se tão grato por um líquido amarelo, mas eu sinto que é meu elixir. Eu sei que ele vai me dar as mudanças que eu quero ver, as mudanças que eu preciso que os outros vejam também. Quando meu pai estava discutindo comigo sobre se eu deveria tomar testosterona ou fazer a cirurgia, ele me perguntou se eu ainda gostaria de fazer tudo isso se estivesse numa ilha deserta.

— E se fosse só você, sem mais ninguém por perto para dizer qual é o seu gênero? — ele perguntou.

— Mas essa é a questão — eu respondi. — Eu *não* estou numa ilha deserta. Não quero que as pessoas olhem para mim e decidam qual é o meu gênero com base na minha aparência agora.

A testosterona ajuda com isso. Estou numa dosagem baixa o suficiente que estou basicamente passando pelas mesmas mudanças que os outros caras da minha idade estão passando também. Crescimento de pelos. Voz mais grave. E... outras coisas que foram insanamente vergonhosas para dr. Rodriguez me dizer na frente do meu pai. Aquele dia, quando conheci meu médico pela primeira vez, eu saí com a tarefa de fazer mais pesquisa, ver se é isso que eu queria de verdade, e eu acabei num monte de publicações do Tumblr, seguindo uma porrada de gente trans no Instagram, vasculhando o Twitter...

Mas ninguém mencionou que, mesmo depois da cirurgia e das injeções, depois de anos de certeza de que sou um cara, eu ainda teria tantas perguntas.

Sophia retira a agulha e segura o tecido desinfetante no lugar enquanto eu massageio a perna, movimentando a testosterona no músculo como me ensinaram a fazer, a dor já começando. Ela pega um band-aid e o aplica sem rugas.

— Você é *profissa* — ela me diz com um sorriso.

— Posso te perguntar uma coisa? — digo enquanto fecho o zíper e o botão e me levanto.

— Claro — ela diz.

— Você já teve — digo, e me sinto envergonhado de continuar, amedrontado, até. E se ela me disser que estou apenas fingindo ser trans, e não posso mais ser um paciente na Callen-Lorde? Mas eu engulo o medo e me forço a continuar. — Você já teve algum paciente que sabia que era trans, mas... eu não sei, ainda questionava sua identidade?

Sophia não parece surpresa com a pergunta, mas ela provavelmente é treinada para não reagir.

— Eu normalmente não falo com pacientes sobre suas identidades — ela admite, — mas se você tiver qualquer pergunta, ou quiser falar com alguém, eu posso pedir que marquem uma consulta para você com nosso orientador de juventude. Também tem um grupo que fala sobre identidade...

— Não — eu digo, provavelmente um pouco rápido demais. — Não, obrigado. Estou bem.

Ela parece preocupada.

— Você tem certeza?

Eu aceno com a cabeça, indo em direção à porta.

— Sabe, Felix — ela diz antes que eu possa tocar a maçaneta — eu acho que tudo bem continuar questionando sua identidade. Você não deve respostas a ninguém. E — ela adiciona, — tenho certeza de que você não é a única pessoa que já se questionou depois de começar a transição. Talvez valha a pena fazer alguma pesquisa online. Ver o que aparece.

Eu a agradeço, desejo que tenha um bom dia e atravesso os corredores. Eu já *fiz* pesquisas — foi isso que me ajudou a perceber que sou trans em primeiro lugar..., mas, não sei, talvez Sophia esteja certa. Talvez possa valer a pena continuar pesquisando online. Deve existir uma resposta em algum lugar, não é?

É uma viagem rápida de trem até o Brooklyn. Eu continuo a esfregar a coxa, imaginando a testosterona se entranhando em mim como um remédio mágico. É meio idiota, acho, mas às vezes eu sinto como se gente trans tivesse superpoderes. É um pouco como se eu fosse o Peter Parker, picado pela agulha, magicamente passando por todas essas transformações, ou como o Capitão América, recebendo aquela droga experimental. Quando eu comecei a fazer minha pesquisa, vi uma publicação do Tumblr que dizia que pessoas trans costumavam ser consideradas deuses em várias culturas e religiões diferentes. Dionísio era o deus das pessoas transgênero, e Loki podia mudar de gênero quando quisesse também. Ainda somos considerados guias espirituais em alguns lugares ao redor do mundo. Isso é bem legal de se pensar.

O trem ruge até parar, as portas se abrem, as portas se fecham, e ele continua. Eu vejo algumas pessoas das minhas aulas. Leah e Tyler estão em pé perto da porta enquanto Tyler segura sua bicicleta, rindo, Leah mexendo com a câmera ao redor do seu pescoço. Leah me vê e acena. Hazel senta-se a alguns assentos de distância de mim com seus fones de ouvido e arrastando a tela do celular. Elliott está dormindo pesado no canto.

Quem é a pessoa por trás da galeria e das mensagens? Poderia ser qualquer um. Qualquer um dos outros centenas de estudantes na St. Catherine's.

De algum modo, saber com certeza que não foi o Declan deixa tudo isso muito pior.

Eu balanço a cabeça e afundo o rosto nas mãos. Não foi o Declan Keane.

Uma grande parte de mim sabia que não tinha sido ele. Eu só não me importava. Eu *queria* que fosse ele, então na hora era tudo que importava. Mas agora, eu não posso me esconder do fato de que ele não expôs as fotos, o fato de que há um babaca transfóbico que vai à escola comigo me enviando mensagens anônimas. Todos os sentimentos sobre a galeria que eu inicialmente havia enterrado e reprimido estão começando a emergir.

Eu me encosto de volta no assento, soltando um suspiro profundo, a parte de trás da cabeça encostada na janela do metrô.

Leah faz uma cara para mim do outro lado do trem.

— Pois é, né? Tá tão cedo.

Eu pego meu celular e rolo pelas mensagens.

Espero que me conte quem você é.

Porque o mais esquisito de tudo é isso. Desculpa por antecedência.

Mas eu acho que estou me apaixonando por você.

Eu olho para a mensagem com os olhos semicerrados. Fiz a mesma coisa na noite passada. Eu só a encarei por trinta minutos completos.

Tipo, que porra é essa?

Meu coração parece que está pulando dentro das costelas. Eu leio e releio a mensagem.

Mas eu acho que estou me apaixonando por você.

Tipo, sério... que *porra* é essa?

Tá, então a primeira questão é: Como o Declan Keane poderia ser capaz de *se apaixonar* por alguém? Depois dele ter largado o Ezra, foi só isso — ele escolheu seus amigos populares machões e deixou claro que a única pessoa com quem ele se importa de verdade é ele mesmo.

Então, o Declan dizer que ele tem uma crush em alguém é absolutamente e 100% chocante.

Minha segunda questão: Como diabos o Declan poderia se apaixonar por alguém que ele nunca sequer *conheceu*? Porque uma coisa é certa: Eu não sou o Lucky, então o Declan não tem crush em mim. Quero dizer, sim, eu sei que o Lucky precisou vir de algum lugar, e eu enviei mensagens com umas paradas sinceras às vezes, mas se o Declan descobrisse algum dia que *eu* sou o Lucky, tenho certeza que ele...

Não faço ideia do que ele faria.

Ele já me odeia — ele admitiu exatamente isso na noite passada — então nada mudaria muito. Talvez ele voltasse a falar com a reitora, diria que eu ter chutado a sua cadeira não foi um acidente no fim das contas, passaria por aqueles longos meses de audiência disciplinar para ter certeza de que eu seria expulso e não teria chances de entrar na Brown.

Acho que na verdade não importa de verdade como Declan reagiria, porque eu tenho certeza de uma coisa agora: Eu não tenho motivo nenhum para respondê-lo.

O objetivo era se aproximar de Declan e descobrir um segredo dele para machucá-lo como ele me machucou. Mas agora que eu sei com certeza que ele não estava por trás da galeria, e que ele não está enviando aquelas mensagens, eu não tenho mais nenhum propósito para continuar esse plano de vingança.

Não há motivo para continuar zoando com ele. Não há motivo para continuar falando com ele.

O problema? É que eu meio que quero continuar.

Quando eu chego à St. Cat's, há apenas alguns minutos até a hora que o sinal costuma tocar. Eu arrasto os pés enquanto ando, e aceno com a cabeça para Leah e Hazel quando elas passam. Todo mundo está de pé com seus grupos, falando e rindo e compartilhando seus celulares para olhar vídeos e mensagens. Meu coração — não consigo evitar, realmente não consigo — começa a bater mais forte no segundo em que vejo Declan. Ele está sozinho debaixo da sombra de uma árvore. Eu me lembro do que ele me disse: que ele não tem amigo nenhum aqui, não de verdade, nem mesmo James e Marc. Ele está com olheiras escuras sob os olhos, provavelmente por ter ficado acordado até tarde, como eu fiquei, e ele continua olhando para o celular em sua mão como se estivesse esperando por algo.

Então eu me lembro. Ele acabou de confessar seus sentimentos para Lucky, e está esperando Lucky dizer alguma coisa. Qualquer coisa.

Ele deve estar passando por um surto da porra agora. Quero dizer, eu estaria, se eu contasse a um cara que gosto dele e ele não respondesse.

Merda. Eu quase me sinto mal.

Ok, não... eu me sinto mal *sim*.

Eu passo por Declan, sem desviar o olhar dos meus tênis. Estou tendo dificuldades para respirar. Eu quase espero que Declan erga o olhar, sorria e me reconheça, mas por que ele faria isso? Ele não sabe que eu sou a pessoa com quem ele passou a noite toda conversando.

Eu atravesso o estacionamento até a entrada da escola. Ezra está encostado na parede de tijolos próximo às portas com Leah e Hazel, que chegaram lá antes de mim, junto com James e Marisol. Mari está fumando ao lado do aviso de Proibido Fumar Num Raio de 7 m, como de costume. Austin está lá também. Ezra me disse que ele e Austin tem trocado mensagens, mas ainda é estranho ver alguém novo passando tempo com ele. Há algo um pouco mais feio também, enterrado no meu peito. Inveja, eu acho, por Ezra e seu novo talvez-namorado.

Enquanto me aproximo, Ezra me chama com um aceno. Eu me sinto esquisito. Não quero admitir a Ezra que ele estava certo: Declan *não* fez a galeria no fim das contas. Eu também sei que não deveria contar a ele sobre a mensagem de Declan. *Eu acho que estou me apaixonando por você.* Ezra iria apenas dar de ombros e dizer que não se importa — e eu não sei, talvez ele realmente não se importasse, — mas acho que algo assim deve doer. O cara que você já amou um dia, dizendo ao seu melhor amigo que tem uma crush nele?

Meu Deus, que bagunça do caralho.

Quando me junto ao grupo, Austin olha de Ezra para mim e de volta a Ezra. Não é como se eu nunca tivesse falado com o Austin antes, mas, de repente, eu não tenho a menor ideia do que dizer a ele.

— Felix, verdadeiro ou falso — Leah diz. — Alienígenas existem.

— Verdadeiro — digo. Hazel e James reviram os olhos.

— Dois contra cinco — Leah diz com um sorriso.

— É claro que vocês acreditam em aliens — James diz com um tom de *imbecis do cacete* enquanto checa o celular.

— Ah, qual é? — Leah diz. — Como é que aliens *não* existem? Você acha mesmo que somos os únicos no universo inteiro?

— Vou acreditar quando tiver uma prova — Hazel diz.

— Nós literalmente temos vídeos de orbes flutuando no céu e pilotos dizendo que foram perseguidos por aeronaves não-humanas. Que prova a mais você precisa?

— Um alienígena de verdade.

Austin sorri para mim enquanto Leah discute com Hazel. Agora que eu sei que ele é o novo talvez amigo especial de Ezra, eu presto um pouco mais de atenção a ele do que eu prestava antes. Ele me lembra um pouco um golden retriever, com seus cabelos loiros bagunçados e olhos azuis. Na primeira vez que o vi na aula de pintura acrílica, eu meio que imediatamente odiei o cara. Ele é o tipo de pessoa que o mundo adora, só com base na aparência, um pouco como as pessoas ficam obcecadas por homens como Chris Hemsworth e Chris Evans e Chris Pine e todos os outros Chrises famosos, mais o Ryan Gosling, declarando que são liberais e não são racistas e que são feministas, mas sem parar para pensar no motivo de serem tão obcecados com homens brancos, e porque não amam pessoas não brancas da mesma maneira. Eu amo ter pele negra. Eu amo ser queer e ser trans. Mas às vezes, eu não consigo deixar de pensar como a minha vida seria mais fácil se eu fosse alguém como o Austin.

— Como vai o seu portfólio? — Austin me pergunta. — Estou ficando empacado. Não tenho ideia do que quero fazer. Eu só tenho pintado as mesmas paisagens.

— Estou trabalhando com algumas ideias— digo, o que tecnicamente é verdade.

— Vocês já ouviram a teoria — Leah diz — de que alienígenas na verdade são apenas humanos do futuro, e que nós nos colocamos em algum tipo de simulação para que nossos eus do futuro possam nos observar para um experimento?

— Não — Ezra diz devagar, — mas agora eu terei pesadelos sobre isso pelo resto da vida. Obrigado.

— De nada.

James não tira os olhos do celular.

— Vocês são tão nerds.

Leah dá um meio sorriso confuso, como se ela não soubesse se James está brincando ou não.

— Bem, você está aqui com a gente, então...

— Não estou com vocês — ele diz. — Estou com a Hazel, que está com vocês.

— É por que você está esperando por ela, para se pegarem no armário? — Marisol pergunta. Se ela estava esperando uma reação, não conseguiu o que queria. Nenhum dos dois se afeta.

Há uma pausa desconfortável.

— Eu achava que era legal ser nerd — Ezra diz, preenchendo o silêncio.

— De acordo com nerds, sim — Hazel diz a ele.

Marisol compartilha seu cigarro com Ezra.

— Eu percebi que você não respondeu a pergunta — ela diz a Hazel.

— Porque não é da sua conta.

É óbvio o que está acontecendo: Hazel quer deixar Marisol com ciúmes e parece que está funcionando.

— Mas todo mundo sabe que vocês estão se pegando no armário — Marisol diz.

— Então por que perguntar?

Eu não consigo evitar franzir a testa.

— Vocês não podem ir a outro lugar? — digo sem pensar. Olhares encontram os meus de novo, e eu hesito, mas é tarde demais para voltar atrás. — Tipo... é lá que a gente guarda as telas e pinceis e tudo mais.

— Você não me julga, eu não te julgo — James diz.

Há outra pausa desconfortável.

Ezra franze a testa.

— O que isso significa? Por que você o julgaria?

James dá de ombros, ainda com o celular na mão, rolando a tela pelo Instagram.

Há uma tensão crescendo em meu peito. James sempre foi um babaca. Quero dizer, ele me chamou pelo nome morto na primeira oportunidade que teve. Não seria loucura pensar que ele poderia ser homofóbico ou transfóbico ou qualquer outro tipo de fóbico. O silêncio se prolonga.

— Por que você julgaria o Felix? — Ezra pergunta de novo, sua expressão cuidadosamente neutra.

Ezra sempre foi protetor comigo, mas especialmente agora depois da galeria, e ele sabendo que eu tenho recebido aquelas mensagens do Instagram. Estou preocupado sobre o que pode acontecer se a conversa se intensificar.

James dá de ombros de novo.

— Ele é estranho, só isso.

— Eu sou estranho? — repito.

— Vocês têm orgulho de serem nerds estranhos, não tem?

— Depende do tipo de estranho que você quer dizer — Leah diz. — Você está dizendo que ele é estranho porque ele acha que aliens existem e gosta de anime e coisas assim? Ou você está dizendo que ele é estranho porque... — ela pausa, me olhando de relance com desconforto, mas é óbvio quais são as palavras presas em sua boca: *Negro*, *queer* e *trans*.

— Não é isso que eu quis dizer — James diz, revirando os olhos.

— Foi o que pareceu — Ezra diz a ele.

— Por que sempre tem que ser essa merda? — ele pergunta. — Sempre é por causa dessa merda pra vocês.

— Só é isso quando imbecis *falam* umas merdas ignorantes — Ezra diz.

— Eu só acho que o cara é estranho. Só isso.

— É. Já ouvimos.

— Então o que, agora eu sou um racista e essa merda toda por que eu acho que o Felix é estranho?

— Quer saber? — Leah diz. — Talvez. Sim. É uma possibilidade.

James está ficando com o rosto vermelho. Ele estava irritado antes, mas está ficando com raiva de verdade agora.

— Como caralhos isso me faz racista?

Leah não recua.

— Você acharia o Felix estranho se ele também fosse branco, hétero e cis? Ou você acharia que ele é legal? Você sequer considera *por que* acha que o Felix é estranho, ou qualquer outra pessoa que não é igual a você, só decide que não gosta delas, e então fica na defensiva quando alguém contesta isso.

— Vale para os dois lados, não é? — ele diz. — Você decidiu que não gosta de mim porque sou branco, hétero e seja-lá-que-porra-de-palavra-era-aquela-por-último.

— Cis — Ezra diz, encarando-o com uma expressão neutra. — Cisgênero.

— E eu não decidi não gostar de você porque você é um cara cis, branco e hétero — Leah diz. — Eu decidi que não gosto de você porque você me disse que lésbicas não existem, elas só não haviam conhecido você ainda.

— Era uma porra de piada — James diz para si mesmo. — Parece que ninguém pode mais fazer piada de nada. Jesus Cristo.

— É uma piada para você — Marisol diz. — Você pode transformar tudo em piada. Nós não podemos.

James revira os olhos.

— Tá bom. Isso foi divertido. Vou subir agora — ele diz, dando um olhar incisivo para Hazel.

— *Idiota* — Leah diz assim que ele está longe o suficiente.

— Ele não é tão ruim — Hazel diz.

Marisol bafora uma nuvem de fumaça, joga o cigarro no chão e o apaga com o pé.

— Você consegue coisa melhor — ela diz a Hazel.

Hazel solta uma risada de escárnio.

— Quem? — ela diz. — Você?

Marisol dá de ombros, mas a resposta óbvia é *sim*.

— Às vezes ele fala, tipo, a merda mais ignorante de todas, e então finge que é uma piada, mas eu não acho que ele está brincando, sabe? — Leah diz.

Hazel dá de ombros.

— Ele é gostoso.

Leah sacode a cabeça.

— Não sei. De algum modo, quando alguém é um babaca, o nível de gostosura despenca pelo menos cinquenta por cento.

— Sério? Acho que eu consigo ignorar isso para focar no físico.

— Você não acha que a personalidade meio que afeta os atributos físicos? — Leah pergunta. — Quando uma garota é superinteligente e sabe vários fatos aleatórios e memoriza poemas e tal, eu acho que ela é muito atraente, não importa a aparência.

— Isso não é tipo, não sei, difícil demais de encontrar? Teria que esperar por muito tempo?

— Estou presumindo que valerá a pena — Leah diz. — Melhor do que esperar por alguém como o James, de qualquer maneira.

James é nojento, todos nós sabemos disso. Ele é o tipo de cara que fala umas merdas inapropriadas e diz a todo mundo que ficou com raiva que estão sendo muito sensíveis. Eu olho de relance para o estacionamento, para Declan em pé sozinho debaixo da sombra da árvore. Como Declan deve estar solitário, para andar com alguém tão horrível como o James?

E então eu me dou conta. James. Eu estive tão focado em Declan ser a pessoa por trás da galeria que eu não havia considerado mais ninguém. Os tipos de mensagens que grandequeen69 tem me enviado, elas são exatamente o tipo de coisa que James diria. Até mesmo o nome *grandequeen69*, seja lá que diabos isso signifique, parece algo imaturo que ele inventaria.

Eu sinto que não consigo olhar para ninguém sem pensar que qualquer um pode ser grandequeen69. Poderia ter sido a Marisol, continuando com suas merdas transfóbicas ignorantes, mas e se fosse o James, fazendo uma "piada" que só ele acharia engraçado? Poderia ter sido qualquer um, e quanto mais tempo se passa sem que eu saiba quem foi, mais a pressão cresce no meu peito.

Doze

O sinal toca e Jill entra na sala depois do resto da turma para nos dar o seu discurso matinal de costume (hoje é sobre tentar algo novo, continuar a expandir e crescer). Eu olho ao redor para todo mundo na sala. Eu nunca prestei muita atenção a nenhum dos outros estudantes antes, não quando o assunto é a galeria e quais deles poderiam ser suspeitos — estive tão focado no Declan — mas agora eu encaro cada um deles. Leah, quando ela sorri para mim. Harper, que se senta na frente da turma, escrevendo tudo que Jill diz. Nasira, sussurrando para Tyler. Elliott, desenhando em seu caderno. James, que me percebe olhando e revira os olhos antes de voltar a atenção para frente de novo.

Quando Jill nos libera para nossas estações de trabalho rotineiras, Ezra está quieto, ainda irritado com tudo que James disse. Ele olha de relance para mim repetidas vezes, como se estivesse esperando por permissão para me perguntar se estou bem. Nenhum de nós dois fala por alguns minutos, mas a verdade está crescendo dentro de mim, e mesmo que eu não queira admitir, eu sei que preciso.

Eu olho ao redor, mesmo que só tenha nós dois nesse canto, e me inclino para sussurrar.

— Não foi o Declan.

Ele semicerra os olhos, confuso por um segundo, antes de entender e os arregalar.

— O quê? Como você sabe?

FELIX PARA SEMPRE

— Ele mesmo me disse. A gente estava trocando mensagem. Ele estava falando sobre como nunca faria algo assim, e ele sente pena de mim.

Os olhos de Ezra suavizam.

— Sério?

Quando eu olho para além da borda do mural no qual estou trabalhando, posso ver Declan distante no canto, de costas para a sala.

— Sim. Mas então ele também disse que também me odeia, então ele ainda é um babaca.

Ezra suspira.

— Ah — cada um de nós tem nossos montinhos de tinta, os pinceis arrumados e preparados. — O que você vai fazer? — ele sussurra.

— Eu não sei. Tentar descobrir quem é o responsável de verdade, eu acho. Tipo, não tenho ideia de como fazer isso.

— É — ele resmunga. — Eu poderia perguntar a Marisol se ela sabe de alguma coisa. Ela pode ter ouvido um rumor ou algo assim.

Eu não quero Marisol nem um pouco perto disso, não quando ela já fez seu próprio dano.

— Não acho que isso é uma boa ideia.

Ezra franze a testa.

— Qual é o problema em perguntar a Marisol?

Não quero entrar nesse assunto agora, mas Ezra está me observando, esperando por uma resposta. Eu dou de ombros.

— Nada. Eu só me pergunto se...

Eu olho ao redor para o canto de novo, os olhos vasculhando a sala. Leah está na parte da frente, pintando uma rosa em sua tela.

— Qual você acha que é a probabilidade de que a pessoa responsável pela galeria seja um estudante de fotografia? — pergunto a Ezra.

Ele pensa por um segundo.

— Bem alta, eu acho.

Eu hesito.

— Talvez devessemos falar com Leah.

— Você acha que foi a *Leah*?

— *Não*, digo, acho que é impossível saber com certeza, mas não acho que foi ela. Mas talvez ela tenha uma ideia de quem pode ter sido. Ela pode ter notado alguém na aula dela falando merda sobre mim, ou algo assim.

134

Ele assente.

— Ok, é. Vamos falar com ela depois da aula.

Quando pergunto à Leah se podemos conversar, ela parece um pouco surpresa. Acho que não posso culpá-la por isso. Não somos exatamente amigos, mesmo que a gente já tenha andado junto. Leah sempre foi legal comigo, o tipo de pessoa que parece estar constantemente sorrindo e eternamente otimista, o que não combina bem com minha alma obscura de Sonserina. Eu sei que ando um pouco retraído com ela. Eu me arrependo disso agora.

— Qual é o problema? — ela pergunta enquanto eu e Ezra a seguimos até a sala de aula de fotografia.

Há cortinas pretas que levam à sala escura, e há varais pendurados pelas paredes com fotografias em preto-e-branco pregadas na corda. A sala está vazia. Todo mundo está almoçando.

— Nenhum problema — digo. — Bem, quer dizer, há um problema, mas não é nada que você fez. Bem, quer dizer, eu espero que não tenha sido nada que você fez...

Leah ergue uma sobrancelha. Ezra faz sua expressão de *vá direto ao ponto, Felix*.

— Sabe a galeria? — digo. — A que... a que era sobre mim.

O rosto de Leah empalidece. Ela se apruma e assente.

— Eu e Ezra... bem, acho que eu na maior parte... estava pensando que pode ter sido um estudante de fotografia. Quero dizer, acho que qualquer um poderia hackear meu celular e pegar minha conta do Instagram, mas eles souberam como ampliar minhas fotos, e sabiam como emoldurar e etiquetar tudo e... não sei, eu só pensei...

Eu me sinto bem estúpido agora, mas Leah não está rindo.

— Por Deus, foi tão horrível — ela diz. — Eu sei que já disse antes, mas... sei lá, eu sinto muito mesmo que isso aconteceu com você.

Eu mordo o canto do lábio. Costumava me irritar quando as pessoas me diziam como elas *sentiam muito*, mas dessa vez, eu vejo que Leah está sendo sincera.

— Valeu.

— Você acha que alguém na turma de fotografia pode ter feito isso? — Ezra pergunta. — Eu sei que você não está em fotografia esse verão, mas normalmente...

Leah respira fundo, piscando os olhos, parecendo considerar.

— Eu espero que não. Todo mundo costuma ser bem legal. Mas acho que a gente nunca sabe, né?

Isso não é exatamente útil, mas o que eu estava pensando? Que ela diria *"Na verdade, sim, tem esse transfóbico em particular..."*.

— Então você acha que a pessoa hackeou seu celular? — ela diz.

— Eu não faço ideia como teria conseguido minhas fotos se não assim.

— Pode ter só hackeado o seu Instagram — ela diz. — Há vários apps pra isso. É bem mais fácil do que você imagina.

Ezra e eu trocamos olhares. Leah parece um pouco envergonhada.

— Não que eu hackearia uma conta de Instagram. Sou mais uma *cracker* — ela percebe nossa confusão. — *Cracking* é outra forma do que as pessoas conhecem como *hacking*. Mas *hacking* é ilegal. É o que as pessoas fazem quando querem roubar dinheiro ou espalhar vírus, esse tipo de coisa. *Cracking* é só por diversão. É como um quebra-cabeças gigante. É bem fácil, na real — ela pausa faz uma expressão como se estivesse pensando em nos contar algo que eu provavelmente não quero saber. Ela abaixa a voz. — Eu gosto de crackear computadores e celulares para deixar afirmações positivas onde as pessoas podem encontrá-las com facilidade.

Eu não sei muito bem como responder isso. Ezra a encara sem reação.

— Isso é... hum... legal — eu digo.

Ela dá de ombros e parece que está tentando evitar um sorriso.

— Não é nada demais. Tem muito mais gente do que você pensa crackeando celulares.

Não há mesmo nada mais a dizer depois de uma colega de classe falar que crackeia os celulares de outras pessoas por diversão. Ezra pergunta a Leah onde ela vai almoçar e ela diz que provavelmente vai para o White Castle, como de costume. Enquanto estamos andando em direção à porta, a ideia me surge. É uma ideia ridícula, estúpida para cacete, mas eu também não tenho nenhum outro jeito de descobrir quem poderia estar por trás da galeria, quem está me enviando aquelas mensagens do Instagram...

— Ei, Leah — eu digo, diminuindo o passo até parar. Ela e Ezra se viram para olhar para mim. — Você acha que seria possível, não sei, crackear os celulares de outros estudantes pra ver quem poderia ter feito a galeria?

Ela não hesita.

— Hackear.

— Que?

— Se vou entrar nos celulares em busca de informações pessoais, então não é cracking. É hacking.

— Ah. Ok.

— E sim — ela adiciona. — É possível. Tem vários programas hoje em dia.

Ezra parece hesitante. Isso definitivamente está no espectro de ser--expulso-da-escola, sem mencionar que é ilegal. Mas Leah parece considerar.

— É meio uma boa ideia, na verdade — ela diz. — Seria fácil ver os rastros de cookies de hacking no celular de outra pessoa, se baixou programas de hacking, ou se ainda têm aquelas fotos salvas na galeria de fotos do celular...

Eu hesito.

— A pessoa também tem me enviado mensagens no Instagram.

— Isso é ainda melhor — ela diz. — Eu definitivamente consigo olhar o histórico de mensagens no Instagram dela.

Eu coço a cabeça.

— Eu não posso... quero dizer, eu não tenho dinheiro...

— Ah, não — Leah diz e parece quase ofendida. — Eu não aceitaria seu dinheiro. Fico feliz em fazer o que posso pra ajudar a derrubar esse babaca do caralho — ela sorri. — Eu sempre quis ser uma vigilante fodona.

As sobrancelhas de Ezra se erguem e ele me olha de relance como se estivesse impressionado.

Leah abre um sorriso largo.

— Mas eu aceitaria um sanduíche do White Castle de almoço.

— Feito — Ez diz.

Eles continuam andando em direção à porta, já conversando sobre possíveis suspeitos — Ezra atualiza Leah sobre como suspeitávamos de Declan, mas que agora sabemos que não foi ele, e ele imagina se deveríamos investigar James e Marc, já que são os melhores amigos dele, e já que

FELIX PARA SEMPRE

James pode ser um tremendo babaca ignorante — mas eu fico parado. Os dois parecem animados, mas eu sei que é improvável, e as chances descobrir quem fez a galeria são bem baixas. Ezra deve ver a desesperança no meu rosto, porque ele anda de volta até mim e apoia o braço no meu ombro, bagunçando meu cabelo.

— Nós vamos descobrir quem fez isso. Eu prometo.

Eu sei que ele está tentando fazer eu me sentir melhor, mas ele também não sabe da história inteira, não sabe nem o que está me perturbando de verdade.

Quando saímos para o estacionamento, eu vejo Declan sentado em um dos bancos com James e Marc. E não consigo parar de olhar para ele. Nem durante o almoço enquanto estamos sentados em lados opostos do estacionamento, nem no corredor de volta às aulas, nem durante nossa sessão de tese inteira. Declan conferiu seu celular talvez um milhão de vezes naquela manhã, mas depois do almoço ele deve ter desistido porque ele está com o olhar turvo no trabalho à sua frente, uma ruga entre as sobrancelhas.

Ele disse que acha que pode estar se apaixonando por Lucky. E mesmo estando confuso e até um pouco incrédulo, eu preciso admitir que há uma fagulha de animação em mim também. Ninguém nunca se apaixonou por mim, mesmo que esteja apenas se apaixonando por alguma versão online falsa de mim. Essa animação é assustadora, como se eu me permitisse ser feliz por um segundo, Declan fosse enviar uma mensagem a Lucky dizendo que mudou de ideia, que ele percebeu que não tem sentimentos por Lucky no fim das contas.

Eu deveria estar tentando focar no meu trabalho artístico também, mas a tela em branco na minha frente está tão vazia quanto sempre esteve. Eu tenho o celular na mão, fico encarando a mensagem que Declan me enviou.

Será que eu deveria responder?

O que eu diria?

Estou encarando a mensagem de Declan quando um novo alerta do Instagram aparece no topo da minha tela. Eu paro de respirar. É uma nova mensagem de grandequeen69.

Por que você está fingindo ser um garoto?

Quem é você? Por que você está me trollando?

Não estou fingindo ser um garoto. Só porque você não evoluiu para entender que identidade de gênero não é a mesma coisa que biologia, isso não significa que você pode dizer quem eu sou e não sou. Você não tem esse poder. Somente eu tenho o poder de dizer quem sou.

Não estou trollando você. Só estou te dizendo a verdade. Você nasceu uma garota. Você sempre será uma garota.

Eu não sou uma garota. Você não pode me dizer quem eu sou. Você não tem esse poder. O que você ganha ao me mandar mensagens desse tipo?

É gostoso te dizer a verdade.

Meu coração vai parar na garganta. Eu encaro as palavras, tentando dissecá-las, para ver se consigo descobrir quem poderia tê-las escrito. Eu olho ao redor da sala. O filho da puta poderia estar aqui, agora, me enviando essa merda.

Eu me levanto e digo a Ezra que vou dar uma volta. Eu perambulo pelos corredores, sem prestar atenção de verdade aonde estou indo ou por onde estou andando — perdido nos meus pensamentos, na dormência que está começando a se alastrar em mim. Quando levanto o olhar, estou de novo na sala de pintura acrílica vazia, como se meus pés automaticamente me levassem pelo caminho conhecido e até cruzar a porta. A sala parece estranha sem ninguém por perto: mesas vazias, bancos vazios, sofá de veludo cotelê rosa vazio. Eu vou em direção ao armário de materiais. Preciso relaxar e, sei que parece estranho, mas sempre achei que preparar telas é algo calmante. Eu guardo o celular de volta no bolso de trás e começo o trabalho, pegando um rolo de tela e cortando um pedaço, encontrando chassis com meio metro para o suporte e pregando-os juntos, grampeando e esticando a tela sobre a madeira. Eu faço isso, de novo e de novo, tela após tela. Eu ocupo o centro da sala, empurrando e afastando bancos do meu caminho, continuando o meu trabalho até ter sete telas prontas e espalhadas pelo chão.

Há o rangido de um sapato atrás de mim. Eu dou um pulo, virando-me, a culpa vibrando em mim. Jill está em pé com um copo de café para viagem na mão.

— Felix — ela diz, surpresa.

FELIX PARA SEMPRE

— Desculpa — eu digo rápido, apesar de sequer saber pelo que estou me desculpando.

— Eu esqueci minhas chaves — Jill diz devagar, ignorando meu pedido de desculpas enquanto ela começa a inspecionar as telas que ocupam quase metade do piso da sala de aula. Ela ergue as sobrancelhas enquanto olha para mim de novo. — Você planeja usar todos esses materiais? — ela pergunta.

Eu hesito. Eu não havia nem pensado no desperdício enorme que essas telas seriam se eu não pintar nada nelas.

— Um — digo, então assinto. — Sim.

Ela sorri como se fosse parte da piada de que, não, eu não estava realmente planejando usar tudo, mas com certeza estou agora. Ela vai em direção à escrivaninha atrás do sofá rosa, abre uma das gavetas, vasculha em seja lá o que há por lá em busca das chaves;

— Sabe, Felix — ela diz — você é claramente talentoso, mas suas pinturas são sempre... Bem, elas são boas.

Eu me retraio. A crítica é como uma facada no peito. Nenhum artista quer que o seu trabalho seja pensado como apenas *bom*. Pelo barulho em suas mãos, acho que Jill encontrou as chaves. Ela fecha a gaveta.

— Você provavelmente é um dos melhores artistas na escola, para ser honesta — ela diz. — É óbvio que você tem olho, imaginação, criatividade..., mas você não se esforça como deveria.

— Eu me *esforço*.

Ela olha para mim.

— Você já pensou no que será o seu projeto de tese?

Jill já sabe a resposta a isso. Eu cruzo os braços, então percebo como isso parece defensivo e me forço a deixá-los nas laterais do corpo, então percebo como isso parece esquisito, e acabo cruzando-os de novo.

— Não — eu finalmente admito — na verdade, não.

— Por que não? — ela pergunta. Seu tom é suave. Eu sei que ela está só tentando ajudar.

Eu dou de ombros, mas ela está esperando por uma resposta de verdade.

— É só... difícil. Tipo, tem toda essa pressão, eu acho, de fazer o portfólio perfeito para conseguir entrar na Brown e ganhar a bolsa e então eu fico tendo esses bloqueios, e não tenho ideia do que fazer e é só... difícil — eu digo de novo.

— Bem, ninguém escolhe ser um artista porque é fácil — Jill me diz.
— Quem escolher vai ter um choque de realidade pesado.

Ela ri de sua própria piada antes de pausar por um momento. Eu consigo ver que há algo a mais que ela quer dizer, mas ela quer ser cuidadosa no modo como diz.

— Sempre me emociono com seus retratos, Felix. Você consegue capturar o espírito, a essência de seus modelos. Mas normalmente fico com a sensação de que você poderia estar se esforçando de outro jeito — ela brinca com as chaves na mão, girando a argola no dedo. — Você acaba fazendo a mesma coisa. Pintando retratos de Ezra e dos seus colegas de classe.

— E isso é ruim? — eu pergunto, só um pouco na defensiva agora.

— Não, não é *ruim*. É só que eu imagino o que mais você pode ter aí dentro, se você se esforçasse para tentar algo novo. Eu percebi que você nunca pinta você mesmo. Por quê?

Eu fico surpreso com a pergunta, nem tanto porque Jill a fez, mas porque eu nunca pensei sobre isso antes. Nunca passou pela minha cabeça, eu acho, pensar em fazer autorretratos. Eles sempre pareceram um pouco narcisistas para mim, e não sou exatamente o tipo de cara que quer, ou sequer é capaz, de me olhar o dia todo. Eu nunca tiro selfies, e mal gosto de me ver em espelhos. A disforia teve um papel gigante nisso. É o nome que dr. Rodriguez usou para descrever o sentimento que eu tenho quando me olho e sei que eu não pareço com o que eu deveria parecer — o desconforto que eu costumava ter, ao ver o meu cabelo comprido e um peito que não era reto. Eu tenho sido sortudo o suficiente para ver a maioria das mudanças que eu quero ver, mas ainda sou o cara mais baixo entre todos os meus colegas de turma e, às vezes, posso sentir os olhares de estranhos me observando, questionando meu gênero.

— Autorretratos são poderosos — Jill diz. — Eles te forçam a se enxergar de um modo diferente do que apenas olhar num espelho, ou tirar uma foto no celular. Pintar um autorretrato faz você se reconhecer e se aceitar, por dentro e por fora — sua beleza, suas complexidades, até mesmo suas falhas. Não é fácil, de jeito nenhum — ela me diz, então dá de ombros. — Mas qualquer coisa que revele quem você é, o seu eu verdadeiro, não é fácil.

Ela segura as chaves.

— Isso é só uma ideia. Vou deixar você com isso tudo. E não se esqueça de guardar todos os materiais quando tiver acabado.

Ela sai da sala, fechando a porta atrás de si.

O meu eu verdadeiro?

Eu pego as tintas, uma paleta coberta com tinta seca descascando, pinceis de tamanhos diferentes, alguns com cerdas tortas ou endurecidas, e encaro uma das telas em branco. A crítica de *bom* ainda arde, mas estudar na St. Cat pelos últimos anos me ensinou a inspirar a crítica e expirá-la de volta. Talvez uma parte de mim também saiba que Jill está certa.

O meu eu verdadeiro.

Eu respiro fundo, pego meu celular e tiro uma foto. Eu olho para a foto, e sinto uma queimação de vergonha no estômago. Eu tenho marcas de acne, meu nariz e olhos e boca são grandes demais, meu maxilar não é quadrado, não tão quadrado como eu gostaria que fosse, e nos meus olhos, eu posso ver o medo. O receio em fazer isso, em me confrontar, em procurar a beleza, em admitir as falhas.

Eu encosto o celular na perna de uma mesa, me abaixo, molho um pincel e começo algumas pinceladas simples de vermelho no canto da tela. Eu pego o amarelo, as faixas se misturando em laranja, quase um nascer do sol, colorindo minha pele. O verde é o próximo, então o azul ao redor da minha boca. Um estouro brilhante, como fogos de artifício, em meus olhos tons de azul e roxo rodopiando juntos como fumaça que sombreia meu nariz, um risco de verde na minha bochecha...

Meu celular vibra, uma mensagem aparecendo por um momento antes de desaparecer. As cores, as misturas, as texturas, eu mergulho na tela, me permitindo mergulhar na imagem de mim mesmo. Branco, quase como uma nuvem, revirando-se ao redor de uma gota de vermelho onde meu coração...

Meu celular vibra de novo. Eu suspiro e me levanto, largando o pincel num pote de vidro de água marrom e limpando minha mão no jeans para poder pegar o celular do chão. Tenho medo de que possa ser grandequeen69 de novo, mas é apenas Ezra querendo saber onde diabos estou, se estou bem. Eu olho para o relógio no canto do celular. Quatro. Caralho, são quatro da tarde. Eu estive aqui por três horas?

Eu dou um passo para trás para observar a tela. Eu ainda nem preenchi metade, mas o que já preenchi...

É lindo.

Eu odeio como isso parece arrogante, mas é verdade. Não eu, não acho que sou bonito, mas a própria pintura. Minha pele tem nuances de vermelho e dourado, como se eu estivesse em chamas. As cores quase se parecem com um pedaço de galáxia, espiralando pontos de luz que desabrocham da escuridão. Meus olhos possuem o mesmo medo, o mesmo receio, mas há uma força, uma intensidade, uma determinação que eu não havia notado.

Não estou pensando muito quando pego o celular e passo direto pela minha conversa com Ezra, abrindo a última mensagem de Declan para mim.

Espero que me conte quem você é...

Porque o mais esquisito de tudo é isso. Desculpa por antecedência.

Mas eu acho que estou me apaixonando por você.

Eu mordo o lábio, encarando as mensagens, e respiro fundo, digito e envio:

Não posso te dizer quem sou.

Se eu fosse o Declan, eu teria esperado de propósito pelo menos umas cinco horas para responder, como vingança pelo meu silêncio o dia inteiro, mas ele não dá a mínima para isso e responde de imediato:

Ok. Eu não vou te pressionar a me contar.

Eu tento imaginá-lo respondendo suas mensagens, talvez ele esteja em casa, encolhido na frente da TV no sofá, ou talvez ele esteja com James e Marc, tentando esconder o celular enquanto digita. Será que ele está surpreso que eu respondi? Aliviado? Eu hesito, então digito:

Você diz que está se apaixonando por mim. Como você pode gostar de mim se você nem sabe quem eu sou?

Declan leva um pouco mais de tempo para responder essa.

Eu sei que é idiota. Você poderia ser literalmente qualquer um. Eu fiquei me enlouquecendo o dia inteiro, olhando pra todo mundo ao meu redor, imaginando quem você poderia ser. E eu nem sei se você estuda mesmo na St. Catherine's ou não.

A mesma coisa que eu estive fazendo — olhando ao redor, imaginando quem estava por trás da galeria, quem ainda poderia estar me enviando aquelas mensagens no Instagram. Eu sinto uma pontada de culpa. Eu sei como ele se sente. Eu me sento ao lado da minha tela, com as pernas cruzadas.

Você está com raiva que eu não vou contar quem sou?

Não. Um pouco frustrado. Mas só porque eu gostaria que pudéssemos conversar pessoalmente.

Eu não respondo isso. Outra mensagem chega.

Estou muito feliz que você me respondeu. Eu estava com medo de ter feito você sair correndo assustado.

Para ser honesto? Você meio que fez.

Desculpa... Eu sei que é esquisito ter uma crush em você sem nem saber quem você é. Mas eu realmente gosto de conversar contigo.

É vergonhoso admitir isso. Eu não faço ideia do porquê estou admitindo isso.

Eu gosto de conversar com você também.

Podemos continuar conversando? Mesmo que eu tenha uma crush esquisita em você?

Eu tento não sorrir.

Sim. Acho que tudo bem.

Treze

Oi, mãe,

Sabe quando a vida fica tão confusa até chegar em um ponto que você pensa consigo mesmo, bem, pelo menos não pode ficar pior do que isso, mas então a vida diz: há! acha que acabou, é? E então, só para provar que você está errado, ela fica ainda mais confusa do que era antes, e sua vida inteira não é nada além de um mistério completo — sempre uma porrada de perguntas, mas nunca nenhuma resposta?

Tá bom. Talvez isso seja um exagero.

... só que não?

Sinto que nunca tive tantas perguntas na vida quanto tenho agora. Declan não é quem esteve por trás da galeria, então a primeira pergunta: Quem diabos foi? Leah tem ajudado, fazendo coisas que eu provavelmente não deveria escrever num email, para evitar do FBI aparecer na St. Cat's..., mas não tenho certeza de que nosso plano vai funcionar mesmo.

Declan, no fim nas contas, é meio *legal* e interessante e inteligente e engraçado... E, além do mais, ele diz que está se apaixonando por mim. Então, segunda pergunta: Como eu me sinto em relação a ele? Parece totalmente impossível, mas...bem, acho que posso estar começando a gostar dele também. Não sei. É a primeira vez que alguém disse que gostava de mim e a sensação é boa demais. Como se eu pudesse esfregar isso na cara das pessoas. Tá vendo? *Alguém* acha que eu mereço ser amado, mesmo que você não concorde.

FELIX PARA SEMPRE

Mas minha terceira pergunta é: Como o Ezra se sentiria com isso? Eu ficaria muito irritado, se fosse ele — irritado e magoado. É sacanagem que eu ainda continue falando com Declan? (Acho que tecnicamente são duas perguntas. Bem, que seja.)

Quarta pergunta, completamente não relacionado a todas as outras, só que não, porque é a pergunta mais importante de todas: Qual é a porra da minha identidade?

Estive pesquisando uma caralhada de termos, mas cada definição, cada rótulo, me deixa mais frustrado. Há tantos jeitos para uma pessoa se identificar... Então por que nada parece certo para mim? É possível não ter uma identidade? Existir sem nenhum rótulo para dizer quem sou e quem não sou? Talvez isso seria bom para algumas pessoas, mas para mim, eu me sinto desnorteado, à deriva, sem ninguém pra me dizer se o que estou sentindo é real, se esse sentimento é algo que eu criei em minha mente, ou se é algo que outros já sentiram também.

Há outra pergunta que eu poderia fazer logo, acho, já que não há chance alguma de enviar esse e-mail para você:

Por que você foi embora?

Meu pai não gosta de falar sobre isso. *Às vezes as pessoas só se desapaixonam.*

Acho que isso significa que você não o amava mais. Você deve ter falado isso a ele, antes de decidir nos deixar. Eu imagino como as coisas devem ter sido do seu ponto de vista. Você achou mesmo que estava apenas indo numa viagem para esfriar a cabeça, ou você já tinha decidido que não voltaria? Foi mesmo só uma coincidência que você conheceu seu novo marido por lá, ou você já o conhecia, já estava traindo meu pai com ele? Quando você continuou estendendo sua viagem, você sequer notou que estava fazendo cada vez menos ligações conforme os dias passavam? Que você estava ficando ocupada demais para atender o telefone quando eu tentava ligar, porque seu novo filho sempre tinha futebol ou dever de casa ou aulas de piano? Você disse que me ligaria de volta, mas você nunca ligou e...

Acho que isso me leva à minha última pergunta: Você deixou de me amar também?

Seu filho/filhote/ainda a ser determinado,

Felix

Estou sentado de pernas cruzadas no sofá com a Capitã encolhida ao meu lado. Meu pai está tirando seu cochilo da tarde como de costume e Ezra está me enviando mensagens sobre a festa do Orgulho para a qual Marisol o convidou, mas eu coloco o celular no silencioso. Eu mordo o lábio, então abro o Google. Eu nem sei o que digitar, não de imediato. *Sou transgênero?* parece uma pergunta estúpida de se fazer, quando eu sei com certeza que sou, mesmo que ser rotulado como *cara* não parece completamente certo também. Eu sei que não sou uma garota. Essa é a única coisa que eu sei com certeza.

Eu sou transgênero, mas não me sinto como um cara ou uma garota.

Os resultados são impressionantes. Há artigos médicos sobre transição, sites de entretenimento sobre Laverne Cox e Janet Mock, publicações do Instagram mostrando #transformationtuesday com imagens lado a lado de pessoas anos atrás e suas fotos atuais, uma publicação no Tumblr com vários — tipo, centenas — de termos transgênero, rótulos que eu nem sabia que existiam.

Um dos resultados me leva a um evento no Facebook do Centro Comunitário LGBT. O evento é para um grupo de discussão sobre identidade de gênero. Está marcado para hoje às oito da noite, daqui a três horas. É um pouco coincidência demais, não é? Eu clico em "Vou."

Eu só estive no Centro uma vez antes, muito tempo atrás, quando eu estava começando a questionar minha identidade. Eu não fui a nenhum grupo. Eu nem falei com ninguém. Eu só subi os degraus de entrada e entrei na recepção antes de me sentir tão nervoso que me virei ali mesmo e fui embora.

Eu entro na recepção de novo agora. Nada mudou muito. Paredes brancas, bancos brancos. Há pessoas mais velhas numa área de café, falando com vozes baixas. Dois adolescentes próximos da minha idade estão sentados por perto, suas cabeças inclinadas juntas enquanto eles compartilham fones de ouvido.

Eu vou até o balcão da recepção e pergunto à recepcionista aonde eu deveria ir para participar do grupo de discussão, e ela me envia para o segundo andar e adentro uma sala quente com piso de madeira e paredes de um tom desbotado de pêssego com grandes janelas abertas.

FELIX PARA SEMPRE

Ventiladores de piso estão zumbindo e circulando o ar quente. Cadeiras dobráveis de metal estão organizadas num círculo. Algumas pessoas já estão aqui. Um idoso com as pernas cruzadas, lendo um jornal. Uma mulher alta com cabelos castanhos e batom vermelho forte. Alguém com cabelo rosa espera perto da porta com uma lista de assinaturas e um sorriso. A etiqueta de nome diz Bex com os pronomes *elu/delu* escritos embaixo.

Em minha pesquisa online, mesmo na época em que eu estava só começando a questionar se eu era trans ou não, eu me lembro de ler sobre a identidade não-binária. Muitas pessoas que usam pronomes como elu/delu não sentem que são um cara ou uma garota, o que é algo que talvez, possivelmente, poderia descrever aquele sentimento de *importunação* — que ser visto como uma garota definitivamente não é certo, mas ser visto como um cara também não está totalmente certo. Mas há períodos em que eu sei, sem sombra de dúvidas, que definitivamente sou um cara, e sinto que estive apenas imaginando a importunação, a dúvida, a confusão. Não sei se está tudo bem eu dizer que sou não-binário, se ainda há dias em que sei que sou um cara também. Mas se não sou não-binário e não sou um cara, e definitivamente não sou uma garota, então o que eu sou? Eu vim aqui em busca de respostas, mas parece que minhas perguntas estão só aumentando.

Eu escrevo meu nome sem escrever nenhum pronome e me sento na cadeira que parece mais distante. Eu envolvo meu corpo com os braços e cruzo as pernas, os joelhos balançando. Não sei por que me sinto tão desconfortável. Como se alguém fosse entrar na sala, apontar direto para mim e gritar "Fraude!" e me escoltar para fora do local.

Algumas outras pessoas entram, todas de idades e raças diferentes, mas fica bem óbvio que sou o mais novo até então. Apenas Bex aparenta que pode estar na faculdade. Todas as outras pessoas são adultas. Eu começo a me preocupar que não tenho autorização de estar aqui por ter menos de dezoito anos. Será que alguém me diria que sou novo demais e me pediria para sair?

O tempo se move agonizantemente devagar, até Bex bater palmas uma vez e ficar em pé no meio do círculo.

— Sejam todos bem-vindos ao grupo de discussão sobre identidade de gênero do Centro LGBT — elu diz. — Vamos nos apresentar seguindo o círculo. Digam seus nomes, pronomes e de onde vocês são. Eu começo. Meu nome é Bex, uso os pronomes elu/delu e sou do Bronx.

Há outras quatro pessoas. O idoso, Tom, dobra o jornal ao meio e o apoia na cadeira vazia ao seu lado. A mulher com o batom vermelho forte, Sarah, está sentada ao lado de uma mulher com a pele cheia de marcas, Zelda. Um homem com uma camiseta de *Final Fantasy* e uma barba falhada diz que seu nome é Wally. Quando chega a minha vez, meu coração está batendo tão acelerado que minha voz sai tremida.

— Felix. Hum. Não tenho certeza sobre meus pronomes agora — eu pauso, esperando alguém me dizer que eu deveria ir embora, mas todo mundo apenas me encara com expressões neutras. — Eu moro no Brooklyn... Ah, não, eu me mudei. Moro no Harlem agora.

Bex me dá um sorriso tranquilizador.

Eu já sei que tenho exatamente zero planos de falar. Eu vim aqui decidido a fazer nada além de escutar — escutar e aprender, tentar encontrar uma resposta para minhas perguntas.

— Há expectativas demais sobre papeis de gênero, até mesmo dentro da comunidade transgênero. Para provar que você é um homem, você precisa agir com agressividade. Para provar que você é uma mulher, você precisa ser passiva — Sarah ergue a cabeça. — Eu sou uma mulher agressiva. Não vou me desculpar por isso.

— Você não pode culpar as pessoas por definirem suas identidades com base em papeis tradicionais de gênero — Zelda diz.

— Eu posso, se esses papeis tradicionais de gênero são danosos — Sarah responde.

— Acho que precisamos decidir o que é mais importante — Wally nos diz. — A validação através dos papéis tradicionais de gênero ou a destruição desses papeis.

— Bem, foram esses papéis que meteram a gente nessa bagunça de patriarcado, em primeiro lugar — Sarah diz.

— Mas, então, por que ter gênero algum? — Zelda pergunta.

Tom fala pela primeira vez, e eu posso ver pela maneira como a sala se aquieta que ele possui muito respeito aqui.

— Alguns de nós não têm gênero algum — ele diz.

Bex sorri.

— Então essa é a resposta? — Zelda pergunta. — Para destruir o patriarcado e a misoginia? Eliminar o gênero de vez?

— Não acho que ninguém esteja sugerindo isso — Tom diz. — Apesar dessa ser a resposta para alguns, não precisa ser a resposta para todo mundo. Não podemos deixar de ser quem somos. Não faz muito sentido ficar julgando nossa comunidade. Nós já recebemos julgamentos demais dos outros.

Todo mundo assente.

Eu tenho tantas perguntas, tantos pensamentos inundando minha mente. Meu coração está quase escalando a garganta e saindo pela boca. Meu joelho não para de balançar e estou suando tanto pelo calor e pelo nervoso que minha camiseta está grudando nas costas. Bex encontra meu olhar e mesmo que eu desvie, elu diz meu nome.

— Você tem algo que gostaria de adicionar? — pergunta e quando eu engulo, piscando os olhos, elu diz. — Ou há outra coisa que você gostaria de falar?

As outras pessoas me observam com expectativa, quase entediadas. Zelda confere as unhas. Wally coça a barba. Há tantas coisas que eu quero falar, tantas perguntas que eu quero fazer, mas elas estão todas emboladas num emaranhado de palavras e sentimentos em minha mente, impossíveis de traduzir. O silêncio, enquanto cresce, ecoa em minha cabeça e quanto mais tempo eu fico sem falar e com a boca aberta, mais entediado todo mundo fica, me encarando e imaginando o que diabos tem de errado comigo...

— Desculpa — eu consigo dizer, minha voz falhando. — Preciso ir.

Ninguém diz nada enquanto arrasto a cadeira para trás, me levanto e saio porta afora. Eu me apresso pelo corredor e a vergonha enche meu peito e minha garganta, alcançando meus olhos. Estou quase chorando. Eu corro para fora do saguão do Centro LGBT, mas o calor do verão não ajuda em nada a pressão crescente em meu peito. Parece que no fim das contas ninguém precisou de fato apontar e gritar "Fraude!" para mim — eu fiz isso muito bem sozinho.

Mal estou no fim do quarteirão quando ouço meu nome. Eu me viro. Bex me seguiu.

— Jesus, você corre rápido — Bex diz enquanto desacelera, um pouco sem ar.

Merda. Eu não consigo nem olhar para elu.

— Você está bem? — pergunta.

Eu engulo e aceno que sim com a cabeça, encarando a calçada. Há uma rachadura com uma erva-daninha brotando.

— Desculpa. Não era minha intenção te pressionar para falar. Eu só queria me certificar de que você se sentisse bem-vinde. E você é. Bem-vinde, quero dizer — elu me diz e dá um sorriso. — Eu me lembro como foi difícil quando era adolescente, rodeade por um bando de adultos sabe-tudo, ignorade e...

Estou inquieto, puxando a barra da minha regata.

— Eu preciso voltar à sala — Bex diz. — Mas eu queria que você soubesse que é sempre bem-vinde a se juntar a nós. O grupo se encontra toda quarta-feira às oito horas. Se você tiver qualquer pergunta, ou se você quiser só aparecer e escutar, tudo bem também. Tá bom?

Eu levanto o olhar, encontro os olhos delu por um segundo, e posso ver que elu realmente está dizendo isso genuinamente. Bex quer que eu volte, que eu tente de novo. E mesmo que eu ainda esteja morrendo um pouco por dentro... não sei, uma parte de mim realmente se sente grata por isso.

Eu assinto.

— Tudo bem.

São quase nove horas e vai escurecendo, o sol começando a se pôr. Já estou a caminho de casa, andando em direção ao trem A e sendo esbarrado por cada pessoa na rua, quando meu celular vibra em minha mão. Tenho uma nova mensagem no Instagram. Eu nunca respondi à última mensagem de grandequeen69, mas parece que a pessoa decidiu enviar outra mensagem assim mesmo.

Você acha que é tão legal e na moda ser transgênero. Isso não é real. Você sempre será uma garota.

Isso é demais para mim. O grupo de discussão e agora isso. Eu não consigo nem evitar as lágrimas que ardem em meus olhos. "Merda!" eu grito. Algumas pessoas se assustam, virando-se para olhar na minha direção. Eu enxugo os olhos e o nariz.

O que você ganha sendo uma pessoa transfóbica de merda? Te faz bem tentar menosprezar alguém por causa de quem essa pessoa é? Acho que deve ser

uma sensação de poder pra você, atacar alguém e fazer com que se sinta irrele-vante. Mas eu sei quem eu sou. Eu sei que sou trans. Pessoas transgênero sem-pre existiram. Pessoas trans estão por todo lugar ao longo da História, mesmo que a sociedade tente nos apagar. Nós não somos uma moda, mesmo que você se sinta bem ao fingir que somos. Eu sei que não sou uma garota. Você não pode dizer quem eu sou e quem eu não sou. Agora me deixe em paz, caralho.

Eu aperto *enviar*, respirando pesado, as lágrimas ainda se acumu-lando e ameaçando cair dos meus cílios. Quando meu celular vibra em minha mão de novo, eu quase dou um pulo — o receio me preenche e eu acho que é grandequeen69 de novo, mas dessa vez é uma mensagem de Ezra.

ONDE CARALHOS VOCÊ TÁ??? **Papi Juice tá tocando no galpão pro Orgulho. Veeeeeeeem.**

Eu me esqueci da festa do Orgulho. Estou cansado, cansado pra porra — emocionalmente exausto da catástrofe que foi o grupo de dis-cussão no Centro LGBT, a enxurrada infindável de perguntas que en-chem minha cabeça, e agora essa última mensagem de grandequeen69 também. Mas antes que eu possa responder, Ezra começa a ligar literal-mente três segundos depois.

— Felix! — ele grita. Há música e ruídos de fundo. Eu ouço Marisol e Leah rindo. — Felix, vem logo!

Deus do céu, ele já tá bêbado.

— Não sei. Estou um pouco cansado.

Ele grunhe.

— Ah, para. Não seja um chato de merda. Você tem dezessete anos. Quantas vezes mais você terá dezessete anos, Felix? Hein? Quantas vezes mais, porra?

Eu suspiro. Não estou no clima para uma festa, nem um pouco, mas não tem zero chance de eu conseguir só ir para casa e ficar sozinho com meus pensamentos e questões e as trollagens de grandequeen69 e De-clan com suas mensagens.

— Onde eu encontro vocês?

Catorze

O endereço que Ezra envia por mensagem me leva até Greenpoint, depois de todas as mercearias e padarias fechadas, através das ruas com postes de luz piscante e o tipo de beco escuro que eu sempre fui avisado para não atravessar sozinho. Fábricas de tijolos que são sem dúvida assombradas começam a aparecer. O ponto azul em meu GPS continua a pular para frente e para trás, e não consigo encontrar a rua onde a festa deveria ser. Eu meio que quero *matar* o Ezra nesse momento. Esse é exatamente o tipo de canto sinistro da cidade que é um pouco perigoso demais para alguém como eu.

Eu viro a esquina e há uma fila contornando a calçada. Pessoas em saias curtas, meia-calça arrastão e regatas se afunilam para dentro de um dos galpões. Eu atravesso a rua correndo, olhando para os dois lados mesmo sem ter nenhum carro por perto. Vou para o final da fila, o segurança confere minha identidade falsa e eu entro pelas pesadas portas de metal.

Uma escada leva para a escuridão, a música tocando. Eu me seguro no corrimão para me equilibrar enquanto subo os degraus íngremes.

Há outra porta dupla no patamar, e quando eu as abro, a música está tão alta que quase me derruba. Não há luz, exceto por faixas vermelhas iluminando rostos e mãos jogadas para cima. A música com uma batida pesada vibra através do piso, subindo pelas minhas canelas, e a multidão — eu nem sabia que tanta gente podia ser enfiada numa única sala — se move como uma só. Talvez eu seja a única pessoa parada em pé. As pessoas estão dançando umas com as outras, contra as paredes, o bar, as caixas de som, como se todos tivessem sido amaldiçoados a dançar até morrer.

Não vejo Ezra em lugar algum. Consigo atravessar a multidão na pista de dança até outro conjunto de portas. Eu irrompo por elas, respirando fundo. Estou num terraço. Há espaço suficiente para dezenas de pessoas ficarem ali, conversando e fumando. O muro vai apenas até a cintura. Seria fácil demais tropeçar e cair. Uma brisa fria sopra sobre o horizonte de galpões e fábricas, as luzes amareladas brilhando na noite escura.

Eu mando mensagem ao Ez para avisar que estou aqui. Sempre fico meio nervoso em grandes aglomerações de pessoas que não conheço. Ando pelos grupos devagar, conferindo se reconheço alguém, olhando meu celular várias vezes para checar se Ezra respondeu. Braços me agarram por trás, me puxando para um abraço apertado, e Ezra ri no meu ouvido.

— Você tá tão atrasado — ele reclama.

— Desculpa — digo. — Eu me distraí.

Austin aparece ao lado de Ezra. Sinto uma pontada de decepção. Mesmo cansado, eu estava animado para passar um tempo só com o Ezra. Não estou no clima de lidar com seu talvez-e-cada-vez-mais-provável-namorado.

— Oi! — Austin diz, balançando a cabeça no ritmo da batida.

Eu aceno e forço um sorriso. Nós ficamos de pé ali por cinco segundos inteiros, olhando uns para os outros. Desconfortável para cacete. Quando éramos eu, Ezra e Declan — não sei, nós três juntos *dava certo*. Sempre tínhamos algo para conversar ou do qual rir. Eu nunca senti ciúmes, nem que estava sendo excluído. Antes do Declan terminar com Ez, nós éramos todos amigos uns dos outros. E agora, Ezra e Austin estão olhando para mim como se esperassem que a mesma coisa acontecesse de novo, que eu me torne amigo do Austin, dê as boas-vindas ao grupo.

Uma nova música começa a tocar, não sei de quem, nunca a ouvi antes, e Marisol grita e vem correndo, puxando Ezra pelas mãos e arrastando-o de volta para dentro, Ezra está sorrindo por cima do ombro em nossa direção enquanto deixa eu e Austin para trás. Eu me retraio. Austin solta uma risada desconfortável.

— A Marisol é legal, né?

— É — minto.

— Sabe, antes de começar a sair com o Ezra, eu vi você, ele e Marisol pela St. Cat's várias vezes, e sempre pensei que vocês pareciam muito legais e diziam coisas inteligentes na aula, e vocês são todos muito talentosos, mas a escola é tão cheia de panelinhas, então nunca senti que podia dizer oi nem nada assim.

Sento uma fisgada de confusão e talvez um pouco de culpa.

— Você tinha medo de dizer oi?

— Bem, sim — ele diz. — Acho que estava apenas um pouco intimidado. Quero dizer, suas pinturas são tipo... Uau. Sério, boas pra caramba, e eu sabia que eu nunca seria tão bom assim, e você é meio foda, sabe? Tipo, você é você mesmo, incontestavelmente. E, eu tenho uma crush no Ezra há, tipo, um ano inteiro já. Ele é muito engraçado e... bem, muito atraente, como se pudesse ser modelo ou algo assim. Eu gosto dele há algum tempo, mas não sabia como chegar nele e falar. E por muito tempo eu pensei que ele estava saindo com você.

Eu ergo uma sobrancelha.

— *Eu?*

— Tipo, não é tão absurdo, né? Vocês estão sempre juntos.

— Sim. Porque somos melhores amigos.

Austin dá de ombros.

— Eu só presumi que vocês estavam saindo, e então descobri que vocês *não* estavam saindo, e pensei, sabe de uma coisa? Eu vou arriscar. O que tenho a perder, não é? Além da minha dignidade. — Ele ri. — Então, eu cheguei nele e contei que gostava dele e, bem... — ele não completa, seu rosto ficando vermelho vivo.

Austin é irritante para cacete, mas ainda assim sinto um quentinho no peito. Posso ver que ele gosta mesmo do Ezra. E depois daquela merda toda com o Declan... bem, seria bom pro Ezra ficar com alguém que quer estar com ele. Isso me faz sentir um pouco mal por ter decidido de imediato não gostar do Austin.

A música muda de novo. Há um baixo pesado que faz o chão vibrar.

— Estou feliz por você — grito para ele tentando ser mais alto que a música. — Por vocês dois.

E dessa vez, eu percebo que há apenas uma gotinha de inveja quando normalmente eu estaria coberto de ciúmes. Acho que posso ficar feliz de verdade por Ezra e Austin, porque pela primeira vez, posso saber como é bom gostar de alguém e saber que esse alguém sente a mesma coisa.

— Obrigado — ele diz. — Por Deus, eu fico tão nervoso falando contigo. Posso ver que sua opinião é muito importante pro Ezra, então eu quero muito que você goste de mim. E, tipo, eu espero que você goste de mim só porque eu te acho legal e talentoso também.

Eu sorrio de leve, apesar de tudo.

— Não se preocupe — digo a ele. — Vou falar bem de você.

Com isso eu ganho um sorriso radiante.

— Tenho que ir encontrar o pessoal — ele diz. — Devo uma bebida à Leah. Você vem?

Eu balanço a cabeça e observo enquanto ele vai em direção às portas, desaparecendo na multidão. Eu pego meu celular, me encostando na parede.

Você já se sentiu como se estivesse apenas observando? Eu pergunto a Declan. **Nunca participando de verdade. Nunca fazendo nada. Apenas observando sempre.**

Mas ele não responde. Eu deslizo até o chão, olhando o Instagram dele, curioso para ver se ele está ocupado, talvez ele esteja saindo com James e Marc, tirando fotos de um bar onde conseguiram entrar, mas ele não posta nada novo desde ontem. Uma sombra passa sobre mim e quando eu olho para cima, Ezra está se abaixando para se sentar ao meu lado. Ele apoia a cabeça no meu ombro.

— Por que você está aqui sozinho? — ele pergunta.

— Não estou a fim de dançar.

Ele olha para mim, a cabeça ainda no meu ombro.

— E aí? O que você acha?

— Do Austin? — Dou de ombros. — Ele parece legal. Ele gosta muito de você.

Ezra desvia o olhar.

— Você acha?

— Você não?

— Sim, claro.

Meu celular vibra. Declan respondeu minha mensagem. **Sempre observando? Que nem naquela foto que você postou?**

Sim. Sei lá, sempre sinto que não consigo descobrir como parar de observar e participar de verdade.

Ezra grunhe com os olhos fechados.

— Acho que bebi demais.

Eu olho para ele de relance.

— Você vai ficar bem?

Por que você acha isso? Declan me pergunta.

Ez dá de ombros.

— Acho que sim. Sempre me bate uma vontade desesperada de beber quando vejo meus pais.

Não sei. Talvez eu só esteja... com medo demais.

Ezra recosta a cabeça na parede.

— Eu estive pensando mais sobre o que você disse naquela noite. Você tá certo, sabe? Eles me dão tudo. Eu sei que tenho sorte. Muito mais que sorte. Sou privilegiado pra caralho.

Mordo o canto da boca e desvio o olhar. Ainda não consigo não ficar com inveja dos pais de Ezra, da riqueza de sua família. Isso me faz uma pessoa ruim? Um amigo de merda?

— Você tá certo — Ezra diz de novo. — É idiota reclamar.

Uma parte de mim, a parte feia e ciumenta, quer concordar. Mas...

— Só porque eles te dão coisas materiais, não significa que eles... você sabe...

— São bons pais?

— Eu não queria dizer dessa maneira.

Eu entendo ter medo, Declan me diz. **Eu tenho medo o tempo todo.**

— Eles não são — Ezra diz. — Bons pais, digo.

Eu franzo a testa um pouco. **Do que você tem medo?**

Tudo. Tenho medo de não estar usando todo o meu potencial. Tenho medo de estar desperdiçando minha vida quando deveria estar fazendo outra coisa, algo a mais...

Ez suspira, colocando a mão nos cabelos enquanto se apoia em mim.

— Eu sempre tive a sensação de que eles me deixaram num castelo e me abandonaram. Ou que eu era um lulu-da-pomerânia de brinquedo que eles não queriam cuidar de verdade, mas gostavam de exibir e tirar fotos. Bem, isso é o que eles costumavam fazer, de qualquer maneira, quando eu era uma criança fofa. Agora, um adolescente temperamental não é exatamente digno de uma festa de gala. Às vezes, eu acho que eles nem me querem por perto, mas têm medo de que pegaria mal se eu não aparecesse.

— Acho que entendo o que você quer dizer.

A situação não é exatamente a mesma, mas eu sei como é ser abandonado por um dos pais.

— Mas chega uma hora em que cabe a mim parar de reclamar e fazer algo a respeito, né? Então é isso que eu vou fazer. Eu ainda não sei *o que* eu quero fazer, mas... Sabe, você tinha razão. Vou tentar montar um plano, um objetivo, para que eu possa fazer o que quero com a minha vida e ir para bem longe deles.

Sinto a surpresa aparecer em meus olhos. Não consigo evitar um sorriso.

— Isso é ótimo, Ez. Isso... tipo, sério, isso é demais mesmo.

Ele ri um pouco, tão baixo que é mais um ronco vibrando da sua pele para a minha.

— Graças a você.

— Não só a mim. Você pensou em tudo por conta própria também.

Meu celular vibra e eu leio a mensagem de Declan. **Eu acho que se me permitir sentir medo demais, não farei nada, e não estarei vivendo, de forma alguma.**

Eu engulo. **Isso é verdade. Eu só não sei como me livrar desse medo.**

Talvez seja algo que você não deve pensar. Talvez você deve apenas fazer, seja lá o que for que tem medo de tentar. Apenas faça. Apenas diga sim.

Ezra franze o cenho para meu celular.

— Tá falando com quem?

Eu hesito. Não quero que ele saiba que ainda estou falando com Declan. Não tenho motivos para zoar com ele, e teria que inventar uma explicação, contar uma mentira, para não ter que admitir que eu acho que talvez esteja começando a gostar dele de verdade... e que ele disse que está se apaixonando por mim.

— Não é ninguém.

Ezra coça a bochecha, sem olhar para mim.

— Se você não quer me contar, tudo bem, sabe? Mas não precisa mentir.

— Não estou mentindo — digo. Ele não responde. — Tudo bem. Tá bom. Eu não quero te contar.

Mesmo que ele tenha dito que tudo bem não contar, ele tensiona o maxilar, se aprumando um pouco. Não há muitas coisas que eu não conto ao Ezra e posso ver que ele está chateado.

— É alguém que você gosta? — ele pergunta.

— Por que você perguntaria isso?

— Por qual outro motivo você não iria querer me contar com quem tá conversando?

Eu hesito, brincando com o celular, girando-o em minha mão.

— É o Declan.

Ele vira a cabeça para mim.

— Quê? Você ainda tá falando com o Declan?

— Sim.

— Você ainda tá planejando...?

— Não, não, não vou mais fazer isso.

— Então por que você ainda está falando com ele?

Eu dou de ombros de leve.

— Não sei. Eu só me acostumei a conversar com ele, acho.

— Mas ele é o... *Declan*. Declan Keane, porra.

— Eu sei. É que... — eu mordo o lábio de leve. — Você mesmo disse. Nós não sabemos da história toda. E o Declan... Não sei, ele pode ser um babaca, mas às vezes pode ser legal também.

A boca do Ezra, que estava escancarada, se fecha. Merda. Foi uma coisa idiota de se dizer, eu sei — dizer pro Ezra que seu ex-namorado, que tratou a gente que nem lixo, *às vezes é legal também*.

— Quero dizer, não *legal*, só...

— Tudo bem — ele diz. — Tá bom. Entendi.

Eu massageio a nuca.

— Desculpa. Eu não devia ter dito isso.

Antes que Ezra possa responder, Marisol vem correndo de sabe-se-lá-onde, com um sorriso largo no rosto, Austin e Leah em seu encalço. Leah está bêbada como um gambá. Ela imediatamente se senta ao meu lado e apoia a cabeça no meu ombro.

— Olá, meu amigo maravilhoso.

— Nós vamos até Coney Island assistir o sol nascer — Marisol grita para a gente. — Querem vir?

Eu olho para Ezra. Ele me ignora, forçando um sorriso para Mari.

— Porra, claro que sim. Quando vocês vão?

— Tipo, agora — ela diz.

Austin sorri para mim.

— Felix? Você vem?

Eu solto um suspiro e seguro meu celular de novo. A mensagem de Declan brilha para mim na tela do celular.

Apenas faça. Apenas diga sim.

Quinze

É uma viagem longa para cacete até Coney Island. Somos cinco: eu, Ezra, Marisol, Austin e Leah, que eu fiquei sabendo ser a prima em segundo grau de Austin. Estamos em um canto do vagão gelado, Ezra, Marisol e Austin estão cantando uma música de *Rent* a plenos pulmões; Ezra fazendo piruetas para lá e para cá, Leah e eu rindo. Quando descemos na nossa parada, Coney Island está mais cheio do que eu esperava às cinco da manhã. No píer, a madeira inchada de sal e areia, tem um grupo de homens bêbados rindo e tropeçando, um casal do lado do parapeito se beijando tão suavemente que faz meu coração doer, uma senhora passeando com seu cachorro. Nós pulamos o parapeito e aterrissamos na areia fria, com os tênis nas mãos. Ezra, Mari e Austin saem correndo e gritando em direção à água. Leah balança a cabeça para eles.

— Parece que foram todos feitos uns para os outros — ela diz.

Meu estômago embrulha um pouco. Eu nunca tive ciúmes quando saía com Declan e Ezra, era apenas o jeito que nossa amizade funcionava, antes do Declan terminar com o Ez. Mas se Ez começar a namorar Austin, será que nossa amizade mudaria e evoluiria da maneira que sempre parece acontecer com as amizades? E se eu e Ezra não formos mais tão próximos?

Nos sentamos na areia fria juntos, à beira da água cinzenta. Leah se inclina para mim.

— Aliás — ela sussurra —, eu conferi o celular do James. As únicas mensagens que ele tem enviado pelo Instagram são para a Kendall Jenner.

Ela parece estar se segurando para não rir.

— Acho que ele está na esperança de que ela vá se apaixonar por ele por DM.

Há uma pontada de decepção. Eu não deveria estar surpreso. Não vai ser fácil encontrar o filho da puta por trás da galeria, o troll que está me enviando mensagens, eu já sei disso.

— Não se preocupa — Leah me diz. — Estou dando uma olhada no celular do Marc agora. Mas, se não for ele — ela diz —, você tem mais alguma ideia de quem pode ser?

Eu hesito.

— Não. Não faço ideia.

Ela deve ver a decepção no meu rosto.

— Tudo bem — diz. — Não tem problema. Nós vamos encontrar o babaca que fez aquilo. Ok?

Eu aceno de leve com a cabeça. Nossa, por que eu sempre fui tão indiferente com a Leah?

— Ok. Obrigado. De verdade. Isso significa muito para mim.

Ela se acomoda ao meu lado, apoiando a cabeça no meu ombro. Austin e Ezra começam a se beijar. Ezra não olhou para mim durante a viagem de trem inteira, mesmo enquanto todo mundo estava rindo e cantando — eu realmente subestimei o quanto ele ficaria irritado ao descobrir que eu ainda estou conversando com o Declan, —, mas ele ergue os olhos agora enquanto Austin o beija, e não desvia o olhar. Meu rosto esquenta, e eu encaro minhas mãos.

— Siiiiiiim — Mari diz, deitando-se na areia, com os óculos de sol mesmo que o céu esteja azul escuro, o sol ainda distante de nascer. — Sim, é exatamente disso que eu estava precisando, porra.

Austin ri no pescoço de Ezra. Leah vira o rosto contra o vento congelante que vem do mar para acender um baseado, seus cachos ruivos esvoaçando para todo lado. Ela traga profundamente e me passa, suas bochechas rosadas no frio.

— Eles não são fofos? — ela me pergunta.

— Sim — digo, pegando o baseado e tragando com tanta força que minha garganta arde e eu começo a tossir. Leah me dá um tapa nas costas e pega o baseado, passando-o para Marisol.

— Deus do céu, eu preciso transar — Marisol diz.

— Eu me voluntario como tributo — Leah diz sem perder a oportunidade.

Marisol passa o baseado para Ezra, soltando uma nuvem de fumaça.

— Dessa água eu já bebi.

Leah solta um grunhido e se vira para ficar de barriga para baixo, brincando com a areia.

— Você já transou com todo mundo aqui?

Marisol olha ao redor.

— Não todo mundo — ela diz. — Não transei com o Austin. Nem com o Felix.

Espera, espera.

— Espera aí. Você já transou com o Ezra?

Ezra está deitado de costas. Ele franze o cenho enquanto passa o baseado para Austin.

— Qual é a sua definição de *sexo*?

— A gente se pegou bêbados uma noite, como se costuma fazer — Marisol diz, sacudindo a mão. — Isso foi antes de eu decidir sair apenas com garotas. Óbvio.

— Não foi nada de mais — Ezra diz. — A gente só se pegou e... Hum, se tocou um pouco. E eu me arrependi instantaneamente.

— Eu também — Marisol tem a audácia de me dar um sorrisinho de canto de boca. — Você não queria ter se divertido mais comigo antes da gente terminar?

Austin se inclina para Ezra e sussurra alguma coisa para ele, que. O ciúme cresce dentro de mim.

Leah não para de sorrir para mim.

— Ei, Felix — ela diz — quando você soube que você era... sabe?

Eu sei o que ela quer dizer, mas estou com um humor de merda agora por causa de a Marisol ter me tratado como um lixo, como ela sempre faz, rindo da crush que eu tinha como se eu fosse apenas uma piada para ela.

Eu encaro a água cinzenta e gelada empurrando a areia.

— Quando eu soube o quê?

Leah hesita, como se ela não tivesse certeza se isso é uma pergunta tranquila de se fazer e, honestamente, não tenho certeza se é. Algumas pessoas podem não se importar, eu acho, mas não é como se eu e Leah fôssemos tão próximos a ponto dela saber se tudo bem ou não perguntar isso a *mim*; e claro, acho que Austin provavelmente já sabia, mas e se não soubesse? Leah teria simplesmente revelado quem sou.

— Quando você soube que você era... Hum, um cara? — Leah pergunta, tentando de novo e, merda, consigo ver que ela pelo menos está *tentando*. Mesmo que não seja perfeito, ela não está fazendo isso por mal.

— Eu descobri bem tarde — digo, ignorando a dor no peito. É difícil ignorar a pergunta sobre eu *já ter me descoberto* de verdade ou não. — Tarde em comparação com todas as histórias que ouço de pessoas descobrindo suas identidades de gênero quando ainda estão no útero, pelo menos.

Isso provoca algumas risadas.

— Acho que é muito corajoso da sua parte — Leah diz.

— Bem, talvez? Só estou sendo eu mesmo. Não há nada corajoso nisso.

Austin está acenando com a cabeça.

— Uma amiga da minha família não percebeu que era uma mulher até virar adulta. Ela se assumiu alguns anos atrás. Ela sempre faz questão de conversar comigo para me contar como sou sortudo por ser um adolescente hoje em dia, sem qualquer preconceito para enfrentar do jeito que ela teve que enfrentar quando era adolescente.

Marisol responde sem se virar para olhar para nós.

— Isso é besteira pura. Ainda temos tantos problemas pra lidar.

— Tipo — Leah diz. — Acho que em comparação ao modo como as coisas costumavam ser...

— Onde, exatamente? — Ezra diz. Ele ainda está olhando para qualquer lugar menos para mim. — Estamos nessa bolha no Brooklyn, mas vai para qualquer outro lugar e é um festival de intolerância.

— Ainda assim, nem tudo é perfeito aqui também — Austin diz. — Ainda existem pessoas que têm medo de se assumir para os pais. Pessoas sendo abusadas, sendo expulsas de suas casas.

— Ainda temos um caminho longo a percorrer — Marisol diz, finalmente deslizando seus óculos escuros para cima e olhando para nós, de cabeça para baixo, desafiando-nos a discutir; e, sim, entendo o que ela quer dizer, mas talvez seja um pouco irônico justo a *Marisol* estar pregando isso para nós sendo que ela terminou comigo porque eu era, citando o que ela disse, *um misógino*. — Esse país tá fodido e há muitas mudanças que precisam ser feitas antes que qualquer um possa dizer que não temos que lidar com preconceitos por sermos queer.

— Nós provavelmente deveríamos começar a fazer essas mudanças com nós mesmos, você não acha? — eu pergunto.

O sarcasmo é bem evidente, eu admito. Marisol franze o rosto e troca olhares com Leah.

— Que porra de pergunta é essa? — ela coloca os óculos escuros de volta e se acomoda na areia de novo. — Começar com a gente mesmo — Marisol repete. — Você está tentando dizer alguma coisa?

— Sei lá — digo. *Sim*.

Ezra está me olhando com a testa franzida, mas ele não diz nada, não como ele normalmente faria. Austin está olhando para nós dois. Leah se inclina um pouco para perto de mim.

— Felix, você tá bem?

— Tô.

Não estou bem. Estou puto. Eu não sei, talvez tenham sido as mensagens de Declan, me dizendo para só fazer o que diabos eu quiser fazer, ou talvez discutir com aquele troll de merda tenha acordado algo em mim, mas agora toda a raiva antiga que eu tinha em relação a Marisol está emergindo. Eu disse a mim mesmo para ignorar, mas não sei se ignorar as babaquices dela está fazendo bem a alguém. Definitivamente não a mim. Eu queria convencê-la de que ela estava errada sobre mim, que eu merecia seu respeito e amor, depois de ela ter me rejeitado, mas eu vejo que o modo como ela me tratou foi muito mais que só errado. Ninguém merece aquilo.

— E então? — Marisol diz com um tom irritado de voz, como se ela não se importasse nem um pouco com o que eu direi.

Eu tensiono o maxilar. Ezra, Austin e Leah estão todos me observando, à espera. Talvez essa seja uma conversa que eu deveria ter apenas com Marisol primeiro, sem esse público. Eu me sinto murchar.

— Não é nada. Esquece.

Marisol ri pelo nariz.

— Típico do Felix. Tão melodramático.

Eu me levanto, limpando a areia na parte de trás das minhas pernas, e começo a andar, os pés afundando na areia cinza e os tênis nas mãos. Nem sei para onde estou indo. De volta ao trem? Pulo o parapeito, piso no calçadão de madeira, e não demora muito para que eu ouça passos pesados atrás de mim.

— O que diabos foi aquilo? — Ezra diz ofegante, andando ao meu lado. Estou surpreso que ele até se deu o trabalho de me seguir.

— Nada.

— Óbvio que não é nada. Você tem agido de modo estranho pra cacete ultimamente, Felix.

Uma cutucada, claramente, por eu ainda estar conversando com Declan.

Eu paro de andar, passando a mão nos meus cachos.

— Marisol nunca te contou porque a gente parou de sair, né?

Ezra dá de ombros, franzindo as sobrancelhas.

— Ela só disse que não deu certo.

Abro a boca, lutando para forçar as palavras a saírem, e percebo que esse é o poder que Marisol tem sobre mim. Cacete, ela é uma *bully*.

— Ela me disse que sou um misógino por ter feito a transição.

Ezra me encara sem expressão por alguns segundos.

— O quê?

— Ela disse que eu sou um misógino por ter *escolhido não ser mais uma garota*.

— Espera, o quê?

Ele nem espera que eu repita. Pula o parapeito de volta, em direção a Marisol e os outros. Merda, eu sabia que Ez ficaria puto se eu dissesse alguma coisa, mas isso não significa que eu quero que ele confronte Marisol sobre isso, e definitivamente não agora. Pulo o parapeito também, chamando-o, tropeçando na areia, mas Ezra chega antes de mim.

— Marisol, mas que caralho? — ele grita. Os outros se viram com os olhos arregalados. Marisol retira os óculos escuros.

Ela olha para nós dois com uma expressão de perplexidade.

— Você disse ao Felix que ele é um *misógino*?

Marisol olha para mim, e posso ver, bem aqui nesse momento — posso ver que ela nunca esperava que eu contasse isso ao Ezra. Ela sabia o tipo de controle que tinha sobre mim. Sabia que eu ficaria calado, envergonhado, com medo de que o que ela havia me dito pudesse ser verdade.

Ela olha para Ezra mais uma vez.

— Bem... Quero dizer, é meio verdade, não é?

Leah parece surpresa.

— Ninguém escolhe ser transgênero — ela diz lentamente.

— Eu sei, mas...

— Caralho, você só pode estar de sacanagem — Ezra diz.

Isso é outro nível de raiva. Vejo, ao olhar para ele agora, que a amizade deles já era. Não há redenção pelo que ela me disse. Eu me sinto culpado. Como se fosse culpa minha fazer o Ezra ficar tão puto assim com a Marisol. Mas não, não, eu lembro a mim mesmo, eu não forcei Marisol a dizer a merda que ela disse.

— Não estou dizendo nada contra o Felix ou pessoas trans — Marisol diz —, mas se alguém decide que não quer mais ser uma mulher, para mim, isso só significa que essa pessoa inerentemente não gosta de mulheres...

— Então mulheres trans não gostam de homens?

— Não funciona nesse sentido — Marisol diz, sua voz incerta; ela sabe que fez merda. Ou talvez ela esteja usando esse tom apenas porque foi pega. — Homens, eles têm o patriarcado, e se um homem desiste desse poder para se tornar uma mulher...

— Você só tá falando um monte de merda — Ezra diz.

— Eu posso ser feminista e ser trans — digo. Minha voz é bem pequena agora, mas todo mundo se aquieta, para e vira para me ouvir. Meu coração está explodindo dentro do peito, e eu sinto que estou prestes a chorar, mas não posso fazer isso; não aqui, não agora, não na frente de Marisol. — Eu amo mulheres. Eu respeito mulheres. Eu tinha orgulho de ser uma garota antes de transicionar, mas percebi que aquilo não era quem eu sou. Ser um cara não significa que eu não ame ou não respeite mais as mulheres.

Marisol revira os olhos um pouco, mas é para evitar chorar.

— Então chamar minha atenção na frente de todo mundo e fazer com que eu pareça uma imbecil é como você ama e respeita as mulheres?

Eu me impeço de pedir desculpas. Ela provavelmente está certa, eu provavelmente deveria ter feito disso uma conversa a dois, mas algo me diz que, se eu houvesse confrontado ela pessoalmente, Marisol teria encontrado um jeito de me fazer sentir que estou sendo *melodramático*, que estou errado. Sou grato por ter Ezra do meu lado agora, mesmo que ele tenha seus motivos para estar irritado comigo também.

— Você mesma que se passou por imbecil — Ezra diz. — Você deve um pedido de desculpas ao Felix.

Marisol aperta os lábios.

— Não vou pedir desculpas. Eu não fiz nada de errado.

— Você foi uma transfóbica ignorante de merda — Ezra diz com a voz afiada. — Isso não é errado?

— Não acho que sou ignorante ou transfóbica.

— Qual é, Mari — Leah sussurra. — Só pede desculpas.

— Não. Foda-se essa merda.

A palavra *transfóbica* me faz congelar. Eu havia considerado a possibilidade antes, mas agora parece mais provável do que nunca de que a pessoa por trás da galeria poderia muito bem ter sido a Marisol, alegremente movendo montanhas para me humilhar. Se é assim que ela se sente em relação a mim, *por que não* seria ela a pessoa que montou aquela galeria sobre mim?

Eu a indago. Digo:

— Foi você que fez a galeria?

Marisol está chorando abertamente agora. Ela sabe do que estou falando.

— Não. Eu não fiz a galeria.

Eu não acredito nela.

— Mesmo?

Ela ergue as mãos.

— Todo mundo pensa que sou uma imbecil ignorante agora. Eu não teria qualquer motivo para esconder se tivesse feito aquela galeria estúpida.

— Você sabe quem foi?

— Não, não sei, porra. Mas quer saber? Estou feliz que seja lá quem foi tenha feito isso.

Ezra sacode a cabeça, segurando minha mão e me puxando para longe.

— Não quero mais saber de você, Marisol. Não olhe para mim, não fale comigo, não finja ser minha amiga. Acabou.

— O mesmo para você, queridinho — ela diz para nós.

Ezra levanta o dedo do meio para ela.

Nós voltamos para o calçadão, passamos pelo parapeito. Posso ver Leah discutindo com Marisol e a mão de Austin em seu braço. Merda. Todo o drama que eu queria evitar está estourando bem na minha cara. Agora que estamos distantes o suficiente, deixo as lágrimas caírem. Não quero que Ezra veja, mas é claro que ele percebe. Ele apoia o braço sobre meus ombros, me puxando para junto dele, dificultando a caminhada pois ficamos esbarrando um no outro. Ele não diz nada. Apenas dá um beijo no topo da minha cabeça.

— Desculpa — murmuro, escondendo o rosto com as mãos.

— Porra. Eu odeio quando você pede desculpas por alguma merda que não é culpa sua. Você não fez nada de errado.

Eu assinto, porque não sei bem o que dizer.

— Ela é tão babaca — Ezra diz. — Não acredito que ela disse aquilo pra você. Por que você não me contou?

Eu não sei.

— Acho que estava envergonhado. — Eu hesito. — Com medo de que ela pudesse estar certa.

— Ela não está certa. Beleza? Sério, Felix, não deixa essa merda entrar na sua cabeça. Tá bom?

— Tá bom.

— Cara, ela é tão babaca. Meu Deus — ele sacode a cabeça, agarrando um punhado da camisa e usando a ponta para enxugar o rosto. — E eu não acredito nem um pouco nela. Não tenho dúvidas de que foi ela quem fez aquela porra de galeria.

Ele está certo. Marisol provavelmente fez a galeria e, mesmo que não tiver feito, provavelmente conhece quem fez, mas de repente, eu me sinto exausto. Exausto pela confusão. Exausto pela raiva. Eu queria saber quem montou a galeria, por vingança, para fechar esse ciclo, mas agora estou imaginando se preciso mesmo disso tudo. Talvez seja hora de parar de lutar, mesmo que isso signifique que pessoas como Marisol e grandequeen69 ganhem.

— Desculpa — digo a ele.

— Eu disse para parar de pedir desculpas.

— Não. Eu tô falando de... — eu digo. — Desculpa por ainda conversar com o Declan.

Ezra pisca os olhos, encarando o calçadão sob nossos pés, mexendo o maxilar de um lado a outro.

— Eu não posso te dizer para não falar mais com ele. Mas, caramba, por que você ainda está falando com ele?

— A gente só... Eu não sei, se deu bem?

Não posso dizer ao Ezra que Declan tem uma crush em mim. Se ele está chateado agora, nem imagino o que ele faria ou diria se descobrisse isso.

— Não é como se eu pudesse te dizer para parar ou algo assim — Ezra diz. — É idiota da minha parte ter um pouco de ciúmes?

— É só como você se sente, eu acho? — Eu hesito. — Tipo, eu tive um pouco de ciúmes mais cedo.

— Hã?

— Com o Austin.

— De novo: *hã?*

Deus. Essa conversa só fica cada vez mais desconfortável.

— Você tem ciúmes de mim? — Ezra pergunta. — Ou do Austin?

— Não ciúmes assim — falo. — Digo, só inveja de que vocês dois têm um ao outro, sabe?

O quão fácil é para o Ezra? Ele vai de um cara para outro, de um relacionamento para o outro. Ele se apaixona e se desapaixona. E eu só sigo assistindo da arquibancada. Essa *coisa*, seja lá o que for, que eu tenho com o Declan é a primeira vez que tenho uma conexão assim — a primeira vez em que senti esperança de que poderia ter meu primeiro relacionamento, ser beijado pela primeira vez, me apaixonar pela primeira vez. Parece frágil, essa coisa, como se pudesse escapar por entre meus dedos como água e se derramar sobre meus pés.

— Você vai parar de mandar mensagem pra ele? — Ezra pergunta, olhando para mim de relance.

Mordo o lábio.

— Provavelmente não.

Ele solta um suspiro pesado, passando a mão nos meus cachos.

— Você ainda gosta mais de mim do que dele, não é?

Eu reviro os olhos.

— É claro, Ez. Você é meu melhor amigo.

Mas seu sorriso ainda é tenso enquanto saímos do calçadão e andamos em direção ao trem.

Dezesseis

Quando chegamos ao apartamento do Ezra, o sol já está alto no céu, mas não faz a menor diferença com as nuvens escuras que se aproximam, acobertando tudo com escuridão. O calor que ferve a cidade diminui e relâmpagos arroxeados cortam o céu, o trovão ecoando tão alto que parece que o apartamento inteiro de Ezra estremece. Os relâmpagos iluminam o cômodo a cada disparo.

— Eu amo tempestades de raios — ele me diz.

Eu odeio. Odeio como elas são imprevisíveis e o quanto parece que o destino está sendo largado ao capricho de algumas moléculas.

— Não é à toa que os povos antigos achavam que deuses moravam nas nuvens — Ezra diz. Outro relâmpago estoura, um estrondo tão alto que eu me retraio. Ele abre um sorriso para mim. — Você não tá com medo, tá?

— Cala a boca.

— Tudo bem se estiver com medo — ele diz. — Eu protejo você.

Abraço os joelhos contra o peito.

— Parece que é só isso que você faz ultimamente.

Ele dá de ombros, olhando para mim,

— É para isso que servem os amigos, não é?

Ezra decide que uma tempestade é uma desculpa boa o suficiente para matar qualquer aula hoje, e eu concordo, apesar de uma parte de mim querer sair correndo na chuva e ir à St. Cat's. Na verdade, eu estava animado para trabalhar no meu portfólio. Quero ver como seria um novo autorretrato, depois de não ter abaixado a cabeça. Minha pele seria tão roxa quanto os relâmpagos lá fora, meus olhos tão escuros quanto o cinza da areia e do mar?

Ezra se acomoda ao meu lado, cobrindo-se com o cobertor e, mesmo com o trovão e a chuva batendo nas janelas, ele cai no sono quase instantaneamente. Meus olhos estão bem pesados também, mas pego meu celular, tocando nas últimas mensagens de Declan.

Talvez seja algo que você não deve pensar. Talvez você devesse apenas fazer, seja lá o que for que tem medo de tentar. Apenas faça. Apenas diga sim.

Eu digito. **Eu disse sim.**

Ele responde instantaneamente, como se estivesse esperando a noite toda por minha mensagem. **E o que aconteceu?**

Eu acabei indo parar em Coney Island. Foi meio que um desastre.

Merda. Sério? Eu me sinto mal agora.

Não se sinta mal. Era uma bomba relógio que ia explodir cedo ou tarde.

Você se arrepende de ter ido?

Não. A briga precisava acontecer.

Ele não me responde de imediato. Eu olho para o Ezra, dormindo sobre minha perna, com a boca aberta, as mechas do cabelo cobrindo metade de seu rosto. Meus dedos voam sobre o teclado, mas então eu hesito, apago, reescrevo, aperto *enviar*.

Lembra quando você estava me contando sobre seu ex-namorado? O que agora te odeia?

Sim.

O que aconteceu?

Ele de novo não responde de imediato e, por um segundo, fico preocupado em ter passado de um limite que eu não sabia que havia sido estabelecido. O relâmpago pisca, e uma lufada de vendo sacode as janelas. A resposta de Declan vibra em minha mão.

O que normalmente acontece, acho. Meu coração foi partido. Etc., etc.

Meu peito dói. O coração do *Declan* foi partido? Até onde eu sabia, foi Declan quem de repente acabou com tudo e se tornou o babaca que conhecemos hoje.

Como seu coração foi partido?

Você está bem curioso hoje.

Desculpa. Você não precisa me contar se não quiser.

Tudo bem. Só não é super divertido entrar nos detalhes. Resumindo, eu sabia que esse cara ia terminar comigo.

Eu franzo a testa, inclinando a cabeça. Por que Declan acharia isso? Estava tudo ótimo entre ele e Ez. Ezra estava feliz.

Eu decidi terminar as coisas primeiro. É meio patético, acho, mas eu não podia aguentar ser magoado, então eu o afastei.

Afastou como?

Eu fui meio babaca com ele. Ainda sou, acho.

Estou segurando o celular com força, encarando a tela. Faz sentido agora — não que eu desculpe o Declan por ter tratado eu e Ezra como tratou, mas pelo menos eu sei o motivo.

Ele envia outra mensagem. **Não me orgulho do jeito como terminei as coisas, e se eu pudesse voltar atrás provavelmente teria tentado fazer as coisas de um modo diferente, mas é tarde demais agora. Eu só queria rejeitá-lo e tudo que tivesse a ver com ele, antes que ele pudesse me rejeitar.**

Eu balanço a cabeça. **Mas por que você achava que o Ezra ia terminar com você?**

Eu percebo meu erro aproximadamente três segundos depois de enviar.

— Merda!

Ezra se vira para longe de mim no sono.

A mensagem de Declan chega.

Então você estuda mesmo na St. Cat's?

— Merda. Ah, puta merda.

Por que você acha isso?

Você conhece Ezra Patel.

— Merda, eu sou idiota pra cacete.

Ezra abre um olho e resmunga.

— O que foi? O que tá acontecendo?

Esfrego o rosto com a mão.

— Nada, desculpa, volta a dormir.

Eu não preciso falar duas vezes. Ele puxa o cobertor sobre a cabeça sem dizer mais nenhuma palavra.

Solto um suspiro e começo a digitar.

Tá bom, você tem razão. Eu conheço Ezra.

Então, o quê, você está só tentando saber os detalhes do nosso término pra espalhar a fofoca ou algo assim?

O quê? NÃO.

Mais um segundo. Então: **Você é o Ezra?**

Eu solto uma risada com essa, mas acho que isso não está tão longe da verdade. **Não, não sou o Ezra. Isso é decepcionante?**

Não mesmo. Eu já segui em frente. Uma pausa. **Em direção a você, claramente.**

Eu ergo uma sobrancelha. **Você não sabe quem eu sou. Você não confia em mim. Mas você ainda gosta de mim?**

O coração tem razões que a própria razão desconhece, não é?

Bem, talvez? Eu não saberia dizer.

Como assim?

Digo que eu nunca me apaixonei.

Você nunca sentiu nada por outra pessoa?

Eu hesito. Eu tive uma crush na Marisol, antes de ela se revelar uma transfóbica do caralho, e já achei pessoas atraentes antes, já me interessei, mas... **Depende da sua definição de sentimentos, eu acho? Eu já tive crushes, mas nunca me apaixonei.** Eu não sei o que toma conta de mim, realmente não sei, mas eu só continuo: **Tipo, eu QUERO me apaixonar. Isso é algo que eu sempre quis sentir. Como deve ser, amar alguém e essa outra pessoa te amar também? É outro nível de amizade? Outro nível de confiança, vulnerabilidade, sempre contar seus pensamentos e sentimentos a essa pessoa, compartilhar cada coisinha com ela para que vocês estejam tão sincronizados que é como se fossem uma pessoa só? É como se toda vez que você a vê seu coração fica desembestado, e você não consegue nem pensar por estar tão feliz? É como se sempre que você está longe, você sente que está faltando um pedaço de si? Saber que alguém te ama é algo que te enche de confiança, porque você sabe que é o tipo de pessoa que merece ser amada? E como é terminar com alguém que você ama? Como é decidir tentar de novo e se permitir apaixonar por outra pessoa? Decidir se arriscar sabendo que você pode se machucar, mas ainda querer tentar? Eu não sei. Mas eu quero saber.**

Declan leva um tempo para responder — um minuto passa, e outro, e mais outro, e eu sinto medo, preocupação e só um bocadinho de alívio por pensar que sim, *eu oficialmente consegui. Eu o assustei.* Mas finalmente meu celular vibra: **O que está te impedindo?**

Bom, nada, tecnicamente. Só que alguém precisaria se apaixonar por mim também.

Você não pode amar alguém sem que essa pessoa ame você?

Sim, é claro, mas um amor não-correspondido é o mesmo que ESTAR **apaixonado ou isso é admiração a distância, amor a distância? E além do mais, não acho que ninguém se apaixonaria por mim, de qualquer jeito.**

Mais uma vez, Declan não responde. Meus olhos estão ficando tão pesados que mal consigo mantê-los abertos. A tempestade finalmente está minguando, pelo menos não há mais estrondos tão altos que poderiam potencialmente significar o fim do mundo, e a chuva não está mais tão forte, mas ainda há flashes de relâmpagos. Estou prestes a me deitar quando o celular começa a vibrar, e não para.

Declan está me ligando.

Eu entro em pânico. Largo o celular e o observo vibrar no colchão. Eu deveria deixar cair na caixa postal. Ele provavelmente me ligou por acidente ou...

Mas sabe o mais esquisito de tudo? Eu meio que quero ouvir a voz dele.

Eu pego o celular da cama e deslizo o ícone de resposta no último segundo. Abro a boca, mas então me dou conta — e se ele reconhecer minha voz?

Declan fala do outro lado.

— Alô?

Ele soa o mesmo de sempre. Em outra época, ouvir a voz de Declan me faria sentir vontade de estrangular qualquer um e qualquer coisa que estivesse por perto..., mas agora eu apenas ouço sua voz grave com um tom incerto, talvez até mesmo um pouco tímido, nervoso, um pouco de antecipação também.

— Lucky? — ele diz. — Tá aí?

Eu me levanto, cambaleando sobre o colchão, e pulo para o piso de madeira, derrapando um pouco enquanto disparo pelo corredor e entro no banheiro, fechando a porta atrás de mim e ficando numa escuridão quase total, a luz roxa entrando pela janela minúscula. Entro na banheira e me aconchego encostado na porcelana fria.

— Sim — sussurro. Minha voz falha um pouco, vergonhosamente. Eu limpo a garganta. — Sim, estou aqui.

— Eu deveria ter perguntado se podia ligar antes — ele diz. — Desculpa. Eu só... Sem pensar, eu só toquei no botão de ligar...

— Tudo bem. Não tem problema.

FELIX PARA SEMPRE

Meu coração está batendo forte demais, rápido demais. Estou nervoso para cacete. Com medo também. E se ele descobrir que sou eu? Eu tenho uma voz reconhecível? Eu deveria tentar deixá-la mais grave, para que ele não perceba?

— Eu queria ouvir sua explicação — ele diz. — Tipo, não consigo acreditar que você acha que ninguém se apaixonaria por você.

Eu rio um pouco, não consigo evitar.

— Então você me ligou só para que eu pudesse te contar?

— Eu também queria ouvir sua voz — ele admite. — Ter certeza de que você não era a Jill.

Eu solto uma risada com essa. Posso ouvi-lo rindo também. Não tenho certeza se já ouvi o Declan rindo, não desde que ele terminou com o Ezra. É um som agradável, arrastado, como se ele pudesse se lembrar da piada dias depois e continuar rindo.

Ele fala num tom suave.

— Você acha mesmo que ninguém se apaixonaria por você?

Eu mordo o lábio.

— É um pouco difícil de explicar.

— Tenta assim mesmo.

Eu massageio a nuca.

— Quer dizer... Não quero que você saiba quem eu sou.

— O que isso tem a ver?

Tudo. O fato de que sou negro, o fato de que sou queer, o fato de que sou trans.

— É como se cada identidade que eu tenho... quanto mais diferente eu sou de todo mundo... menos interessadas as pessoas ficam. Menos... digno de amor eu me sinto, acho. Os interesses românticos em livros, ou em filmes e seriados de TV, sempre são brancos, cis, hétero, com cabelos loiros e olhos azuis. Chris Evans, Jennifer Lawrence. Fica um pouco difícil, eu acho, me convencer de que mereço o tipo de amor que a gente vê nas telas do cinema.

— Isso é ridículo — Declan diz à moda presunçosa-e-babaca-do--Declan como de costume, só que dessa vez suas palavras fazem uma sensação quente crescer em meu peito.

É difícil de explicar.

— Acho que às vezes eu sinto que tenho recortes demais. Tantas diferenças que não poderia nunca me encaixar com as outras pessoas.

Eu sinto que as pessoas ficam desconfortáveis comigo, então eu acabo me sentindo desconfortável também, e então eu fico em pé observando todo mundo formar conexões, se apaixonar uns pelos outros e eu...

Eu não termino. Declan não responde, não por um tempo. Eu me sinto relaxado, sentado ali na banheira, com o celular pressionado na orelha, sabendo que ele está do outro lado da linha, mesmo que nenhum de nós esteja falando.

— Acho que posso estar me apaixonando por você — ele diz. Eu escondo o rosto nos joelhos. — Isso ajuda?

Eu balanço a cabeça, mesmo que ele não possa me ver.

— Me diz quem você é — ele diz quando eu não respondo. — Por favor.

— E se você não gostar da resposta?

— Então você é mesmo a Jill?

— Não, não sou a Jill.

— De algum jeito, você deixou sua voz muito mais grave, Jill.

Eu rio com o rosto nos joelhos.

— Eu só quero falar com você pessoalmente. Eu só quero te encontrar. Isso é tudo que eu quero.

Afundo na banheira até ficar deitado de costas. Paro por um instante. Tento imaginar um encontro com o Declan. Mesmo que ele não tenha um surto por eu ser o Lucky, e porque eu estava tentando machucá-lo por vingança, eu também teria que explicar tudo ao Ezra. E então, mesmo que Ezra não se importasse com essa... coisa, seja lá o que for que está acontecendo entre mim e Declan, haveria outros pequenos detalhes a se considerar. Se mesmo depois disso tudo o Declan quisesse se envolver comigo, ele ficaria interessado em mim... fisicamente? Até onde eu sei, Declan só saiu com caras. Eu sei que caras trans são caras, e sei que há muitos caras gays que gostam de caras trans, porque determinado *equipamento* nem sempre importa, e não deveria importar sempre. Mas, ainda assim, há partes que eu não tenho que a maioria dos caras têm, partes que eu nem quero, que o Declan pode acabar sentindo falta. Mais confuso ainda é o fato de que eu não tenho mais certeza se me identifico como um cara trans, afinal.

Seria péssimo — muito, muito terrível mesmo — passar por tudo isso, só para ser rejeitado pelo Declan.

— Lucky? — Declan diz, a voz suave. — Ainda tá aí?

— Sim. — Eu me sento, tamborilando os dedos na lateral da banheira. — Desculpa. Tô sim. Eu só... Não posso.

Ele solta um suspiro de impaciência que eu conheço muito bem e fica quieto do outro lado da linha por um tempo.

Então:

— Tudo bem. Eu terei que respeitar isso.

Eu engulo.

— Se você não quiser mais falar comigo, eu entendo.

Isso é o que eu digo, mas internamente, meu ser inteiro está gritando *não*. Eu me acostumei demais a conversar com o Declan. A me abrir para ele sobre coisas que eu não tenho certeza se consigo contar a ninguém mais, nem mesmo ao Ezra. A sentir, pela primeira vez na vida, que eu sou o tipo de pessoa que pode ser amada também. Eu já posso sentir a sensação de um vazio crescendo no meu peito, só de pensar em Declan dizendo que não quer mais falar comigo.

— Eu provavelmente deveria parar por aqui — ele diz —, mas não sei se consigo parar de falar com você a essa altura, mesmo que eu quisesse.

Eu tento não sorrir. Caralho. Isso é tão esquisito, e estou tão envolvido.

— Eu também — digo.

Dezessete

Eu e Declan continuamos conversando por horas, falando sobre nada e todas as coisas, desde qualquer besteira sobre os filmes do MCU e se Steve e Bucky são um casal canônico, até as nossas teorias sobre o amor.

— O problema é que nós nunca pudemos ver nossas próprias histórias — Declan me diz. — Temos que fazer essas histórias nós mesmos. Mesmo se um criador fez um personagem hétero, eles soltam esses personagens no mundo, sabe? Então esses personagens são meus agora. E eu digo que Steve e Bucky são gays pra cacete.

Nós tocamos música um para o outro através dos celulares. De Khalid a Billie Holiday, até que eventualmente caímos numa sequência de instrumentais tipo Sigur Rós. Há uma canção que Declan me diz ter tocado naquele filme de alienígena da Amy Adams que me fez enfiar o rosto no travesseiro para que ele não me ouça chorando, porque há algo nessa música, os agudos e graves e a profundidade, e ouvir a voz de Declan me perguntando se isso não é uma das músicas mais lindas que eu já ouvi, me deixa emocionado para caralho.

Na manhã de sexta-feira, acordo depois de apenas duas horas de sono. Estou de volta no meu apartamento no Harlem. Meu pai já está de pé, fazendo ovos mexidos.

— Estou surpreso que você esteja acordado — ele me diz atrás da bancada da cozinha. — Eu me levantei às cinco para usar o banheiro e vi que a luz do seu quarto ainda estava acesa.

— Ah — digo, tentando fingir que isso não é nada demais. — Devo ter caído no sono sem apagar a luz antes.

Ele me olha com aquela cara de *Não acredito em você*, e eu respondo com minha cara de *Eu sei e não ligo*. Eu me sento à bancada enquanto ele coloca o prato na minha frente. Meu pai morde um pedaço da torrada, me observando atentamente. Ergo uma sobrancelha.

— Tem alguma coisa no meu rosto?

— Você parece bem feliz — ele diz.

Levanto ambas as sobrancelhas dessa vez.

— Sério?

— É uma cara boa para se ter, filhote — ele diz, estendendo a mão enorme para afagar minha cabeça. — Sorrir faz milagres contigo.

Abano a mão dele para longe, tentando não abrir um sorriso.

— Obrigado, eu acho?

— Então eu imagino que você esteja ficando acordado até o sol nascer porque estava falando com alguém no telefone?

Eu amarroto a expressão. Tenho culpa no cartório.

— Vocês adolescentes — ele diz — sempre pensando que inventaram a roda. Eu passava horas falando com a sua mãe quando éramos jovens.

Meu sorriso se dissipa. Sempre há uma pontada automática de dor no peito quando meu pai menciona minha mãe. Quando eu era mais novo, tinha esperança de que eles voltariam a ficar juntos. Passaram-se alguns anos até eu perceber que isso nunca aconteceria. Eu nunca consegui entender como meu pai parecia conformado com isso. Como ele decidiu seguir em frente. Ela deveria ter sido o amor da vida dele, não? Eu perguntei a ele uma vez se ele não amava mais minha mãe, e ele me disse que é claro que amava.

— Eu provavelmente sempre vou amá-la — ele disse. — Mas foi uma lição dura de se aprender, perceber que eu não podia esperar que ela decidisse me amar de novo. Não era saudável. Se eu me apaixonar de novo, será por uma mulher que também me ame, não por alguém que eu convenci a me amar. É mais fácil, eu acho, amar alguém que você sabe que não sente a mesma coisa, fazer de tudo mesmo sabendo que nunca vão sentir o mesmo, do que amar alguém que pode te amar de volta. Arriscar amar um ao outro e perder tudo.

Ele solta um suspiro pesado enquanto larga a torrada no prato.

— Enfim... estou feliz que você esteja feliz. Isso é tudo que importa, certo?

— Certo.

Ele pega um copo de suco de laranja.

— É o Ezra?

— Quê? Não!

Ele semicerra os olhos, como se não acreditasse em mim.

— Vocês dois passam cada segundo juntos, então eu só presumi...

— É um chute muito ruim. Muito ruim mesmo.

Ele ergue as mãos de modo defensivo.

— Tá bom. Tudo bem. Então quem é?

Não é como se ele soubesse quem é Declan Keane, mas ainda assim, parece estranho dizer seu nome em voz alta.

— Ninguém que você conhece.

Ele assente devagar.

— E... Suponho que você esteja tendo... Hum... cuidado?

Eu o encaro sem expressão.

— Sério? Você vai começar *essa conversa*? Justo agora? No meio do *café da manhã*?

Ele limpa a garganta.

— Bem — ele diz — você só deveria se preparar. Há... coisas específicas que eu não posso ajudar de verdade... Eu não sei muito sobre as pílulas...

Eu tensiono o maxilar e desvio o olhar. Ele está certo, eu acho, tecnicamente. Ele pode não ter muita informação sobre opções anticoncepcionais, se isso fosse algo que eu quisesse começar a usar — a testosterona pode fazer Aqueles Dias desaparecerem (graças a Deus), mas não me impediria de engravidar, se eu estivesse de fato transando — o que, obviamente, eu não estou fazendo.

Mas o modo como meu pai diz isso... Mais uma vez, eu tenho a sensação de que ele me categoriza como sua filha, e não seu filho. Sempre há uma pontinha de raiva toda vez que ele usa os pronomes errados comigo, mas o que desperta essa raiva é uma mágoa, uma dor no meu peito.

Meu pai mastiga por um tempo.

— Talvez o centro Callen-Lorde possa ajudar — ele diz. — Eles podem te dar mais informações, se você precisar. Apesar de eu esperar que você não precise. Você só tem dezessete anos e, tudo bem, eu perdi a batalha sobre você não passar tanto tempo com o Ezra, mas...

— Não — digo aumentando o tom da voz, só para fazê-lo se calar. — Não preciso da informação.

— Não? — ele repete.

— Não.

Ainda não, pelo menos.

Ele murmura, *Graças a Deus*.

Ainda é muito cedo quando chego na St. Catherine's. O céu está claro, limpo, o sol brilhando e os pássaros cantando. Apenas alguns estudantes estão passando um tempo do lado de fora do prédio. Eu atravesso as portas de vidro de correr na entrada e entro no saguão. Meu coração não bate tão forte como costuma fazer nesse espaço, e minhas mãos não ficam mais tão suadas, então, acho que é um progresso?

Chego à sala da aula de pintura acrílica mais ou menos uma hora antes da Jill proferir o seu check-in matinal de costume. Tenho dois autorretratos agora: um onde pareço estar em chamas e outro no qual ainda estou trabalhando de tempos em tempos, onde pareço submerso na água. Minha última pintura está no espaço que ocupo com o Ezra. Estou animado em voltar para ela. Eu não trabalho na pintura há uns dois dias, mas a lembrança de segurar o pincel, encontrar paz nas cores, inspiração nas pinceladas...

Tinta na paleta, pincel na mão — laranjas hoje, então faixas de vermelho. O vermelho se aprofunda num roxo mais escuro de sombras, que filtra na leveza do azul, transmutando-se numa cor tão vívida quanto o céu lá fora. O sinal toca, mas eu não paro. A porta da sala de aula se abre e se fecha, vozes se espalham na sala, risada e bate-papo, o arrastar dos bancos. O azul encontra o amarelo, então o dourado.

Quando sinto alguém atrás de mim, presumo que é apenas a Jill — ela sempre gosta de observar, oferecer conselhos antes de seguir em frente, mas eu levo um susto quando a pessoa fala.

— Tá bem bom — Declan diz.

É tudo o que ele me diz. Uma frase simples de três palavras, mas meu coração parece que está prestes a saltar para fora do peito. Ele segue em frente, em direção ao seu lugar de sempre no fundo da sala. Eu o observo se afastar enquanto acena para James, já à mesa e falando com Hazel, que solta uma risada escandalosa. Declan sobe no próprio banco e pega o celular, conferindo a tela com um olhar rápido, provavelmente em busca de uma mensagem minha. De Lucky.

Tá bem bom.

Eu me viro de volta para a tela. Merda. Meu coração está descontrolado. Tento respirar fundo, o ar estufando meu peito. Eu não deveria ficar tão animado assim ao ver Declan, mas fico. Preciso lembrar a mim mesmo: ele acha que está apaixonado por *Lucky*. Não por mim.

O segundo sinal toca, e eu ouço Jill dizendo para nos aquietarmos e nos sentarmos em nossos lugares. Deixo minha estação e minha tela. Declan senta-se com James, Marc e Hazel, na mesa ao lado de Marisol e Leah. Ezra ainda não está aqui. Sem chances de eu querer me sentar ao lado da Marisol agora, não depois do Grande Acerto de Contas em Coney Island, mas os últimos dois bancos estão de cada lado dela.

Marisol me ignora enquanto eu ando até a mesa e pego meu banco, puxando-o para o mais longe possível dela, aproximando-me da mesa de Declan. Declan mal olha para mim.

— Estou surpresa que ele esteja disposto a ficar perto de mim — Marisol diz a Leah. — Quero dizer, eu sou uma preconceituosa *tão* ignorante, não é?

Leah se mexe desconfortável no assento.

Jill inicia seu check-in diário.

— Antes de começarmos, eu gostaria de lembrar a todo mundo que teremos a galeria de fim de verão mais uma vez. A administração, eu inclusa, vai escolher um estudante dentre todos os candidatos. É uma honra maravilhosa — ela nos diz com um sorriso brilhante.

Eu encaro a mesa. Apenas a menção da galeria me deixa constrangido, como se todo mundo estivesse olhando para mim, pensando nas fotos antigas que viram de mim, lembrando-se do meu nome morto. Jill começa um discurso sobre a inspiração e suas origens, mas eu deixo a mente vagar — entre Marisol sentada a minha direita e Declan sentado a minha esquerda, não consigo prestar atenção de forma alguma.

Tento não olhar para o Declan, tento mesmo, mas não consigo evitar. Ele gratuitamente me disse que acha a minha pintura está boa, mas não me dirige um único olhar, nem mesmo um de desprezo. E por que ele olharia? Para ele, eu sou apenas o Felix, o babaca que o odeia.

— Se eu sou ignorante — Marisol sussurra para Leah —, ele iria mesmo querer estar perto de mim? Acho isso um pouco difícil de acreditar.

— Ok, tá bem — Leah diz murmurando, sacudindo as mãos como se estivesse tentando espanar a babaquice para longe. — Vamos só ficar de boa, tá?

Declan está olhando direto para a frente, ouvindo Jill. Estou quase com medo demais de responder Marisol. Se eu falar e ele me ouvir, será que ele reconhecerá minha voz de repente, perceberá que eu sou o Lucky?

Marisol revira os olhos e se vira para a frente. James vira a cabeça e murmura algo para Declan, e eu quase sinto ciúmes. Quero falar com Declan também, falar com ele com a mesma casualidade. Quero perguntar como ele está, contar o que aconteceu em Coney Island e ouvir o que ele acha, pedir um conselho sobre Marisol, se eu deveria apenas mandar ela ir se foder.

Cristo. Ele disse que está apaixonado por mim.

Não consigo parar de olhar. Declan tem as sobrancelhas franzidas enquanto escuta a Jill. Ele tem esse hábito, eu nunca havia percebido antes, de inclinar a cabeça um pouco para o lado como se ele pudesse escutar melhor de um dos ouvidos. Seus cílios são mais ruivos do que seus cabelos castanhos na luz amarelada do sol que inunda a sala de aula, mas mesmo sob a luz, seus olhos são de um castanho escuro e profundo. Seu nariz é quase fino demais para o rosto, e seu maxilar robusto é cheio de ângulos afiados. Sua boca... seus lábios estão partidos, só um pouco. Estou envergonhado só de notar. Até a palavra *lábios* parece tão...

Ele olha para mim, sob seus cílios, e eu percebo que estou encarando. Ele faz uma cara para mim. Tipo, *que foi?* Ele até diz isso. Num resmungo baixo, impaciente.

— Que foi?

Sinto a respiração parar. Ainda estou com medo de falar, mas mesmo que não estivesse, não acho que conseguiria, de qualquer maneira. Balanço a cabeça, me aprumo no assento e mantenho o olhar na Jill pelo resto da aula, fingindo ouvir, mas incapaz de pensar em nada mais além do calor que parece irradiar de Declan.

E se eu fizesse isso? Apenas me virar para ele, agora, e contar que sou o Lucky?

Bem, ele provavelmente me odiaria pelo resto da eternidade.

Mas ele diz que tem sentimentos por mim. Isso significa que ele gosta de quem eu sou, não importa qual nome ele acha que eu tenho, ou se apenas nos falamos no telefone ou pessoalmente. Certo?

Talvez exista uma maneira em que eu possa falar com ele sozinho, fazê-lo perceber que ele gosta de mim, talvez até me ame, sem nunca precisar contar a verdade. Sem que ele jamais saiba que eu era o Lucky.

Quando chega a hora do almoço, Ezra respondeu minha mensagem para avisar que está resfriado e faltaria aula hoje. Eu pergunto se posso levar algo para ele, e ele diz que não.

Fica longe. Não quero que você fique doente também.

Não costumo ficar na St. Cat's sem Ezra. É nessas horas que eu percebo que Ez é realmente o meu único amigo aqui. Estou quase envergonhado, sem ninguém para andar junto, ninguém para conversar.

Quando meu celular vibra, espero que seja Ezra, e que ele mudou de ideia, me pediu para levar umas asinhas de frango e batatas fritas ou algo assim, mas a notificação é de uma mensagem no Instagram. Meu coração começa a disparar.

Sozinho sem seu amigo para seguir por aí?

Há um motivo para ninguém querer falar com você.

Você é patético, fingindo ser um garoto.

Mas que porra?

Minhas mãos tremem. Luto contra a vontade de arrebentar o celular. Por que esse babaca não me deixa sozinho de uma vez por todas? E... mas que inferno, ele está me *observando*, aqui e agora?

Ergo o olhar e encaro os grupos de pessoas espalhados pelo estacionamento — alguns em pé perto das portas de vidro do saguão, Marisol fumando um cigarro. Alguns debaixo da sombra das árvores. Praticamente todas as pessoas ali estão com o celular na mão. Poderia ser qualquer um deles, literalmente qualquer um aqui.

Estou pensando em desistir, ir até o apartamento do Ezra, quando Leah aparece do meu lado.

— Um pessoal vai para o White Castle — ela diz. — Quer vir?

Tyler, Nasira e Hazel andam conosco quando saímos do estacionamento, em direção à calçada rachada, desviando de uma embalagem de ossos de asinha de frango e uma bola de cabelo soprando na brisa — isso é, até

Tyler pegar os cabelos e começar a perseguir Nasira, que sai correndo e gritando, Tyler rindo.

Leah se retrai de nervoso.

— Isso é tão nojento.

— Aposto dez dólares que Tyler pega isso e adiciona na colagem dele — Hazel diz.

— Não vou apostar contra isso — Leah diz. — Ele com certeza vai levar isso de volta.

— Como vai seu portfólio? — pergunto a Leah.

Sei que ela não estava feliz em ter sido forçada a fazer pintura acrílica, quando poderia estar usando as aulas de verão para aperfeiçoar sua fotografia para as inscrições nas faculdades.

Tyler parou de perseguir Nasira e eles estão aguardando na esquina e começam a andar quando os alcançamos, os fios de cabelo pendurados no bolso de Tyler.

Leah dá de ombros.

— Tá indo bem. Nunca será perfeito. Sei que preciso superar o desejo de que qualquer coisa que eu faça seja perfeita. Mas ainda é horrível quando sei que poderia ser melhor. Não sei, meu portfólio não é nada parecido com o *seu* trabalho, de qualquer maneira — ela diz.

— Espera, o quê? O que você quer dizer?

— Quero dizer que suas pinturas são sempre incríveis pra cacete.

Hazel revira os olhos.

— Sabe, sem querer ofender — ela diz — mas não acho o Felix tão bom assim.

Ela poderia ter estapeado minha cara que a sensação seria a mesma. Nasira ergue uma sobrancelha.

— Conte-nos a sua opinião de verdade.

Hazel continua.

— Os retratos dele são tecnicamente bons, mas eu nunca sinto nenhuma emoção quando olho pra eles.

Fico na defensiva.

— Ok. Bom saber, eu acho.

— É só a minha opinião — ela diz.

— Ninguém pediu pela sua opinião, mas beleza.

— Não é para te deixar irritado. Todos nós deveríamos nos acostumar com crítica e criticismo a essa altura, se quisermos nos tornar artistas melhores.

— Sim, mas *não é bom* não é uma crítica de verdade — digo.

Os outros não dizem nada. Reviro os olhos.

— Não importa. Eu não ligo — digo, mesmo que isso seja uma mentira deslavada.

É claro que me importo com o que as pessoas pensam do meu trabalho, e o comentário de Hazel incomoda, como se tivesse batido o dedinho do pé, a dor vibrando através de mim.

— Realmente não quis te ofender — Hazel diz. — Só fico um pouco cansada dessas declarações generalizadas. *Felix é incrível.* Tipo, o que isso significa? E como isso pode ajudar você a crescer como artista? Acho que não deveríamos ficar complacentes com nosso trabalho ou talento. Deveríamos sempre nos esforçar para ser melhores.

Sei que ela está certa. Acho que eu só teria preferido ouvir o que ela tem a dizer na aula, quando devemos criticar uns aos outros e eu posso prever o que ouvirei, ou até mesmo sozinho, numa conversa a dois, para que eu não acabasse me sentindo tão desconfortável como me sinto agora. Não é até a última coisa que ela diz que eu pauso.

— Não sei. Pra mim, sempre me faz bem dizer a verdade — ela diz.

É gostoso te dizer a verdade. Acho que muitas pessoas acreditam que dizer a verdade é importante, mas isso é quase exatamente o que grandequeen69 me enviou numa mensagem de Instagram. Eu semicerro os olhos para Hazel enquanto os ecos da vergonha dão lugar à dormência. E se foi a Hazel esse tempo todo? Eu não havia sequer considerado ou suspeitado dela em momento algum, mas talvez ela estivesse cansada da minha arte e quisesse me derrubar do meu pedestal — ou talvez ela realmente achou que a galeria era um trabalho de arte válido. Era o tipo de galeria que eu conseguia imaginar a Hazel fazendo — arte por arte, sem se importar em como seu trabalho afetaria os outros...

Eu pauso e deixo todo mundo seguir adiante, mas Leah fica para trás comigo. Ela parece desconfortável, segurando o braço ao lado do corpo, e me pergunta se estou bem.

— Foi meio maldoso a Hazel dizer aquilo — ela me diz.

Eu concordo com um aceno de cabeça, mas não consigo controlar os pensamentos que começaram a anuviar minha cabeça.

— Sinto muito sobre Coney Island — Leah diz. Minha mente leva um segundo para se atualizar com a mudança de tópico. — Eu não sei o que deu na Mari recentemente. Quer dizer, eu sei que ela está tendo problemas com o pai e tudo mais...

Eu não sabia disso. Nem tenho certeza se preciso saber. Ter uma vida difícil é desculpa para qualquer pessoa tratar outra como lixo? Não sei se preciso que Leah humanize Marisol para mim, se preciso que Marisol se torne algum tipo de anti-heroína na versão de Leah de tudo que aconteceu. Todos nós cometemos erros. Todos temos uma chance de aprender e evoluir. Mas todos também temos o direito de escolher se vamos perdoar alguém pelos erros que foram cometidos, e eu escolhi não perdoar Marisol.

— Sinto que deveria dizer que está tudo bem — digo a ela —, mas não está.

Ela assente.

— Sim. É, você tá certo. Eu sei que está.

Nós passamos na frente de vários bares com placas de arco-íris penduradas do lado de fora. Leah me pergunta se eu planejo ir à parada.

— Ezra convidou eu e Austin — ela diz.

Eu não sei por que, mas meu coração dá um pulinho com isso.

— Ah — digo. — Não, eu não gosto muito da parada.

— Quê? — Leah diz, os olhos brilhando de surpresa. — Por que não? Eu *amo* pra caralho a parada. Tipo, sei que há umas merdas acontecendo com as corporações se unindo à parada e tudo mais, mas todo mundo fica tão feliz e é a maior celebração do amor e do amor-próprio, e é a única vez no ano onde você pode ser ridiculamente queer. Bem, acho que nada está realmente *impedindo* a gente de ser ridiculamente queer todo dia do ano, mas você sabe o quero dizer.

A animação em seus olhos me faz rir um pouco.

— Você parece o Ezra.

O sorriso dela se dissipa enquanto andamos em silêncio, observando os outros à nossa frente rirem de algo que Tyler disse.

— Eu conferi o celular do Marc — ela sussurra. — Não encontrei nada além de algumas imagens que me traumatizaram para sempre. Ele nem tem uma conta no Instagram.

Eu deveria estar acostumado à frustração, à decepção, mas sinto o frio no meu estômago. Imagino se deveria contar a Leah que parte de mim agora suspeita de Hazel, mas sinto um cansaço que não estava esperando. Acho que nunca vamos descobrir quem esteve por trás da galeria e, agora, estou repentinamente exausto de tentar. Leah poderia conferir o celular de cada pessoa na St. Catherine's, e acho que já sei como isso terminaria.

— Obrigado assim mesmo.

— Não sei, fico pensando se não deveria conferir o celular de Marisol — ela me diz. — Tipo, eu sei que ela disse que não fez, mas... Bem, não seria o primeiro erro que ela cometeu. E mesmo que não tenha sido ela, talvez ela saiba quem foi. Talvez ela tenha falado sobre isso com alguém por mensagem ou algo assim.

Eu hesito.

— Acho que nunca vamos descobrir quem esteve por trás da galeria.

Leah para de andar. Eu me viro para olhar para ela.

— Você não está desistindo, está? — ela diz. — Você não pode desistir. Nós mal começamos. Pode levar um mês, alguns meses, um ano inteiro, mas eu *vou* encontrar quem fez isso — ela pausa. — A não ser que seja isso que assuste você?

— O quê?

— Talvez você tenha medo de saber quem fez a galeria — ela dá de ombros. —Quer dizer, eu mesma tenho um pouco de medo. Nunca fui muito boa com confrontos.

— Sei lá. Eu só não sei se todo o drama vale mesmo a pena.

— Ezra está aqui para te apoiar — ela diz —, e eu também. Então vamos pegar esse babaca. Beleza?

Não consigo não sorrir um pouco, e ela engancha o braço no meu enquanto caminhamos. O White Castle é ao lado de um posto de gasolina. Alguns outros estudantes estão no estacionamento com embalagens de salgadinhos e refrigerantes. Declan está lá, eu o vejo com um rápido descompasso do meu coração, com James e Marc, apenas encostado na parede do posto de gasolina e conversando. Tyler anda até eles, e ele e Marc começam a rir de alguma coisa enquanto James se vira para seguir Hazel até o White Castle. Leah abre um sorriso largo para mim enquanto ela se apressa para alcançá-los.

Eu hesito. Isso provavelmente não é uma boa ideia. Não... não, isso definitivamente não é uma boa ideia, não mesmo. Mas mesmo sabendo disso, eu atravesso o estacionamento, diminuindo o passo quando me aproximo de Declan. Ele se afasta de Marc e Tyler e fica em pé sozinho na sombra, com o celular na mão, rolando o feed do Instagram. Ele ergue o olhar com surpresa quando eu paro na frente dele.

Ele me encara.

Eu o encaro.

Ele ergue uma sobrancelha.

— Pois não...?

Eu não sei o que dizer. Merda. Puta merda, eu não tenho ideia do que dizer.

Ele está torcendo a cara agora.

— O que você quer?

E eu me dou conta — é claro, só agora eu me dou conta — de que se eu falar, ele pode reconhecer minha voz. Pelo telefone é uma coisa, mas ter ouvido aquela voz e vê-la sair da minha boca... algo pode se encaixar e Declan pode perceber que eu sou o Lucky.

Mas não posso simplesmente ir embora agora. Abro a boca, na esperança de que as palavras saiam, mas nenhuma sai.

Ele está fazendo aquela expressão de *então tááá* agora. Ele desencosta da parede, como se fosse me deixar em pé ali, talvez se unir aos outros e entrar no White Castle.

— Obrigado — eu consigo dizer.

Ele pausa.

— Pelo quê?

— Pelo que você disse mais cedo. — Eu engulo. — Por dizer que minha pintura é boa.

Ele dá um sorrisinho agora.

— Eu não havia percebido que você precisava tanto da minha validação.

— Eu não preciso da porra da sua validação — eu estouro.

Declan solta uma risada. A mesma risada, eu percebo, que eu passei a amar ouvir pelo telefone.

— Claro que não, Felix.

Eu respiro fundo.

— Só foi legal da sua parte — murmuro.

— Certo. Bem, eu posso ser legal às vezes, acredite ou não.

Eu coço o braço.

— Eu acredito.

Ele semicerra os olhos um pouco, como se estivesse esperando pelo insulto a seguir. E eu entendo. Entendo mesmo. Normalmente, eu usaria a oportunidade de começar uma discussão com o Declan. Parece esquisito, agora, esquisito pra porra, olhar na cara de Declan e tentar ter uma conversa comum, sem tentar encontrar uma maneira de atacá-lo.

— Bem — ele diz devagar, me observando. — Vou me unir aos outros.

Sinto uma onda de decepção, mas eu não deveria estar surpreso. Ele me conhece como Felix, não Lucky, e esse Felix está agindo estranho pra porra agora. Assinto, dando um passo para o lado, enquanto Declan caminha em direção a Marc e Tyler. Ele olha de relance para mim sobre o ombro com uma expressão confusa.

Quando Declan me liga mais tarde naquela noite, ele não menciona o comportamento estranho daquele cara que o odeia. Parte de mim esperava que ele fosse mencionar, que falaria alguma coisa sobre pensar em mim. Em *mim* mesmo. Felix. Não só no Lucky.

Mas ele não me menciona como Felix nem uma vez. Estou de volta no apartamento do meu pai, no meu quarto, tentei ir na casa de Ezra e interfonei para seu apartamento, mas ele não atendeu, nem respondeu minhas mensagens de texto. Não faço ideia se ele está mais irritado comigo do que se permitiu demonstrar ou se isso é mesmo só um resfriado ruim. Quando perguntei ao Austin sobre isso mais cedo, ele me disse que Ezra talvez precise apenas de um tempo sozinho — o que não é, sabe, ameaçador nem nada.

— Me diz uma coisa sobre você — Declan me pede — que ninguém mais sabe?

Penso por um segundo, mas só por um segundo.

— Eu tenho 476 e-mails na minha pasta de rascunhos.

Há silêncio no telefone.

— Alô? — digo.

— Desculpa — Declan diz. — Você disse 476 e-mails?

Eu hesito, um sorriso de canto de boca se formando.

FELIX PARA SEMPRE

— Sim. Isso é doido?

— Hum... Bem, eu não sei, todo mundo tem suas manias...

— Tudo bem se você acha que é doido.

Ele ri.

— Não quero parecer que estou te julgando.

— Eu sei que é demais.

— Por que você tem tantos e-mails rascunhados?

— Bem... — digo, respirando fundo. — São todos os e-mails que escrevi para minha mãe, mas nunca enviei.

Posso praticamente sentir o sorriso de Declan desaparecendo.

— Por que você nunca os enviou?

Eu paro por um segundo, tentando achar as palavras certas na minha cabeça.

— Ela abandonou meu pai quando eu tinha dez anos e começou uma vida nova na Flórida. Ela está mais feliz agora, ama sua vida nova mais do que amava a antiga, e ela nunca atende minhas ligações ou responde meus e-mails... tenho certeza de que ela não me ama mais. Mas... não sei, acho que sinto falta dela, então eu sempre escrevi e-mails sobre todas as coisas pelas quais estou passando. Talvez um dia eu envie todos eles de uma vez e bagunce a caixa de entrada dela. — Forço uma risada.

A voz de Declan é suave.

— É difícil acreditar que ela não amaria você.

Sinto um calor se espalhar em minha pele. Sorrio, a mão cobrindo minha boca.

— E você?

— Meu maior segredo?

— Sim.

Ele leva mais tempo do que eu para falar. Nos segundos em silêncio, a ironia me atinge: apenas duas semanas atrás eu estava desesperado para descobrir o maior segredo de Declan. Ansioso para usar isso contra ele, para que eu pudesse machucá-lo do mesmo modo que eu pensava que ele havia me machucado. Agora eu só quero saber seu segredo porque quero saber mais sobre ele. Porque acho que posso estar me apaixonando por ele também.

— Meu pai — ele diz. Eu brinco com o lençol entro os dedos. — Meu pai me renegou.

Eu paro de respirar. Eu me sento.

— Lucky? — Declan diz. — Tá aí?

Eu balanço a cabeça.

— O quê?

— Quando eu contei a ele que tinha um namorado, quando contei a ele sobre o Ezra, — Declan diz — meu pai me renegou.

A dor cresce em meu peito. Sinto que vou começar a chorar.

— Nós nunca fomos muito próximos — ele me diz. — Ele sempre foi horrível. Era bem abusivo. Não fisicamente, mas emocionalmente. Ele sempre fez eu me sentir inútil, sabe? Ele faz a mesma merda com minha mãe, e ela não revida. Ela só faz qualquer coisa que ele diz. Ela não lutou por mim quando ele me expulsou de casa. Levei um tempo pra me recuperar disso. Ainda estou me recuperando, acho. E é bobo, mas mesmo ele tendo me machucado tanto, e mesmo que eu saiba que ele não é saudável pra mim, ainda quero que ele me ame. É uma merda, eu sei que é. Estou morando com meu avô agora, em Beacon. Só que leva um tempo do caralho pra entrar e sair da cidade, então eu tento ficar com alguém durante parte da semana, quando posso.

— Sinto muito — digo. Isso é tudo que consigo pensar em dizer a ele. — Eu sinto muito mesmo.

Eu me irrito muito com meu pai. Fico frustrado para porra quando ele se recusa a dizer meu nome ou quando ele se embaralha com meus pronomes. Mas eu nunca considerei que ele pudesse me renegar por ser trans. Tive sorte o suficiente para que essa ideia nunca passasse pela minha mente.

— Tudo bem — Declan diz. — Estou melhor morando com meu avô. Agora o problema principal é que meu pai ia pagar minha faculdade e tudo mais, e eu preciso arranjar um jeito de resolver isso sozinho, já que meu avô não tem como pagar; ele mal sobrevive com o dinheiro da aposentadoria. Ele ofereceu vender a casa por mim, e sem dúvidas seria uma ajuda enorme, mas não posso deixá-lo fazer isso. Eu sei que aquela casa significa muito para ele. Eu só terei que me virar sozinho. Um problema privilegiado pra porra de se ter, acredite em mim, eu sei.

Eu não fazia ideia. Ezra não fazia ideia, ou ele teria mencionado isso. Declan raramente falava sobre o que ele estava pensando e sentindo, quando éramos todos amigos, mas isso? Eu seguro o celular longe da minha boca para ele não me ouvir chorando. Eu até cubro a boca com a mão. Ele me ouve assim mesmo.

— Você tá chorando?

Eu não digo nada. Estou chorando tanto que mal consigo respirar.

— Não chore por mim. Sério, não chore. Meu pai é horrível e, sim, doeu, mas foi até melhor. Eu odeio a viagem, mas meu avô é ótimo. Mesmo. Não estou só dizendo da boca pra fora. Estou feliz. Tá bom?

Eu aceno com a cabeça. Forço as palavras a saírem do aperto na garganta.

— Tá bom.

Ficamos em silêncio por um tempo. Talvez Declan esteja apenas esperando que eu me recomponha, não sei. Alguns minutos se passam antes que eu pare de chorar, antes que eu possa respirar de novo. Minha voz está embargada.

— Foi por isso que você terminou com o Ezra? — pergunto.

Declan deve estar folheando algo do outro lado da linha. Ouço ruído de papéis.

— É, sim, eu fiquei bem zoado, e acho que isso me deixou... sabe, precisando de espaço para me entender na minha nova vida, mas não foi o único motivo. — Ele suspira. — Eu não estava mentindo antes. Percebia que Ezra não era a fim de mim tanto quanto eu era a fim dele.

Franzo a testa, sacudindo a cabeça. Essa não é a primeira vez em que Declan diz que Ezra não era a fim dele.

— O que fez você pensar isso?

— Porque eu tenho quase certeza de que ele está apaixonado pelo melhor amigo dele — Declan me diz. — Aquele cara, o Felix.

Dezoito

No sábado à noite, Ezra me manda uma mensagem, implorando para sair comigo.

Finalmente estou livre dessa desgraça de resfriado e quero comemorar.

Assim que o nome dele aparece no meu celular, tudo que eu consigo ouvir é a voz de Declan. *Eu tenho quase certeza de que ele está apaixonado pelo melhor amigo dele. Aquele cara, o Felix.*

Primeiro eu achei que Declan estava brincando. Foi isso que eu disse a ele.

— Você está brincando, né?

— Não — ele disse. — Não, não estou brincando. Você já viu como Ezra olha para ele? Ou como ele segue o Felix por aí como um cachorrinho perdido?

Eu queria corrigi-lo. Ezra não me segue por aí como um cachorrinho perdido, é o contrário. Ezra é o único amigo que eu tenho de verdade na St. Cat's, enquanto todo mundo se reúne ao redor dele como se ele fosse o próprio sol. Mas eu me impedi antes de começar a discutir. Tenho quase certeza de que Declan teria sido capaz de adivinhar imediatamente quem eu sou se discutisse.

Declan continuou.

— Nós começamos a sair junto ao mesmo tempo, e quanto mais tempo a gente passava junto, mais o Ezra se apaixonava pelo Felix. Simples assim.

Eu encaro a mensagem que o Ezra enviou. É impossível o Declan estar certo. Ezra não é exatamente tímido sobre quem ele quer ou de quem ele gosta. Evidência número dois: Austin. Ezra está todo agarrado no cara desde a festa dele. Por que ele estaria com Austin se está apaixonado por mim? Ele teria dito alguma coisa. Declan apenas entendeu errado as coisas, ou não estava mais a fim do relacionamento e queria um motivo para terminar com Ez.

Essas são todas as coisas que eu digo a mim mesmo, pelo menos. Mas há uma voz no fundo da minha mente: *E se o Declan estiver certo? E se o Ezra estiver apaixonado por mim?*

Digito no celular, perguntando ao Ezra se devo encontrá-lo em seu apartamento, mas ele me diz que não; ele quer que eu o encontre no Stonewall.

Eu seguro um grunhido. O bar Stonewall? Sério? É o décimo dia do mês do Orgulho, então estará lotado. Alguns anos atrás, eu era totalmente obcecado com o lugar. Foi onde começaram os protestos com mulheres trans e negras como Marsha P. Johnson e Sylvia Rivera, onde as marchas começaram. Mas depois de visitar o bar algumas vezes, eu aprendi rápido que não sou exatamente o tipo *festeiro*. A multidão, a música estourando, o piso pegajoso, as turistas brancas e hétero me dando cotoveladas "acidentais" porque acham que estou no caminho delas por, sabe, existir, os caras mais velhos esquisitos oferecendo me pagar uma bebida (o que, beleza, eu obviamente já aceitei, quem recusaria uma cerveja de graça?)... Não é exatamente a minha ideia de diversão.

Mas Ezra ama tudo e qualquer coisa que tenha a ver com o mês do Orgulho, e Stonewall é parte disso. Quando saio da casa do meu pai e vou até a rua Christopher, há uma fila do lado de fora com um grupo de garotas na minha frente, rindo e conversando animadas. A fila anda depressa e o segurança careca e musculoso vestido num tutu e colares de Mardi Gras pega minha identidade falsa e carimba meu pulso sem nem olhar na minha cara. Lá dentro, as luzes estroboscópicas giram, e uma *drag queen* canta Mariah Carey num palco pequeno, rapazes sem camisa cobertos de glitter gritam junto com a letra. A pista está tão cheia que eu preciso me apertar entre os corpos para abrir caminho, passar pelo bar e subir as escadas.

No segundo andar, as luzes são baixas e a música estoura. A multidão pula para cima e para baixo com uma música de Journey. Um holofote ilumina e eu o vejo — Ezra está bem no meio de tudo, gritando as palavras, os cabelos para todo lado, sem camisa, um sorriso largo aberto no rosto. Ele pode ou não estar um pouco embriagado.

Ele está apaixonado pelo melhor amigo dele. Aquele cara, o Felix.

Espero ver Austin, só para provar que o Declan está errado, mas ele não está por perto. Atravesso a multidão de corpos dançantes e puxo Ezra pelo cotovelo. Ele se vira para mim com os olhos arregalados, as pupilas preenchendo suas írises. Ele berra meu nome, apesar de eu mal poder ouvi-lo por cima da música, e pega minhas mãos para dançar comigo, mas eu odeio dançar — odeio a sensação de todo mundo observando, de me sentir desconjuntado, incapaz de me soltar. Ez cambaleia e quase cai, se apoiando em mim; ele tem cheiro de menta e vinho. São apenas onze horas. Como ele já está tão bêbado?

— Quer água? — grito para ele.

Ezra assente, então eu começo a abrir caminho em direção ao bar. Fico surpreso quando uma mão segura a minha e posso ver que ele decidiu me seguir.

Vamos até o canto mais distante do DJ e das caixas de som. Podemos pelo menos nos ouvir quando gritamos. Ezra puxa a camisa do bolso de trás e a veste, mas não antes que eu consiga ter um vislumbre do seu abdômen. Ezra me pega olhando e sorri para mim, mas não diz nada sobre isso.

— Não achei que você viria.

— Quase não vim. Você sabe como eu me sinto em relação ao Stonewall.

Nós pegamos um copo de água e dois canudos para compartilhar.

— Cadê o Austin? — grito para ele.

— Hã?

— Austin, cadê ele?

— Ah — Ezra diz. — Nós terminamos.

Ele está apaixonado pelo melhor amigo dele. Aquele cara, o Felix.

— O quê? Por quê?

Ezra dá de ombros.

— Não sei. Podemos falar disso mais tarde?

— Claro — é isso o que eu digo, mesmo que essa seja a única coisa sobre a qual eu queira falar agora.

Nós nos aproximamos, bebendo dos canudos. Ezra me encara.

— O que foi? — pergunto quando respiro, me afastando.

Ele não está apaixonado por mim. Não há chances de ele estar apaixonado por mim.

Ezra sacode a cabeça sem desviar o olhar.

— Nada. Só pensando em como eu sou sortudo por te ter como amigo.

Deus, ele está tão bêbado.

— Qual é o seu nível de intoxicação alcoólica agora?

— Não tão alto assim — ele diz, na defensiva. Quando eu faço uma careta para ele, ele revira os olhos. — Peguei uma garrafa de champanhe da casa dos meus pais antes de sair.

Semicerro os olhos.

— Achei que você estivesse no seu apartamento. Pensei que estivesse doente.

Ele dá de ombros.

— Eu me cansei um pouco do Brooklyn. Precisava de um tempo, então fui parar na cobertura dos meus pais.

Franzo o cenho. De algum modo, ao dizer *Brooklyn*, acho que ele está querendo dizer *eu*. Ele ficou mesmo tão chateado comigo, por ainda estar conversando com Declan? Por que ele não me contou que havia terminado com Austin?

Ele está apaixonado pelo melhor amigo dele.

A música muda para BTS. Luzes de todas as cores começam a piscar. Todo mundo grita.

— Porra, eu amo essa música — Ezra dá um giro. — Dança comigo?

— Não sei não...

— Quero que você dance comigo!

— Não danço muito bem.

— Você só está se sentindo inseguro — Ezra diz, batendo com os dedos na minha testa.

Ele estende a mão, esperando. Eu sei que ele está certo. Estou cansado de não fazer nada além de ficar de lado, observando e querendo participar, mas com medo demais de tentar de verdade. E talvez dançar no Stonewall não pareça muito, mas ainda é algo. Pego a mão de Ezra, e ele me puxa de volta para a multidão e pula no ritmo da batida, rindo o tempo inteiro, me girando. Ele coloca a mão na minha cintura, nos aproximando. A música muda de novo. É mais lenta, com um baixo mais profundo. As luzes diminuem. Ezra se inclina e apoia a cabeça no meu ombro.

— Tudo bem ficar assim? — pergunta de encontra ao meu ouvido.

Merda. Ele está apaixonado por mim. Declan está certo. Acho que Ezra pode mesmo estar apaixonado por mim.

Eu apenas concordo, nervoso que minha voz possa falhar. Ezra ficar mais perto, e não é como se nós não tivéssemos nos tocado antes, nos abraçamos milhares de vezes, dormimos juntos, trocamos carinhos quase todo dia, mas sua proximidade parece diferente essa vez. Faz meu coração bater um pouco mais rápido. Ele levanta a cabeça do meu ombro e me encara com atenção, como se isso fosse totalmente normal para ele, como se não fosse desconfortável manter o contato visual do modo como ele faz agora. Ele me observa como se tivesse percebido algo, mas não soubesse bem o quê.

A música muda. Eu me desenlaço de Ezra e me afasto, caminhando de volta até o bar. Ezra me segue. Seus olhos estão embaçados.

— Você provavelmente deveria beber um pouco mais de água — digo a ele, deslizando o copo em sua direção.

— É — ele murmura. — Você tem razão.

Não dançamos de novo pelo resto da noite. Ficamos sentados em nossos bancos, observando todo mundo enlouquecendo com as músicas, rindo e se pegando e se movendo na pista de dança. Quando Ezra me pergunta se vou dormir na casa dele essa noite, eu hesito, um pouco envergonhado. Gostei do modo como meu coração começou a bater mais forte, gostei dos dedos de Ezra na minha cintura... Agora, de repente, tudo parece diferente.

Digo a ele que sim, e saímos porta afora para o calor do verão. A rua inteira na frente do Stonewall está fechada; camelôs vendendo de tudo nas cores do arco-íris em preparação para a parada, turistas perambulando e tirando selfies. Andamos em silêncio. Nos sentamos um ao lado do outro no trem, em silêncio. Jovens gritam "É hora do show!" Começam a tocar música com uma batida agitada, fazendo giros e saltos ao redor das barras.

Quando descemos do trem no Brooklyn e começamos a andar para a casa de Ezra, passando pelos carros alinhados na rua e pilhas de sacos pretos de lixo esvoaçando na brisa, eu me arrisco a perguntar.

— O que aconteceu com Austin?

Ele ainda não quer falar sobre isso — posso ver pelo modo como ele passa a mão nos cabelos, tentando desembaraçar seus cachos.

— Não sei. Eu só não estava tão a fim dele assim e achei que seria melhor terminar logo agora.

— Por que você não me contou? — perguntei a ele. — Quero dizer, você tá mesmo com tanta raiva assim de mim?

Seus olhos se arregalam.

— Raiva?

— É. Você sabe — eu pauso. — Por causa do Declan?

Ele levanta um ombro.

— Não fiquei bravo de verdade. Magoado, talvez. Mas não bravo.

Ficamos em silêncio de novo.

— Tipo — ele diz —, fiquei me enlouquecendo por um tempinho, sabe? Imaginando o que vocês dois poderiam estar conversando. Imaginando se você gosta dele mais do que gosta de mim. Sentindo que fui... traído, eu acho. — Ele respira fundo e alonga os braços atrás da cabeça. — Mas percebi que isso era tudo uma bobagem imatura. Não sou seu dono. É bobo que eu tenha me sentido assim.

Chegamos ao seu apartamento e subimos as escadas. Não venho aqui há dias, quando apenas algumas semanas atrás essa era praticamente a minha casa. Quando Ezra abre a porta, eu entro, me afundando na familiaridade e no conforto do seu espaço, mas assim que tiro os sapatos na porta e levanto o olhar, pisco e observo com mais atenção. As luzes brancas de Natal ainda estão penduradas nas paredes, piscando e banhando o apartamento numa luz suave, mas o colchão se foi. Há um sofá gigante encostado na parede, de frente para a TV. Há até mesmo uma mesinha com uma luminária.

Ele vê meu rosto e abre um sorriso.

— Eu fui à IKEA.

A porta se fecha atrás de mim. Ando devagar até o sofá e me sento, testando-o. Eu afundo quase cinco centímetros. É macio para cacete.

Ezra sorri para mim.

— Bom, né?

— Cadê o colchão?

— No meu quarto. Ainda preciso de um estrado.

Eu passo a mão sobre o tecido cinza do sofá. Parece veludo. Merda. Sinto que não testemunhei um marco importante na vida do Ezra.

— Senti sua falta — digo a ele.

Ele me observa da cozinha, encostado na bancada.

— É. Senti a sua também.

— Eu e o Declan... Nós não falamos nada demais — digo a ele. — Só bobagens na maioria das vezes. E... — Hesito. A história de Declan sobre seu pai, sobre ser renegado, é uma história para Declan contar. Não sei se devo contar ao Ezra o que aconteceu. — E eu só conto a ele coisas sobre a minha mãe às vezes. Isso é tudo.

Tento ignorar a pontada de culpa por estar mentindo.

Ezra vem até mim, as luzes brancas iluminando sua pele marrom, brilhando no seu cabelo preto. Ele se senta no sofá ao meu lado.

— Austin ficou com muita raiva de mim quando eu terminei com ele.

— Ah. — Não sei bem o que dizer. — O que aconteceu?

Ezra solta um gemido.

— Foi ruim pra caralho. Nós fomos ao Olive Garden ontem, porque eu achei que seria melhor terminar com ele se eu o levasse para jantar ou algo assim, e tentei ser legal. Eu disse que ele era fofo, e que gosto muito dele, mas eu só... não sei, que ele não é o cara para mim. E ele começou a chorar e me dizer que eu o enganei e mais um monte de merda, e ele jogou os pãezinhos de cortesia em mim.

Eu quase rio. Mordo o lábio para me impedir.

— Ele jogou os pãezinhos?

Ez me encara.

— Isso não é engraçado.

Assinto, forçando a cara torcida.

— Tem razão. Desculpa. Não é engraçado.

Ezra e eu ficamos quietos por um segundo antes de uma risada escapar pelo meu nariz. Ezra limpa a garganta, lutando para não sorrir, antes de nos olharmos e desatarmos a gargalhar. Quando começamos, é difícil parar.

— Mas os pãezinhos são a melhor parte — digo a ele.

— Não é? Foi tipo jogar sal na ferida.

Ele enxuga os olhos e esconde o rosto nas mãos, e eu realmente espero que as lágrimas sejam por rir demais.

— Sei lá — ele diz com a voz abafada. — Senti que estava me forçando a ficar com ele, quando eu não queria de verdade, e me senti horrível, porque eu acho que ele pode gostar mesmo de mim e...

Ele mostra o rosto, me observando, sem desviar o olhar. Ele está apaixonado por mim. Ele realmente pode estar apaixonado por mim. Eu quase pergunto se isso é verdade. Mas o calor se expande no meu peito, sobe pelo pescoço e pela boca, e de repente eu não consigo falar. Engulo e desvio o olhar.

Um momento se passa. Eu respiro fundo.

— Estou com inveja — digo a ele, olhando-o de relance de novo com um sorriso pequeno.

Suas sobrancelhas se levantam.

— Inveja? Por quê?

Dou de ombros de leve, um pouco tímido.

— Eu nunca tive um namorado antes. Eu nunca fui beijado. Eu quero isso, mas o fato de que ainda não aconteceu... Não sei, me faz sentir que essas são coisas que acontecem com todo mundo, menos comigo.

Ezra já sabe. Já contei isso a ele antes. Mas agora... agora, quando penso que ele pode estar apaixonado por mim, parece que tudo que eu disse tem um significado diferente.

Ele tensiona o maxilar enquanto me observa. Ficamos sentados em silêncio por um bastante tempo. Tanto tempo que começa a ser desconfortável. Eu vasculho meu cérebro por algo estúpido para dizer, para fazê-lo rir, para voltar à amizade que tínhamos, relaxando no parque, chapados para cacete, falando sobre qualquer coisa e coisa nenhuma. Deus, agora parece que isso tudo foi há anos.

Silêncio. Um carro passa lá fora, as luzes se projetam na parede até desaparecerem.

Ezra sussurra.

— Posso te beijar?

Meu olhar se prende ao dele.

— Quê?

Ele não repete o que disse.

— Você tá bêbado?

— Não, não tô bêbado.

Ele não desvia o olhar. Ele ainda está esperando pela minha resposta. Não consigo respirar quando aceno que sim com a cabeça. Ele não hesita — se inclina para perto de mim, e eu me retraio, encosto minha boca na dele, mas ele pausa antes de se aproximar de novo, mais devagar dessa vez.

Os lábios dele estão tocando os meus, meu coração está vibrando, batendo no meu peito como se tentasse saltar para o peito dele. Eu respiro de encontro aos seus lábios, e ele se afasta. Meu primeiro beijo.

Ele continua sem dizer nada. Seus olhos piscam, olhando para os meus, esperando uma resposta.

Eu me aproximo dessa vez, e ele põe a mão no meu rosto, a outra na minha nuca, e eu coloco a minha boca na dele, com tanta força que meus dentes arranham seu lábio inferior. Ele se afasta um pouquinho.

— Mais de leve — ele murmura.

Assinto, balbuciando um pedido de desculpa, puxando-o para mim de novo. Tudo que sinto são seus lábios, suas mãos debaixo da minha camisa, nas minhas pernas, deslizando nas minhas costas. De algum modo, eu acabo em seu colo, as pernas de cada lado dele, e posso senti-lo, posso sentir a ereção, o que me deixa assustado para cacete e também dispara um arrepio enquanto eu aperto meu corpo no dele, puxando sua camisa...

Ele se afasta. Tento seguir sua boca com a minha, mas ele se afasta de novo.

— Você tá bem? — digo, sem ar.

Ezra assente. Não consegue olhar para mim.

— Sim. É, eu só...

Ele se mexe desconfortável. Saio de cima do seu colo, cruzo as pernas no sofá. A vergonha se apodera de mim.

— Eu... Desculpa, eu fiquei muito...

— Não — ele diz rápido. — Não, não peça desculpa. Deus, não peça desculpa. É só que... Eu estava ficando um pouco excitado demais...

Se eu estava envergonhado antes, não foi nada em comparação com o que sinto agora. Meus olhos automaticamente miram o colo de Ezra, onde eu estava segundos atrás, e onde há um volume ainda óbvio esticando o jeans. Ele está envergonhado também, percebo pelo modo como ele não olha para mim enquanto tenta puxar a camisa para baixo.

— Já volto — ele se levanta, saindo da sala.

A porta do banheiro se fecha com um clique. A água começa a correr.

Eu cubro o rosto com as mãos.

Meu Deus do céu.

Já posso ver como seria esquisito se eu ficasse aqui essa noite — não consigo nem olhar Ezra nos olhos — então, sem dizer uma palavra, saio pela porta. Ela se fecha atrás de mim, e eu desço as escadas correndo e saio pela porta de vidro da entrada do prédio residencial, mas paro antes de sair do pórtico. Eu me sento onde já me sentei tantas vezes antes, apoiando a cabeça no corrimão, a insanidade do que seja lá o que acabou de acontecer estremecendo em mim.

Não fico surpreso quando a porta se abre e se fecha atrás de mim de novo. Ezra se senta ao meu lado.

— Você está bem? — ele pergunta, o tom de voz baixo.

— Não faço ideia.

— Isso foi um pouco estranho, né?

— Totalmente estranho pra cacete.

Ele ri por um segundo, escondendo o rosto nos braços dobrados no topo dos joelhos. Ele olha de relance para mim.

— Mas eu queria fazer isso há muito tempo.

— Sério?

— É. Isso é estranho também?

Eu dou de ombros.

— Não sei. Talvez um pouco? — É difícil olhar para ele. — Somos melhores amigos.

Ele não diz nada. Se apruma com a coluna reta de novo, esticando as pernas para fora, olhando para o céu, uma lasca da lua destacando a corrente de nuvens.

— Tenho uma coisa para te contar.

Meu coração afunda. Já sei o que ele vai dizer.

— Não — eu digo. A cabeça dele se vira para mim. — Só... Não me conta.

Vejo uma fagulha de mágoa em seu rosto enquanto ele olha para o chão de novo.

— Por que não?

— Somos amigos — digo a ele. — Não quero perder o que nós temos.

— O que você quer dizer?

— E se a gente terminar, que nem o Declan terminou com você? E se a gente ficar puto um com o outro e parar de se falar? Não quero estragar isso. Nós temos uma amizade incrível pra caralho, Ez.

— Eu sei disso — ele diz, tão baixinho que eu mal posso ouvi-lo. — Não consigo controlar o que sinto por você.

— Por que você teria sentimentos por mim? — pergunto.

Não sei por que estou com tanta raiva de repente, por que quase me sinto traído por ele, como se ele estivesse mentindo para mim sobre nosso relacionamento esse tempo todo. Por baixo dessa raiva está o medo. Ezra e eu... faríamos tanto sentido. Apoiamos um ao outro, amamos um ao outro, sempre pudemos contar um com o outro. Faria tanto sentido se nos apaixonássemos e começássemos a ficar, se continuássemos juntos ao longo da faculdade e então nos casássemos e tivéssemos uma história fofa sobre como éramos namoradinhos da época da escola. É tão perfeito que o medo de isso tudo terminar, de ele perceber que não me ama mais, de ele me deixar do mesmo jeito que minha mãe me deixou, preenche o vazio em meu peito.

Suas sobrancelhas estão franzidas juntas.

— É quase como se você não quisesse que eu te amasse.

— Não quero — digo a ele.

Ele respira fundo e se levanta tão rápido que eu mal percebo que ele está abrindo a porta de entrada...

— Ezra — eu o chamo.

Ele para e se vira para mim.

— Você está sempre dizendo que quer se apaixonar. Que acha que é impossível alguém te amar. Aqui estou eu. Dizendo que te amo, porra! — Ele levanta as mãos, abaixando-as de volta enquanto solta um suspiro. — Eu te amo, Felix. Mas... O quê? Sou a única pessoa no mundo que você não quer que te ame?

Alguém grita de uma janela acima de nós:

— Cala a boca, caralho!

Ezra esfrega o olho, a bochecha.

— Foda-se. Você estava certo. Eu não deveria ter dito nada.

Ele volta para dentro, a porta fechando-se com força atrás dele.

Dezenove

Ezra não responde minhas mensagens.

Ele não atende o telefone.

Não atende quando toco a campainha do seu apartamento.

Ele nem se dá o trabalho de aparecer na aula segunda-feira.

A confirmação desse fato me atinge, repetidas vezes: Ezra está apaixonado por mim. Ele já está apaixonado há algum tempo. Declan estava certo.

Meu Deus, tenho sido tão estupidamente desatento.

As lembranças dão voltas em minha cabeça. O jeito como eu disse a Ezra que não queria ouvir como ele se sente em relação a mim, como eu disse para ele não me amar. Foi bem babaca da minha parte, mas eu estava surtando. É isso que eu mando na mensagem ao Ez, o que eu digo a ele na mensagem de voz: Desculpa. Eu estava surtando para caralho.

Eu me arrependo agora. Deveria ter falado com ele sobre isso com mais calma, entendido melhor essa coisa entre a gente. Ainda somos amigos? Ele me odeia agora? Ele nunca mais quer olhar na minha cara? Eu estava com medo de bagunçar nosso relacionamento, mas consegui fazer isso de qualquer forma, afinal.

E não ajuda em nada eu sentir que mais ou menos traí Declan.

— O que nós somos? — pergunto a ele.

Estou no telefone, trancado dentro do quarto. Apaguei as luzes hoje, para que meu pai não me julgue por ainda estar acordado às duas da manhã.

FELIX PARA SEMPRE

— O que você quer dizer? — Declan pergunta.

Eu conto a ele:

— Eu beijei uma pessoa.

Ele fica em silêncio do outro lado da linha por segundos demais. Meu nervosismo começa a subir.

— Bem — ele diz. — Não é como se estivéssemos saindo ou algo assim, ou como se tivéssemos decidido ficar apenas um com o outro. Você pode beijar quem você quiser.

— Você não está chateado?

— Estou um pouco — ele admite. — Mas principalmente porque não entendo o motivo de você não me deixar ter uma chance de...

— Me beijar?

— Eu ia dizer *te conhecer*, mas sim, eu gostaria de ter uma chance disso também. Se isso for algo que você queira, pelo menos.

— Você nem sabe qual é a minha aparência.

— Não acho que preciso saber.

Abro a boca, quase falo que ele não sabe se sou um cara ou uma garota ou ambos ou se não tenho nenhum gênero, como Bex, mas hesito. Nem eu sei minha própria identidade de gênero.

— E se você não se interessar por mim... fisicamente? — pergunto a ele.

— Por que não me interessaria?

— É impossível se sentir atraído por todo mundo no planeta inteiro.

— Não, talvez não.

Capitã está dormindo ao meu lado. Quando eu toco em sua orelha, ela treme de um lado a outro.

— O que você diria se eu te contasse que estou questionando minha identidade?

— Eu diria que tudo bem.

— Tudo bem?

— Você *está* questionando sua identidade?

Eu faço carinho na orelha da Capitã, e ela abre um olho preguiçoso.

— É esquisito — digo a ele — porque eu achava que já tinha tudo entendido, sabe?

— Mas isso é normal, não é? — ele diz. — Quando comecei a questionar se gostava de caras ou não, eu fiquei pirado por um tempo, mudando o que achava e tentando descobrir se gostava de garotos ou garotas ou ambos ou nenhum, e parecia que a resposta mudava a cada semana. Eu estava enlouquecendo.

— Você conseguiu? — eu digo. — Descobrir, quero dizer?

— Não exatamente. Mas olhei um monte de coisas on-line. Li posts com as perguntas de outras pessoas. Percebi que muitos de nós temos as mesmas perguntas, pensamos as mesmas coisas, e acho que isso tirou a pressão de descobrir tudo, sabe?

Há tantas coisas que eu gostaria de não sentir pressão para descobrir. Agora que Ezra me contou que está apaixonado por mim, sinto que não tenho escolha a não ser me perguntar como me sinto em relação a ele.

Eu o amo, é claro que amo o Ezra.

Mas eu o amo do mesmo modo que amaria um namorado? A pergunta é tão grande, tão gigantesca, que estou tentando evitá-la. Toda vez que ela aparece na minha mente, eu a empurro de lado. Eu ignoro o motivo verdadeiro de não querer pensar nisso: tenho medo demais de qual pode ser a resposta.

— Há alguma coisa que você sente pressão para descobrir? — pergunto a Declan.

— Sim, o tempo todo. Acho que o principal é o meu futuro. Se entrar na faculdade, como vou pagar? Às vezes eu me pergunto se vale a pena mesmo. Por que ficar endividado pelo resto da vida?

— Entendo o que quer dizer — digo a ele. — Estive tão focado nesse objetivo de entrar na faculdade, porque... não sei, senti que era algo que eu precisava provar, mas não acho que vou entrar mesmo, e não sei se vale a pena tentar.

— Algo que precisava provar?

A ironia da conversa me atinge. É de Brown que estou falando, a escola que nós dois queremos entrar, a escola pela qual temos lutado.

— É. Não acho que muitas pessoas pensariam que mereço entrar. Acho que quero provar que elas estão erradas.

Posso praticamente ouvi-lo dar de ombros do outro lado da linha.

— Talvez não exista sentido — ele diz —, mas não acho que seja ruim mostrar aos outros que você pode entrar, só pra provar que você pode. Não tem nada de errado com isso, não é?

Depois de dizer boa noite — dessa vez são apenas três da manhã, em vez de cinco, que é quando normalmente desligamos — pego meu *notebook*. Não tenho dormido muito ultimamente, não desde tudo que aconteceu com o Ezra. Abro o Google e digito *não sei se quero ir para a faculdade. O que eu deveria fazer em vez disso?*

As possibilidades são ilimitadas. Estágios, viagens com organizações de voluntariados, trabalho vocacional, mas em vez de animação ao pensar em fazer qualquer coisa que eu queira, sou tomado por ansiedade. Há opções demais, oportunidades demais. Eu me sinto de repente como o Ezra se sentiu, incerto do seu futuro. Eu me sinto mal por ter sido tão duro com ele sobre isso. Eu o julguei tanto, movido pela minha própria inveja. Queria poder mandar uma mensagem a ele. Pedir desculpa. Perguntar o que ele acha sobre eu só desistir de vez da Brown. O que Ezra diria?

Quando meu celular vibra com uma notificação, a surpresa e a animação me atravessam. Talvez Ezra tenha sentido que estou pensando nele e decidiu me perdoar. Já se passaram uns dois dias. Talvez ele esteja pronto para seguir em frente.

Mas, quando olho o celular, não é o Ez.

Você está tentando me ignorar?

Não dá para me ignorar.

Ouvi dizer que sua mãe te abandonou.

Eu também teria feito isso, se tivesse uma filha que fingisse ser um garoto.

Lágrimas começam a arder nos meus olhos. A dor enche meus pulmões e dificulta a respiração. Eu não deveria deixar esse troll mexer comigo, mas ele realmente descobriu exatamente onde me atingir, o que dizer para me machucar mais do que qualquer outra coisa. Meus dedos flutuam sobre o botão de *bloquear*. Eu deveria ter bloqueado grandequeen69 há muito tempo. Mas não o pressiono. Sinto essa necessidade de responder, de me defender, de fazer grandequeen69 entender que mereço ser tratado melhor do que desse jeito, que há um ser humano de verdade do outro lado do celular.

Eu digito. **O que você ganha com isso? Por que você está me atacando? Só porque você não entende minha identidade, não significa que eu não sou real. Que eu não existo.**

A pessoa deve ter esperado que eu respondesse.

É isso que você não entende. Você não existe.

Você não é nada.

Você acha mesmo que alguém se importa com você?

Você não importa. Você não importa nem mesmo para sua própria mãe.

Posso sentir a dor como se fosse física, preenchendo meu coração e se espalhando pela minha pele. Nem sei mais o que dizer em resposta. O que você diz quando uma pessoa basicamente diz que você não é um ser humano? *Trata* você como se não fosse humano? A dor explode na raiva, e eu arremesso o celular do outro lado do quarto. Ele bate na parede com um baque e cai no chão. Capitã chia, pulando da cama.

— Merda.

Saio da cama num pulo, pegando meu celular. Há uma rachadura pequena no canto da tela.

— Mas que merda.

Enxugo o rosto com a mão, limpando as lágrimas. Eu não deveria deixar esse troll me atingir assim. Sei que não deveria. Mas posso sentir suas palavras se afundando em mim, dificultando minha respiração.

Quando chego à St. Cat's na quarta-feira, não tenho esperança de ver Ezra — não mesmo, não depois de ele faltar aula nos últimos dois dias e não responder nenhuma das minhas mensagens —, então, quando eu o vejo atravessando o estacionamento, estou completamente despreparado. Meu coração acelera de nervosismo e a memória do nosso *beijo*, de ele tentando me dizer que está apaixonado por mim, faz eu sentir que estou prestes a surtar de novo.

Ezra passa por mim sem nem mesmo me olhar. Bem ao lado do nervosismo há uma fagulha de dor. Ele provavelmente só não me viu, mas as palavras de grandequeen69 se acendem em minha mente. Eu não importo. Eu não existo. Eu vou atrás dele e o chamo.

— Ez!

Ele não para enquanto passa pelas portas de vidro de correr, entrando no saguão. Ezra nunca me ignorou antes, então presumo que ele não meu ouviu, que está absorto demais em seus próprios pensamentos. Eu o sigo para dentro do prédio.

— Ei, Ezra!

Ele me olha de relance agora, mas o olhar que ele me dirige é aborrecido. O tipo de olhar que eu esperaria que ele desse para Marisol, não para mim. Ele não diz uma palavra. Só continua andando.

A dor é uma ferida aberta agora, esguichando sangue pelo piso todo. Eu hesito, então volto a segui-lo — devagar primeiro, antes de começar a correr atrás dele, pelo corredor, meus passos ecoando, até que estou andando ao lado dele, esforçando-me para manter o ritmo de suas passadas longas.

— Ezra, ei — digo, parando na frente dele. Ele me dá um olhar impaciente, olhando para meus sapatos antes de erguer os olhos novamente. — Escuta, me desculpa. Eu não deveria ter dito aquela merda que eu disse.

Ele dá de ombros, não responde.

Não sei bem o que mais dizer. Não acho que Ezra já esteve com tanta raiva assim de mim.

— Podemos... podemos conversar sobre isso?

Ele dá de ombros de novo. Até mesmo esse gesto é feito com o mínimo de esforço necessário.

— O que temos para conversar?

Alguns segundos se passam.

— Quero dizer, você está mesmo tão puto assim por causa de tudo que eu disse?

— Acho que não.

— Então por que você está com tanta raiva?

— Não estou com raiva — ele diz. Seus olhos estão embaçados, como se ele também não estivesse dormindo muito, mas por trás desse olhar há... vazio? Frieza? Tédio, talvez. Indiferença.

Eu me forço a manter o olhar de Ezra, não importa o quanto eu queira desviar o olhar, não importa o quanto eu sinta que estou a segundos de chorar. Ele disse que tem sentimentos por mim, tentou dizer que me amava, mas parece que levou apenas alguns dias para que ele descobrisse que não liga nem um pouco para mim, no fim das contas.

— Então o que foi?

Outro dar de ombros. Esse gesto desgraçado.

— Acho que só preciso de um tempo. Para entender tudo que aconteceu.

Por mais que eu esteja me forçando a olhar para ele, ele está olhando para qualquer lugar menos para mim.

— Eu só preciso de espaço.

— Espaço?

Ele não repete o que disse. Encara a parede, engolindo, sua garganta se movendo para cima e para baixo.

— Tá bom — digo. — Vou te dar espaço.

Ele vai embora antes mesmo de eu terminar a frase, avançando pelo corredor. Quando chego à sala da aula de pintura acrílica, ele se sentou em uma mesa completamente diferente, onde Tyler costuma sentar, e Tyler está apagado de sono no banco ao meu lado.

Pela primeira vez em dias, sinto dificuldade de focar no meu projeto. Por mais que eu queira mergulhar nos meus autorretratos, apenas deixar a mente livre, não consigo pensar em mais nada além daquele beijo. Ezra. De novo e de novo, mesmo quando digo a mim mesmo que não vou mais pensar nele. Ezra. Mesmo quando fecho os olhos e respiro e limpo minha mente. Ezra. Meu pensamento imediatamente volta para ele, de novo e de novo. Ezra, Ezra, Ezra.

Ele não me ama mais. Ele não poderia, pelo jeito como me olhou no andar de baixo. Precisou apenas de uma discussão para que ele se desapaixonasse por mim e decidisse que me odeia. De certo modo, grandequeen69 acertou. Eu não importo — não para Ezra, não mais, e Declan acha que está apaixonado por Lucky, não por mim. Meu autorretrato me dá um sorriso de canto de boca. Fiquei um pouco convencido demais, achando que qualquer um poderia se apaixonar por alguém como eu.

Não estou pensando quando o pincel em minha mão mergulha no roxo e começa a traçar faixas na pintura sobre meu sorriso, meus olhos, meu rosto inteiro. Pressiono a tela com tanta força que rasgo um buraco, bem no meio.

— Felix?

Olho para trás. Jill está observando, preocupada. Quando olho ao redor, vejo que metade da turma está olhando para mim também. Ezra foi para o canto oposto da sala, de costas para mim. Ele está em pé, sem se mexer, como se seu foco estivesse do outro lado da sala e em mim, apesar de ele ainda se recusar a me olhar.

— Você está bem? — Jill pergunta.

— Sim — digo. — Acho que só me empolguei demais.

FELIX PARA SEMPRE

Ela assente devagar, observando minha pintura destruída. Ela se aproxima, baixando o tom da voz, enquanto o resto da turma volta para suas artes.

— Decidiu que essa não estava funcionando?

— Era muito... sei lá, arrogante.

Ela apoia a mão no queixo.

— Eu achei que tinha mérito, mas, no fim das contas, o que eu acho não importa de verdade. — Parece que ela está prestes a seguir em frente, antes de parar de novo. — Sabe, Felix... Teve uma chamada para a galeria do fim do verão.

— É, ouvi o anúncio.

— Você deveria considerar se inscrever — ela diz. — Seus autorretratos, se você puder terminar o suficiente a tempo, bem, eles são poderosos, Felix. Talvez mais do que você mesmo perceba.

Ela deve estar dizendo isso só porque estou obviamente tendo problemas. Sei que não faz sentido algum me inscrever na galeria de fim de verão. A galeria é bem competitiva. Basicamente todo mundo no programa de verão se inscreve e, se são aceitos, suas artes são destacadas no informativo da escola, que é entregue aos ex-alunos, o que pode significar muitas oportunidades ótimas. Várias pessoas conseguiram estágios por ganhar a seleção da galeria, e eu sei que não serei eu. Qual é o sentido de se inscrever, só para fracassar?

Digo a ela que vou pensar, e ela me dá um sorriso satisfeito.

Vinte

Quando as aulas do dia terminam, eu me sinto estranho, desorientado. Normalmente, iria com Ezra de volta para seu apartamento, mas ele me ignora quando vai para o estacionamento. Eu poderia ir para casa e falar com Declan como Lucky, mas não estou me sentindo eu mesmo e... não sei, acho que estou com um pouco de medo de que ele vai perceber que também não me ama mais. É apenas quando estou saindo do estacionamento que eu me lembro de que é quarta-feira. O Centro LGBT terá o grupo de discussão sobre identidade de gênero daqui a algumas horas, às oito. Eu deveria estar apavorado de mostrar a cara lá de novo, mas me lembro de Bex e de seu sorriso reconfortante, de sua sugestão de que eu voltasse quando quisesse.

Não demoro muito para chegar ao Centro LGBT, apenas uns trinta minutos. Chego cedo para o grupo de discussão, então me sento no café de paredes brancas e mesas e cadeiras lustrosas, o cheiro de caramelo e croissants preenchendo o ar, um caderno nas mãos onde desenho as pessoas ao meu redor. Percebo, de repente, que já que Bex é não-binário, qualquer pessoa nesse café poderia ser também. Talvez eu não devesse presumir o gênero de ninguém enquanto desenho. Há uma pessoa com rugas, um blazer, uma risada contagiosa; alguém mais próxima da minha idade com cabelos verdes e um piercing no nariz, mostrando o aparelho nos dentes quando abre um sorriso largo para outra pessoa. Quanto mais eu fico sentado aqui desenhando, melhor minha arte se torna e observar as pessoas ao meu redor, *realmente* observá-las, em vez de enxergar quem eu acho que elas são, ajuda bastante.

Quase quero poder ficar aqui no café e desenhar por horas, mas vim por um motivo. Alguns minutos antes das oito, guardo meu caderno e subo as escadas, tão focado nos meus pés que sinto que vou tropeçar. Meu coração vibra dentro do peito com o nervosismo, como se eu estivesse prestes a subir num palco na frente de cem pessoas. *Dessa vez,* penso comigo mesmo. *Dessa vez, serei corajoso o suficiente para falar, para fazer minhas perguntas e encontrar as respostas que venho procurando.*

Bex aguarda na porta, como da última vez, e parece genuinamente feliz em me ver quando me aproximo da mesa para assinar a presença.

— Felix! — elu diz. — Estou muito feliz que você pôde vir.

Sorrio de volta, mesmo estando nervoso demais para dizer qualquer coisa enquanto assino meu nome. Escolho o mesmo assento da outra vez, o mais longe possível de todo mundo. As mesmas pessoas estão aqui também: Tom, o jornal dobrado no colo enquanto fala com Sarah, ainda com seu batom vermelho vívido. Zelda confere seus cabelos no celular. Wally está vestindo uma camiseta do Miles Morales. Ele sorri e acena para mim e, quando aceno de volta, me sinto tão esquisito que acho que minha mão está prestes a cair do pulso.

Quando é a hora de começar, Bex pede que nos apresentemos de novo, mesmo que todo mundo já se conheça — é apenas o protocolo, acho — e então a discussão começa.

— Hoje é dia catorze. A Parada do Orgulho LGBT é daqui a duas semanas — elu diz. — Mas às vezes pode ser difícil encontrar o orgulho em nós mesmos. Há pouquíssima visibilidade para pessoas de todos os gêneros, e muitas pessoas cisgênero não acreditam que pessoas transgênero e não-binário merecem os mesmos direitos. É até mais difícil para pessoas transgênero, binárias ou não-binárias, que não são brancas, e especialmente mulheres transgênero que não são brancas. Apesar de termos que agradecer a mulheres transgênero negras pela Revolta de Stonewall e pela Parada do Orgulho, elas costumam ser apagadas e ignoradas, mesmo por outras pessoas queer dentro da comunidade LGBTQIA+. Como podemos encontrar e cultivar nosso próprio orgulho e o orgulho pelas outras pessoas quando estamos num mundo que parece não querer que a gente exista?

Eu não estava esperando um tópico de discussão que mexesse tanto comigo. As palavras de grandequeen69 me atravessam. *Você não importa. Você não existe.* Percebo com uma fisgada de vergonha que comecei a acreditar nessas palavras também. É difícil sentir orgulho por quem sou quando parece que o resto do mundo não quer isso.

O tema claramente ressoa com outras pessoas na sala também. Sarah parece já estar à beira das lágrimas.

— Homens cis gays, especialmente homens brancos, é como se eles estivessem a uma identidade de distância de ser o que consideram *normal*, então eles usam essa identidade acima de nós, aproveitam o privilégio e poder que têm no seu grupinho elitista, tentam empurrar o resto de nós para longe. Tratam a gente como cachorros. Só na semana passada, um grupo deles riu de mim no segundo em que entrei num bar. Eu queria perguntar a eles se já ouviram falar de Sylvia Rivera. Se eles conseguiam ver que se pareciam com aqueles caras brancos gays que haviam rido dela também.

— Bem, deixa eu te perguntar uma coisa — Zelda diz. — Por que você está procurando pela aprovação deles? Eles que se fodam — ela diz. — Quem precisa lidar com merdinhas arrogantes?

— Não estou procurando a aprovação deles — Sarah diz, obviamente irritada com a questão. — Isso machuca. É tudo que estou dizendo. Machuca não ser incluída, ser rejeitada, especialmente quando é por pessoas que você pensou que a entenderiam e a aceitariam. Você precisa admitir que machuca.

— Às vezes eu imagino se é melhor só... não sei, só estar por perto de pessoas como eu — Wally diz. — Não ter que lidar com a transfobia, o racismo, o ódio contra pessoas queer. Só me rodear com cem outros Wallys e pronto. Criar meu próprio mundo, minha própria bolha, para não ser rejeitado por mais ninguém.

— O único problema com essa ideia — Tom diz — é que nem todo mundo tem o privilégio, ou a capacidade, de criar essa bolha que todos desejamos.

— Então o que fazemos? — Sarah pergunta. — Forçamos os filhos da puta a verem que merecemos atenção? Fazemos com que entendam que, se não fosse por mulheres como nós, eles não teriam nenhum dos direitos que têm hoje?

Tom dá de ombros sem julgamento.

— É nisso que você quer gastar sua energia mesmo? — ele pergunta.

— Eu deveria gastar a minha energia no quê, então?

— Em você mesma — ele sugere. — Em amar e aceitar e celebrar você mesma, e amar e celebrar e apoiar as jovens mulheres como você que virão em seguida. Mudar o mundo, sim! Precisamos de pessoas que lutem por nossos direitos, lutem por justiça nos tribunais para que as coisas melhorem na próxima geração. Mas criar nosso próprio mundo, não só para nós mesmos em nossa bolha, mas um mundo que possa se espalhar para aqueles que mais precisam, um mundo cheio das nossas histórias, nosso amor e orgulho, isso é tão bonito quanto. É tão necessário quanto. Sem isso, nós nos esquecemos de nós mesmos. Nós nos retraímos sob a dor de se sentir isolado e rejeitado pelos outros, sem perceber que, acima de tudo o mais, precisamos amar e aceitar a nós mesmos primeiro.

Vim aqui com o plano de falar, de participar da discussão, de fazer minhas perguntas. Tenho tantos pensamentos e meu coração está quase saindo pela boca. Eu me força a falar.

— Com licença — digo.

Todo mundo vira a cabeça para mim.

Minha voz falha.

— Como... Hã... uma pessoa descobre qual é a sua identidade de gênero de verdade?

Sarah se mexe impaciente em seu assento e talvez seja uma pergunta boba de se fazer; talvez eles já estejam léguas na minha frente, e esse é um ponto chato de se discutir. Sinto que deveria pedir desculpas por interromper, por desperdiçar o tempo deles, mas Bex me dá outro sorriso.

— É só que — digo, limpando a garganta. — Parece que há tantas opções, tantos gêneros. Como você sabe qual é o certo?

Zelda fala.

— Muitas opções — ela diz. — Muitos rótulos. As pessoas são tão obcecadas em colocar tudo numa caixinha agora.

— Não sei — Wally diz dando de ombros. — Se esse fosse um mundo perfeito, e não houvesse nenhuma transfobia ou pessoas sendo tratadas como lixo por ser quem são, então talvez não houvesse a necessidade de rótulos. Mas o mundo não é perfeito e, quando eu tenho que lidar com alguma merda ignorante, ajuda saber que há outros caras trans por aí.

— Ok, tá bom — Zelda diz. — Mas por que tantos rótulos? Por que não só garoto ou garota? Homem transgênero, mulher transgênero?

Bex inclina a cabeça.

— Se eu pudesse, teria escolhido um ou outro. Seria tão mais fácil do que ter que me explicar toda vez que passo por um raio-X corporal no aeroporto, ou não saber qual banheiro público utilizar quando não há opções de gênero neutro. Mas nem um ou nem outro funcionam para mim.

— Como você sabe qual é o certo? — pergunto.

Há alguns sorrisos e eu imagino se disse algo bobo de novo.

— É diferente para algumas pessoas — Bex oferece. — Para mim, foi só o sentimento. O sentimento de que minha identidade, não-binário, explica tanto sobre quem eu sou, quem eu sempre fui, de um modo que outros rótulos nunca explicaram.

Junto as mãos.

— E se eu nunca sentir isso?

— É possível que você nunca sinta — Bex diz. — Algumas pessoas continuam se questionando para sempre. Tudo bem, também. Mas, quando achar algo que funciona, você saberá. Há uma confiança que se espalha em você, e você sabe que encontrou a resposta.

Zelda balança a cabeça.

— Essas gerações mais novas — ela diz. — Sempre se questionando. Sempre sacudindo as coisas, só por sacudir.

— Essas gerações mais novas — Tom ecoa. — Eu as invejo. Há tanto mais espaço agora para explorar quem elas são. Explorar e celebrar quem elas são. Eu nunca poderia ter imaginado ver um homem transgênero na TV ou nos filmes quando era mais novo. E agora? — Ele olha para mim. — Olho para você e queria poder ser um adolescente de novo. Sei que as coisas não são perfeitas — ele diz, balançando a cabeça — e ainda há dificuldades por aí, mas não se esqueça de aproveitar esses anos. Viva. Viva-os pelas pessoas que não puderam aproveitar a adolescência. Pelas pessoas que nunca viveram além da adolescência.

A conversa continua. Como era ser adolescente na época de todas as pessoas aqui — o que elas gostariam que tivesse sido diferente, o que é diferente agora. Eu fico tímido demais para dizer qualquer outra coisa, mas as palavras de Tom ecoam em mim.

Em meu quarto, o relógio marca 12:06 da madrugada, tenho o *notebook* aberto numa publicação do Tumblr que lista centenas de identidades transgênero. Não-binário. Agênero. Bigênero. Transmasculino. Trans-feminina. Genderqueer. Não-conformidade de gênero. Tantos termos, tantas identidades, e eu começo a me sentir sobrecarregado de novo. Nenhuma dessas definições me parece a certa.

Continuo lendo, deslizando, meu olhar perdendo o foco, quando uma palavra chama minha atenção. *Demigaroto*. Uma pessoa que se identifica em parte ou na maior parte como masculino — eu me sento, coloco o computador no meu colo — mas também pode se identificar como não-binário em parte do tempo, ou até mesmo como garota. A importunação se espalha de atrás da minha cabeça, desce pelo pescoço e se expande no peito. Na maior parte do tempo, não há dúvida: eu sou um cara, não tenho dúvidas sobre isso. Mas outras vezes... ser chamado de garoto não parece certo, quase do mesmo modo que ser chamado de garota parece tão completamente errado.

Tento dizer isso em voz alta.

— Demigaroto.

Demigaroto, demigaroto, demigaroto.

Sorrio um pouco. Eu sorrio, e então solto uma risada, e talvez até chore um pouco, porque agora eu sei do que Bex estava falando. A confiança que se espalha em mim. Eu sei que isso está certo. É um pouco incrível, que exista uma palavra que explica exatamente como eu me sinto, que acaba com toda a confusão e questionamento e hesitação — uma palavra que me diz que há outras pessoas por aí que se sentem exatamente do mesmo jeito que eu.

Parece um pouco anticlimático, encontrar a resposta para a pergunta com a qual estive batalhando por meses. Sinto a necessidade de gritar e, penso e recuo, em mandar mensagem ao Ezra, contar tudo a ele, contar a ele sobre o a reunião do grupo que eu fui mais cedo e a pesquisa que fiz e como *demigaroto* é perfeito, e também que estou com saudade.. Há outra questão que eu estive evitando, desde a noite em que Ezra tentou me dizer que estava apaixonado por mim. *Como me sinto em relação ao Ezra? Estou apaixonado por ele também?* Só pensar em Ezra dispara uma fagulha em mim, a memória do beijo me deixa em chamas.

Pego o celular e abro no Instagram. Eu me sento com um sorriso e tiro uma selfie. Legenda: **Adivinha quem é um demigaroto?**

Adiciono várias hashtags e sorrio quando publico. É uma droga que Ezra e eu não estamos nos falando, mas talvez ele veja mesmo assim.

Talvez ele fique curioso e me mande mensagem e possamos superar seja lá que porra está rolando entre a gente. Começo a deslizar pelas outras publicações. Mas as imagens parecem esquisitas, não são de quem eu costumo seguir...

Olho para o canto da minha conta e meu coração dispara num descompasso, do mesmo jeito que faz quando eu acabei de acordar de um pesadelo. Ainda estou logado como luckyliquid95.

Eu pulo para fora da cama, quase tropeçando nos lençóis.

— Merda, merda, mas que merda...

Meus dedos são grandes demais de repente, desajeitados demais, para voltar à publicação. Eu a apago com mãos trêmulas.

Fico parado ali, encarando o celular. Qual a chance de Declan estar acordado e no Instagram naquele exato momento? Qual a chance de ele ter visto a minha selfie?

Não recebo uma ligação ou mensagens de texto sobre isso. Eu me sento de volta na cama, encarando a tela. Por favor, por favor, por favor não deixe que ele tenha visto a postagem...

Esse é meu mantra. Ao longo de toda a minha noite insone até a manhã seguinte, enquanto atravesso o Harlem e caminho as poucas quadras até a St. Cat's, penso no mantra de novo e de novo. *Por favor não deixe que o Declan tenha visto a postagem. Por favor não deixe que o Declan tenha visto a postagem.*

Entro na sala de aula e deslizo pelo Instagram no meu celular, como se de algum jeito eu tivesse o poder de voltar no tempo se encarar as fotos por tempo o suficiente. Ainda é cedo o bastante para a Jill não estar aqui, mas Tyler está sentado na frente, Hazel batendo papo com Leah. A porta se abre e se fecha, e antes que eu sequer tivesse a chance de erguer o olhar, Declan está na minha frente.

Ele está me encarando com os olhos vermelhos. Meu coração afunda. Ele viu a postagem.

Ele pega o celular. Não olha para mim enquanto pressiona alguns botões. Da sua tela, de cabeça para baixo, posso ver que ele está na lista de contatos. Então no meu contato, o de Lucky. Ele respira e aperta para ligar.

Eu fecho os olhos. Meu celular começa a vibrar na minha mão.

Não os abro, mesmo depois de ouvir os passos se distanciando e a porta fechando com força. Inspiro trêmulo e tento expirar devagar. Quando abro os olhos de novo, todo mundo está olhando entre mim e a porta pela qual Declan acabou de sair, as sobrancelhas erguidas.

Eu pulo do banco e atravesso a sala correndo, abro a porta, olho para um lado do corredor, então vejo Declan desaparecendo virando a esquina. Corro atrás dele.

— Declan!

Ele está descendo as escadas correndo. Eu tento pular alguns degraus por vez para alcançá-lo.

— Declan, por favor.

Declan para de repente tão inesperadamente que eu quase esbarro nele. Ele se vira. Seus olhos estão marejados. Porra, ele está chorando.

Não sei o que dizer. Abro a boca, sacudindo a cabeça, esperando que as palavras certas saiam.

— Por quê? — ele diz.

— Desculpa — digo, mas minha voz é tão suave que não sei se ele ouviu.

— Me diz por quê.

Percebo que estou agarrando as mãos juntas com tanta força que elas estão tremendo. Eu as enxugo no jeans.

— *Me diz por que, caralho!* — ele grita. Sua voz ecoa na escadaria.

Mal posso olhar para ele.

— Era para ser uma brincadeira primeiro.

— Uma brincadeira? — Toda a emoção desapareceu de sua voz agora.

— Por vingança. Eu achei que era você que tinha feito aquela galeria de mim e...

— Eu não fiz a porra da galeria.

— Eu sei. Sei disso agora, desde que você me contou que nunca...

Ele fecha os olhos como se doesse, essa lembrança de que a pessoa com quem ele esteve conversando esse tempo todo, a pessoa por quem ele disse estar apaixonado, era eu.

— Mas mesmo quando percebi que não tinha sido você, não conseguia parar de falar com você — digo a ele, as palavras saindo rápido, desesperado para fazê-lo entender. — Eu amava nossas conversas. Era como se você fosse uma pessoa diferente e...

— Eu não sou uma pessoa diferente.

— Você disse que estava se apaixonando por mim — digo, baixando minha voz. — Disse que está apaixonado por mim.

Ele me observa, sem desviar o olhar, seus olhos castanhos queimando.

— Eu acho que te amo também — digo a ele.

Ele engole, respirando pesado. Acho que ele está tentando se impedir de chorar. Tentando inspirar ar o suficiente para falar.

— Não fala comigo — ele diz. — Nem olha para mim. Não quero ter nada a ver contigo.

Ele passa por mim, e ouço seus passos ecoando na escada antes de a porta do saguão bater.

Vinte e um

Querida mãe,

Já faz um tempo desde que nos falamos, mas eu queria que você soubesse que a minha vida agora tá uma merda. Perdi duas pessoas que eram muito importantes para mim. Agora os dois me odeiam. Tem um troll que não para de mandar mensagem — não tenho ideia de quem seja esse babaca, mas a pessoa quer que eu saiba que a minha vida não tem valor, usando você e o fato de que você me abandonou como prova. Não sei. Talvez a pessoa esteja certa. Tenho 477 e-mails rascunhados para você. Em cada e-mail, eu ajo como se estivéssemos tendo algum tipo de conversa divertida, onde eu a perdoei e segui em frente... Mas a verdade é que você realmente me deixou fodido da cabeça. Você sabe disso, né? Você fodeu minha cabeça ao decidir que não me amava mais, ao abandonar eu e meu pai quando foi embora para começar sua vida nova. Há tantas coisas que eu queria ter tido a coragem de perguntar a você esses anos todos. Por que você foi embora? Você sente a minha falta? Você ainda me ama? Eu tenho 477 e-mails rascunhados e dessa vez, vou enviar esse para você. Eu não sei se você responderá, mas espero que sim.

Seu filho demigaroto,

Felix

FELIX PARA SEMPRE

Eu encaro o e-mail por um minuto, cinco, dez. Lendo e relendo, me impedindo de apagar tudo, até que, finalmente, clico em *enviar*. Meu coração se contrai no peito, e eu encaro a tela. Não acredito que fiz isso. Porra, eu não acredito que acabei de fazer isso. Ela deve ter visto o e-mail agora mesmo. Todo mundo está sempre grudado em seus celulares, seus *notebooks*. Ela deve ter visto o nome Felix Love aparecer na sua caixa de entrada, e ter decidido ou ler meu e-mail ou enviá-lo direto para a lixeira. Isso está me matando, não saber o que ela escolheu fazer.

Quando metade do dia passa, acho que fica bem óbvio que minha mãe não vai responder meu e-mail. Não quero sair do apartamento. Não quero nem sair do meu quarto. Eu me encolho numa bola com a Capitã, apago as luzes e mergulho no escuro, o *notebook* ligado e rodando algum programa de reality, mas eu mal estou prestando atenção. Estou com o Instagram aberto, o brilho da tela do celular refletindo nos olhos da Capitã, olhando as páginas de Ezra e Declan para ver se eles as atualizaram, mas nenhum dos dois postou nada. Desisti de mandar mensagens ao Ezra há alguns dias, e quando tento ligar para o Declan, imediatamente cai na caixa postal. Recebo uma mensagem alguns segundos depois.

Não me ligue nunca mais.

Por Deus, como as coisas ficaram tão fodidas?

Meu pai bate na porta e, ao abri-la, espreita a cabeça no vão da abertura.

— Tudo bem, filhote? — ele diz.

Eu disse a ele que não estava me sentindo bem para que ele me deixasse voltar para casa mais cedo — a ideia de me sentar perto de Declan parecia impossível —, mas agora são seis da tarde e não comi nada o dia todo a não ser uma tigela de sopa que meu pai me trouxe perto do meio-dia.

Balbucio alguma coisa, nem eu sei o que exatamente.

Ele liga o interruptor. Eu me sinto um vampiro, cego pela luz. Solto um gemido e jogo os lençóis sobre a cabeça. A Capitã deve ter ficado emaranhada porque ela se contorce por uma fração de segundo antes de saltar para o piso.

— O que está acontecendo? — ele pergunta.

— Nada.

— Para alguém doente, não estou ouvindo você espirrar muito.

Dou uma tossida falsa. Ele ri. Sob os lençóis, posso ouvi-lo se aproximar e sinto a beira da cama afundar quando ele se senta. Ele apoia a mão nas minhas costas e afaga.

— Aconteceu alguma coisa?

Eu suspiro e descubro a cabeça.

— Eu e Ezra estamos brigados.

O entendimento se espalha em seu rosto.

— Ah. Ok.

— E — digo, mas pauso. Como eu começo a explicar essa bagunça?

— A pessoa que eu gosto está muito irritada comigo também.

— Então a pessoa que você gosta *não* é o Ezra?

Alguns dias atrás, eu teria gritado com meu pai por continuar a sugerir que eu tenho uma crush no Ezra, mas agora?

— Bem — digo devagar —, não é como se eu *não* gostasse do Ezra.

Ele me dá um olhar de *eu sabia*, todo cheio de si. Reviro os olhos e agarro meu travesseiro, colocando-o sobre o rosto.

— Está tudo errado — digo, abafando a voz. — Nenhum deles fala mais comigo. Eu realmente ferrei tudo.

Sinto um puxão de leve no travesseiro, e meu pai o retira, colocando-o de lado.

— Bem — ele diz. — Sei que pode parecer que nada está bom agora, mas as coisas têm um jeito de se acertarem.

Eu hesito.

— Foi isso que você pensou quando minha mãe foi embora?

A pergunta o pega de surpresa. Ele inspira com força.

— Para ser honesto, não estava pensando muito em nada quando ela foi embora. Eu estava bem dormente. Apenas tentando não desabar, por você.

Franzo a testa.

— Sério?

Digo, eu sabia que as coisas estavam ruins, mas não havia percebido que ele tinha enfrentado tanta dificuldade. Quando ele não diz mais nada, conto a ele que enviei um e-mail para ela.

Suas sobrancelhas se erguem juntas.

— Ok. Você quer conversar sobre por que fez isso?

— Tipo, ela é minha mãe — digo. — É normal querer entrar em contato e falar com ela. Não é?

Ele está assentindo, lentamente, mas não sei bem se ele concorda.

— Depois que Lorraine foi embora, liguei para ela pelo menos uma vez por dia, implorando que ela voltasse. Ela disse que havia se desapaixonado de mim e precisava de espaço. Eu não conseguia entender como ela poderia esquecer tudo que tivemos. Doeu, mais do que qualquer coisa pela qual eu já passei, posso te dizer isso. Eu a amava. Ainda amo. Provavelmente sempre vou amar. Mas demorei um pouco pra entender que, só porque eu a amo, não significa que era um tipo bom de amor. Pode ser mais fácil às vezes, escolher amar alguém que você sabe que não vai reciprocar seus sentimentos. Pelo menos você sabe como isso termina. É mais fácil aceitar a mágoa e a dor, às vezes, do que o amor e a aceitação. São os relacionamentos com amor de verdade que podem ser os mais assustadores.

Ele está tentando me dizer que é errado que eu ame minha mãe? Não consigo deixar de amá-la, e querer que ela me ame também. Eu aceno com a cabeça assim mesmo, encarando minhas mãos enquanto brinco com o lençol. Ele passa a mão nos meus cachos.

— Talvez essa seja apenas uma boa chance de focar em outras coisas — meu pai me diz. — Não há nada de errado em focar em você mesmo de vez em quando.

É isso que digo a mim mesmo quando entro na St. Cat's na manhã seguinte (tentei faltar outro dia, mas meu pai não cedeu). Quando vejo Ezra falando com Leah, e ele se recusa a olhar para mim? *Focar em mim mesmo.* Quando Declan se senta ao meu lado na aula, mas age como se eu não existisse? *Focar em mim mesmo.* É isso que digo a mim mesmo quando recebo uma notificação do Instagram também. Não fico surpreso ao ver que é outra mensagem de grandequeen69. Automaticamente aperto o botão de notificação para ler a mensagem, mas pauso. Por que eu continuo lendo essas mensagens, sabendo que grandequeen69 vai só me machucar? Eu me lembro do que meu pai disse, que é mais fácil aceitar a mágoa e a dor, às vezes, do que o amor e a aceitação. Deleto o aplicativo do meu celular. Chega de notificações. Chega de grandequeen69. *Focar em mim mesmo, porra.*

Trabalho no meu projeto de autorretrato em pintura acrílica. Não havia levado Jill a sério, mas agora começo a imaginar se, no fim das contas, deveria me inscrever para a galeria de arte do fim do verão. É algo no qual posso me dedicar e, sei lá, a ideia de reivindicar o saguão, o próprio espaço que me machucou, faz eu me sentir melhor do que imaginava ser possível. Sou grato por ter algo no qual me concentrar, e talvez seja o fato da minha vida estar implodindo, mas descubro que é mais fácil do que nunca mergulhar nas cores, pensar sobre nada enquanto deixo a mão e o pincel se moverem pela tela. Trabalho mais do que já trabalhei nos últimos dias, voando de um autorretrato para o outro, utilizando cada uma das telas que preparei.

Quando termino, dou um passo para trás e observo os retratos. Lá estou eu, em chamas, submerso na água, a pele como o universo numa espiral, voando pelo céu, deitado na grama, sentado no escuro enquanto um borrão de cores me rodeia, sorrindo com uma coroa de flores na cabeça... Não é difícil perceber que isso, esses autorretratos, é o que preciso enviar à Brown no meu portfólio. Não tinha certeza se iria me inscrever, e ainda me questiono por que quero tanto ir para a Brown, mas não custa nada enviar uma inscrição e ver o que acontece, certo? Talvez eu não precise me inscrever só para provar a mim mesmo e aos outros que posso entrar. Talvez eu possa me inscrever só porque a faculdade oferece oportunidades incríveis. Há as outras escolas para as quais estou prestando também, e sempre posso analisar opções e pensar sobre tirar um ano sabático. Em algum momento terei que decidir o que quero fazer, mas, até lá, tudo bem manter minhas opções disponíveis.

De qualquer maneira, sei que precisarei fazer muitos outros autorretratos para minhas inscrições e para a galeria do fim do verão. Pensar no portfólio costumava me dar ansiedade, estresse, mas agora, estou apenas animado.

Focar em mim mesmo.

No meio da aula de pintura acrílica, estou lavando alguns pincéis na pia manchada de tinta quando Leah aparece ao meu lado.

— Ei, Felix — ela diz com um sorriso.

Eu conheço esse sorriso. É o tipo de sorriso que você dá a alguém quando tem uma notícia ruim. Ela se encosta na bancada e morde o lábio, olhando ao redor para se certificar de que ninguém está perto o suficiente para ouvir.

— Então, conferi o celular da Marisol.

FELIX PARA SEMPRE

Não encontro seu olhar. Já sei o que ela vai dizer.

— Deixe-me adivinhar. Nada, né?

Ela solta um suspiro.

— Desculpa. Eu realmente achei que haveria algo nas mensagens de texto, pelo menos...

— Tudo bem, Leah — digo, fechando a torneira. — Encontrar seja lá quem esteve por trás da galeria era improvável mesmo. Eu fico muito agradecido por você tentar me ajudar.

— Espera — ela diz —, espera aí. Ainda tem mais gente que eu posso conferir.

Balanço a cabeça.

— Não sei. Tenho tentado focar mais em mim mesmo e sinto que é hora de apenas seguir em frente.

— Só seguir em frente? — ela repete.

Eu dou de ombros.

— Sim. Fico muito grato pela ajuda. Sério, obrigado. Mas não sei mais se vale a pena.

Ela está sacudindo a cabeça.

— Tá bom. Tipo, a decisão é sua.

Começo a me afastar da pia, mas Leah abre a boca, como se ela tivesse algo mais a dizer. Quando eu pauso, ela encontra dificuldades em me olhar nos olhos.

— Eu estava pensando... Ainda podemos, não sei, conversar e andar juntos e tal?

Leah parece tão sincera agora que não consigo evitar um sorriso.

— Sim. Sim, eu gostaria muito disso.

Passei a aula inteira de pintura acrílica evitando de propósito olhar para Ezra ou Declan, mal falando com qualquer pessoa, apenas trabalhando nas minhas pinturas, então fico chocado quando Declan vem até mim alguns minutos antes do sinal do almoço.

— Podemos conversar?

Nós saímos para o corredor. Minhas mãos estão cobertas por manchas de cor e um pouco de tinta foi parar no meu short também. Não sei por que isso me deixa envergonhado. Eu escondo as mãos atrás das costas, encarando o piso de madeira. Declan cruza os braços e se encosta na parede.

Meus nervos estão em chamas. Olho para Declan duas vezes, mas ele ainda não fala, apenas me encara. Talvez essa seja a sua punição para mim, sabendo que vai me deixar louco só ficar em pé ali sem dizer uma palavra.

— Desculpa — digo, minha voz falhando. Limpo a garganta e tento de novo. — Eu sinto muito mesmo, Declan.

Ele finalmente pisca os olhos. Se desencosta da parede, mas mantém os braços cruzados.

— Estou tão puto com você.

— Eu sei.

— Você mentiu para mim.

— Eu sei. Desculpa.

— Você só queria que eu parecesse estúpido? — ele pergunta. — Era isso que você queria?

— Não. Cristo.

— Por que você fez aquilo? — ele pergunta. — Não aquela merda com a galeria — ele corta, antes que eu possa dizer qualquer coisa. — Mesmo depois que você soube que eu não tive nada a ver com aquilo. Conversar sobre... todas as coisas pessoais que conversamos. Deixar que eu te contasse que eu... — Ele fecha os olhos por uma fração de segundo, abaixando a voz. — Deixar que eu te contasse que te amo. Qual era o objetivo disso?

Mordo o lábio.

— Eu gostava de conversar com você — digo a ele. — Ainda gosto. Sinto sua falta. Sinta falta de ouvir sua voz...

— Não sei se posso acreditar em você. E se você ainda estiver zoando comigo agora?

— Não estou.

Ele está franzindo a testa, me observando com atenção.

— E o Ezra?

Seu nome dispara um choque em mim.

— Ezra? — ecoo.

— Ele está apaixonado por você — ele me diz. — Eu te contei isso. A pessoa que você beijou... foi ele?

Eu me forço a assentir.

— Sim, foi ele.

Ele leva mais tempo para falar dessa vez.

— Você sente alguma coisa por ele também?

Eu hesito. Não posso mentir para o Declan de novo. Não tenho certeza sobre o que sinto por Ezra, mas, por mais que tenha sentido saudade de Declan, senti mais aindade Ezra. Há tanto que eu gostaria de dizer a ele e, mesmo agora, a memória daquele beijo me incendeia.

— Não importa — digo a Declan. — Ezra não quer nada comigo, então...

Ele respira fundo.

— Quer almoçar comigo?

Ergo o olhar e ele está me observando de novo, mas há uma fagulha de alguma coisa que nunca esperei ver em seu rosto. Alguma coisa além de ódio e condescendência. Há afeto. Talvez até mesmo um anseio.

— Sim — digo, assentindo. — Sim, eu adoraria.

Eu me sinto exposto quando o sinal do almoço toca e todo mundo caminha para fora. Declan e eu andamos juntos, para fora do prédio e cruzando o estacionamento. Não sei se é coisa da minha cabeça, mas sinto que estamos atraindo muitos olhares — sim, definitivamente James e Marc nos observam do seu lugar ao lado da parede de tijolos — e realmente, eu não poderia culpar ninguém por encarar. Todo mundo sabe que Declan e eu nos odiamos... ou deveríamos nos odiar, pelo menos. Nós brigamos sempre que podemos. Então por que agora estamos caminhando lado a lado como se fôssemos amigos, mesmo que seja num silêncio totalmente desconfortável? É apenas quando o olhar de Ezra me nota sob a sombra de uma árvore, falando com Leah, que eu queria para cacete que tivéssemos pensado melhor sobre isso.

— Você já não está se arrependendo de andar comigo, né?

Olho para Declan. Ele tem uma sobrancelha erguida, desviando o olhar de onde Ezra está.

Eu balanço a cabeça rápido.

— Não. Não, nem um pouco.

White Castle está cheio como sempre, lotado de alunos da St. Cat's e hipsters do Brooklyn que vestem macacão, Crocs e capacetes de bicicleta. Eu e Declan entramos na fila sem falar nada, e eu me contenho de ficar me mexendo enquanto tento pensar numa conversa casual que poderia tornar essa experiência pelo menos dez por cento menos desconfortável... mas nada me vem à mente, e Declan apenas fica em pé e espera pacientemente com seus braços cruzados, como se ele não se sentisse nem um pouco desconfortável, como se ele não ligasse nem um pouco por estar em pé aqui ao meu lado — eu sendo *eu* pela primeira vez, e não o Lucky.

Nós dois pegamos *cheeseburgers* e os levamos para fora, sentamos no meio-fio, comemos em silêncio por alguns minutos. Os cachos castanhos de Declan voam na brisa, e ele os afasta enquanto semicerra os olhos para os estudantes da St. Cat's que passam olhando para nós, levantando as mãos para dizer ois sorridentes.

— Quanto mais eu pensava — ele diz de repente e eu viro a cabeça para ele tão rápido que é um milagre meu pescoço não quebrar —, mais eu via como era óbvio. Tipo, todos os sinais estavam ali. Você estudava na St. Cat's. As coisas que você dizia sobre arte são o tipo de coisa que você diria na aula de pintura acrílica também. Tudo que você me contou sobre você, sobre suas identidades. E você estava agindo estranho pra cacete.

— Eu não estava agindo *tão* estranho assim.

— Você estava estranho pra caralho, cara, sempre me encarando e de repente tentando iniciar conversas do nada. E aí tem o fato de que você estava tão curioso sobre mim e Ezra. Eu tinha até medo de que você pudesse *ser* o Ezra, mas acho que uma parte de mim também tinha um pouco de esperança de que fosse o Ezra.

— Você tinha esperança de que eu fosse o Ezra?

Não sei bem como me sentir em relação a isso.

— De certo modo, sim — ele diz. — Não que eu estivesse desesperado que fosse ele ou algo assim, mas eu tinha saudade do Ezra às vezes. Sentia sua falta também.

O calor se espalha em mim. Eu quero perguntar por que ele foi tão babaca conosco na época. Por que não continuar nosso amigo? Mas eu me lembro do que ele contou.

— Quando estávamos conversando — eu começo —, e você disse que terminou com Ez porque ele estava apaixonado por mim...

— Eu me senti meio traído. Com ciúmes. Era mais fácil terminar com ele e não lidar com um inevitável coração partido. Além do mais, eu estava lidando com toda aquela merda com meu pai, ele me renegan-

FELIX PARA SEMPRE

do, meu avô e eu estávamos tentando resolver toda a burocracia para ele se tornar meu guardião legal, então tinha muita coisa acontecendo, de qualquer maneira.

— Eu sinto muito mesmo por isso — digo a ele, minha voz baixa. — Eu não fazia ideia do que havia acontecido.

— Eu sei. Não contei a vocês sobre isso.

— Por que não?

— Eu não queria que sentissem pena de mim.

— Não há problema em poder contar com seus amigos de vez em quando.

— Obrigado pela água com açúcar.

Solto uma risada pelo nariz e reviro os olhos.

— É bom saber que você ainda consegue ser babaca.

— Acho que *você* não pode mais me chamar de babaca agora — ele diz com mais veneno do que eu esperava.

Ele tira os cachos dos olhos de novo, piscando sob a luz do sol.

— Você está certo — digo. — Desculpa. Desculpa mesmo. Foi essa bagunça que saiu do controle e então eu comecei a... sabe, ter sentimentos por você e eu não sabia o que fazer, então continuei. Eu deveria ter parado. Deveria ter contado a verdade.

Ele não diz nada por um longo período. Quando ele fala, ele se inclina para trás se apoiando sobre as mãos.

— A pista mais óbvia foi a sua voz. Eu sabia que era familiar, mas nunca fiz a conexão. Talvez eu não quisesse. Não sei.

— Você ficou decepcionado que era eu? — pergunto a ele.

Sei que estou implorando por um insulto, para ele me machucar, mas não consigo evitar. Preciso saber.

Declan me observa por um momento, sem falar, apenas me olhando e, enquanto me olha, eu me lembro das conversas que tivemos. Como ele disse que queria me conhecer, ter a chance de me beijar. A vergonha se acende, mas há o medo também. E se eu estivesse certo? E se ele não estivesse mais interessado em mim?

Ele finalmente fala.

— Eu não fiquei decepcionado — ele diz. — Fiquei surpreso. Eu só nunca imaginei que seria você. Levei um tempinho para me acostumar com a informação, e quanto mais eu pensava, mais fazia sentido. Quanto mais eu... — Ele não termina a frase, e sua expressão se torna mais pesada.

O anseio que eu havia visto mais cedo está de volta. Sinto-me aquecido de dentro para fora.

Ele tensiona o maxilar e engole, desviando o olhar.

— Vou voltar para a casa do meu avô nesse fim de semana — ele me diz. — Em Beacon.

Sou pego de surpresa pela mudança repentina de tópico.

— Ok — digo.

— Quer vir comigo? — ele pergunta.

— Ir com você? — digo. — Para Beacon?

Ele espera, ainda me observando com aquela mesma expressão, só que agora ela se transformou, só um pouco, de volta para a expressão que eu estou mais acostumado a ver em Declan. Um pouco de aço. Proteção, armadura, eu percebo, contra a possibilidade de eu machucá-lo outra vez. Começo a ouvir a voz do meu pai na minha cabeça. É mais fácil, às vezes, amar quando você sabe que é um amor que você não pode ter. E se isso não for saudável, para nenhum de nós dois?

Mas ainda assim, mesmo que eu não tenha certeza sobre isso, não quero arriscar perder o Declan — não de novo. Aceno que sim com a cabeça.

— Sim. Sim, eu adoraria ir pra Beacon.

Vinte e dois

Eu morei na cidade de Nova York a minha vida inteira, mas nunca, nem uma vez, fui para o norte do estado. Eu não faço ideia do que esperar.

Encontro com Declan na estação Grand Central com uma mochila de roupas na tarde de sábado, sob o teto azul marinho de estrelas douradas. É esquisito para cacete. Nós nunca conversamos de verdade a não ser por telefone e aquele almoço no White Castle, então agora posso ver que nós dois estamos tentando descobrir como fazer essa coisa nova cara a cara funcionar. Jogamos conversa fora primeiro. Como foi chegar até a Grand Central? Tomara que não chova, tem acontecido algumas tempestades na região ultimamente.

Entramos no trem e nos sentamos, deixando as mochilas no assento vazio entre nós. Quando o trem sai dos túneis subterrâneos, olho pela janela enquanto os sobrados de tijolos dão lugar ao verde — grama, campos, e então finalmente o rio, reluzindo azul sob a luz do sol. É lindo. Queria que Ezra estivesse aqui para ver isso comigo.

— E você cresceu aqui? — pergunto, olhando de relance para Declan sobre meu ombro.

— Até os dez anos — ele diz. — Foi quando meu pai comprou um apartamento na cidade.

Seus olhos estão embaçados e, de repente, eu só quero pegar em sua mão, saber qual é a sensação de tocá-lo. Eu deixo minha mão deslizar sobre a dele, e ele se retrai antes de enlaçar os dedos nos meus, encarando nossas mãos juntas. Ele sorri de leve.

— Eu ficava imaginando como seria segurar sua mão, se eu pudesse algum dia saber quem você era. Se tivesse a chance de te conhecer.

Ele acaricia os nós dos meus dedos com o polegar. Mesmo que tenha sido eu a iniciar o gesto, ter sua mão na minha, essa proximidade, agora me deixa nervoso.

— É tudo que você desejou?

Ele ergue o olhar — primeiro para meus lábios, então meus olhos.

— Quase.

Começo a me inclinar para a frente um pouco sem nem mesmo pensar nisso, lembrando-me de como foi bom beijar Ezra, mas Declan balança a cabeça e larga minha mão.

— Aqui não. Nem todo mundo tem a cabeça aberta igual na cidade.

Ele volta a olhar pela janela, então eu faço o mesmo, mas quanto mais ficamos sentados ali em silêncio, mais o calor se intensifica em mim. Quero tocá-lo. Quero beijá-lo, do mesmo modo que beijei Ezra. Essa sensação aumenta em mim até que parece existir uma tempestade aqui dentro. Não consigo pensar em mais nada.

O trem acompanha o rio, até que finalmente estamos na parada de Beacon. Uma nuvem cinza e esparsa se movimenta pelo do céu, borrifando com um chuvisco enquanto nos apressamos para o estacionamento vazio, e Declan aponta para uma BMW antiga, do tipo que pode ter sido popular nos anos setenta. Um homem com cabelos brancos e ombros caídos aguarda na chuva, fumando um cigarro. Ele abre um sorriso largo para Declan conforme nos aproximamos. Eles se abraçam, e não sei por que, mas o rosto dele... é tão familiar. Sinto que já o conheci antes.

Declan se afasta, gesticulando para uma apresentação breve — é óbvio que ele só quer sair da chuva e entrar no carro — mas o homem, seu avô, olha para mim com um sorriso, então inclina a cabeça.

— Ah! — ele diz. — Você!

Eu pisco os olhos. Declan pisca os olhos.

— Você — o avô de Declan diz mais uma vez, com mais ênfase ainda. — Você é o rapaz que conheci no trem. Você se lembra, não é? Você estava com seu amigo, e eu contei a vocês sobre meu neto. Esse — ele diz, virando a mão para Declan — é o meu neto.

Meus olhos se arregalam com a lembrança. Estava com o Ezra nesse dia. Eu estava irritado que esse homem não parava de nos encarar, mas então do nada ele nos contou sobre seu neto que havia se assumido para ele e sua esposa...

O avô de Declan parece se lembrar de que eu estava com outro garoto também, mas ele não diz nada sobre isso, apenas me dá um sorriso astuto.

— Tá vendo? — ele diz. — Eu te disse, você iria gostar do meu neto.

Nós deslizamos para o banco de trás do carro, o interior cheirando a couro e colônia, e o avô de Declan — seu nome é Tully, ele me diz — estende a mão para Declan e bagunça seu cabelo cacheado com um sorriso, perguntando como foi a semana, antes de partirmos.

É tão estranho, estar fora da cidade. Não há sobrados, nenhum arranha-céu, apenas árvores e montanhas verdes no horizonte e o infinito céu azul.

— É louco, né? — Declan diz com um sorriso, como se ele soubesse que havia praticamente lido meus pensamentos. — Eu preciso me readaptar toda vez que saio da cidade.

Entramos num bairro onde as casas vão ficando cada vez maiores, até que finalmente há apenas uma mansão a cada poucos minutos. Declan está se esforçando para não olhar para mim. Seu avô vira à esquerda, numa entrada pavimentada escondida discretamente por arbustos e árvores, levando-nos por uma pequena encosta, até que as folhas dão lugar a uma casa azul de dois andares com um caminho de cascalho. Eu me lembro do que Declan havia me contado. Seu avô tinha oferecido vender a casa, para ajudar a pagar pelo futuro de Declan, mas Declan recusou.

O carro para. Eu e Declan saímos, o ruído do cascalho sob nossos tênis. Nós três entramos. A porta está destrancada. Sapatos são empilhados com cuidado na entrada, ao lado de um cabideiro. Em cima de uma mesinha antiga há uma placa com o nome dessa casa: A Cabeça do Porco. Nunca estive numa casa que tem um nome.

Tully diz que tem algumas leituras a fazer antes de piscar para Declan com um sorriso, e é um pouco constrangedor como é óbvio que ele só quer dar a mim e a Declan um tempo para ficarmos a sós. Declan parece não se importar. Ele me leva para conhecer a casa: uma cozinha profissional gigantesca de mármore branco e aço inoxidável com um canto para comer, a biblioteca com uma mesa gigantesca de carvalho e várias prateleiras de livros, o salão e a sala de estar mais casual com uma tv de tela plana enorme, a sala de jantar com seus jogos americanos e velas, o quarto de

FELIX PARA SEMPRE

hóspedes onde eu dormirei, com seu próprio banheiro privativo e uma gigantesca banheira com pés.

Esse tipo de riqueza me lembra da cobertura da Park Avenue onde Ezra e seus pais moram. Tive tanta raiva de Ez, com inveja, raiva de ele estar encarando seu privilégio como algo dado, quando ele apenas queria compartilhar seus medos e vulnerabilidades comigo, e quando ele só precisava do meu apoio. Eu não fazia ideia de como tinha sorte por tê-lo em minha vida. O quando eu sentiria sua falta, se ele decidisse que não me queria mais como parte da svida dele. A pergunta que continuo tentando evitar — *como eu me sinto em relação ao Ezra?* — permanece na minha mente, mesmo quando eu tento afastá-la.

Declan e eu paramos no quarto de hóspedes. A riqueza dessa casa é um pouco intimidadora, e eu quase tenho medo de sair andando ou tocar em qualquer coisa, mas Declan não parece esnobe com tudo isso. Largo a mochila no chão do quarto de hóspedes e Declan se demora, encostado na soleira da porta.

— Eu me sinto mal de estar atrapalhando o seu tempo com seu avô.

Ele dá de ombros.

— Tudo bem. Vamos encontrá-lo para jantar.

Aceno com a cabeça, me sentando na beira da cama. Não consigo deixar de ter sentimentos por Declan. É complicado, e não é bonito, e... não sei, talvez os sentimentos que temos um pelo outro não sejam muito saudáveis, mas nada disso muda o fato de que quero beijá-lo agora.

Declan sorri um pouco, e percebo que ele está fazendo isso de propósito. O babaca sabe que quero beijá-lo. Ele está ali em pé, esperando, me desafiando. Eu me levanto, vou até ele, e tento me inclinar de novo, como fiz mais cedo no trem, mas ele vira o rosto para o lado.

Ignoro a fagulha de dor.

— Não precisamos nos preocupar com outras pessoas aqui — digo a ele.

— Verdade — ele diz —, mas eu não posso ficar me pegando com os hóspedes. É uma regra da casa.

— Mesmo?

Ele me dá outro sorriso de canto de boca.

— Além do mais — ele me diz —, dar o troco é divertido.

— Troco?

Quando ele apenas abre um sorriso para mim, pergunto:

— Quando vai parar de me punir?

— Não tenho certeza — ele diz, o olhar repousando em minha boca de novo. Ele se desencosta da soleira da porta. — Vamos para a piscina.

É claro que há uma piscina. Fecho a porta e troco de roupa, colocando o short, antes de caminhar pela casa, me perder pela biblioteca e pela cozinha, voltar pelo caminho até a sala de jantar e pelo corredor, onde há um hall de entrada e um par de portas de vidro. Posso ver Declan nadando na piscina azul gelo. Ele vem à superfície, jogando o cabelo para trás e longe do rosto. Ele me olha quando eu piso do lado de fora, então me observa de novo.

Ah. Minhas cicatrizes. Sinto um arrependimento repentino de não ter vestido uma regata, mas nunca tive vontade de esconder minhas cicatrizes antes. Por que deveria me envergonhar delas quando estou perto de Declan?

— Oi — ele diz, semicerrando os olhos para mim.

— Oi.

Eu me sento na beirada da piscina, colocando os pés na água, e ele sai apoiando-se nos braços, se sentando ao meu lado e jogando água sobre a alvenaria que rodeia a piscina.

— Quando você fez a cirurgia? — ele pergunta, a voz baixa, inclinando-se na minha direção até que nossos ombros se tocam. As gotas de água em sua pele são frias.

— Quase um ano atrás — sussurro.

— Tudo bem se eu...? — Ele estende a mão, encostando de leve os nós dos dedos sobre minha barriga, minhas costelas.

Aceno que sim com a cabeça, e ele deixa os dedos deslizarem sobre as cicatrizes, seguindo as linhas. Fico tenso, e ele olha de relance para mim sob os cílios. Eu me aproximo, perto o suficiente para sentir sua respiração nos meus lábios, e ele me empurra — eu solto um grito antes de cair na água, o cloro subindo pelo nariz e entrando nos olhos. Eu me engasgo, emergindo da água, e Declan está se *acabando de gargalhar*. Jogo água nele, e ele ri de novo, então grita quando eu agarro seu pé e o arrasto para a água também.

Nós passamos horas assim, zoando na piscina, até que o sol começa a se pôr e vagalumes pontilham a grama e o jardim. Quando nos cansamos, ficamos deitados no concreto quente. É num momento como esse que não consigo não pensar em quanta coisa mudou e como foi rápido, o quanto eu odiava Declan, e agora acho que posso estar apaixonado por ele. É algo que eu quis por tanto tempo, ter o sobrenome Love, e realmente saber a sensação de amar e ser amado. É tudo que sempre quis... Então por que parece que está faltando alguma coisa?

— Isso é tudo meio louco, né? — Declan diz. — Cinco anos atrás, nunca em um milhão de anos eu teria imaginado que poderia estar com alguém como você aqui, totalmente aberto sobre tudo. — Ele dá de ombros, sem olhar para mim. — Meu pai é super católico. Eu costumava ter esperança de que ele fosse, que poderia me aceitar, porque eu era seu filho. E então eu ria de mim mesmo. Tipo, isso não é arrogante pra cacete? Esperar que meu pai me ame mais do que ele ama Deus.

Não sou religioso. Não sei como Declan se sente.

— Mas é possível que ele ame você e Deus, certo?

— Eu esperava que sim. — Ele revira os olhos. — Até tentei escrever uma redação pro meu pai sobre como não teria problema ele aceitar o fato de que eu gosto de rapazes. Fiz essa coisa toda, explicando que pessoas brancas já usaram a Bíblia para justificar a escravidão, esperando que isso o fizesse entender que... você sabe, é mais sobre interpretação, e os modos pelos quais as pessoas escolhem usar a Bíblia como uma desculpa para tratar os outros como lixo. Eu tinha esperança de que isso mudaria sua cabeça, já que minha mãe é negra, mas não adiantou nada. Ele nem me disse se leu o texto ou não. E minha mãe — eu a amo, mas ela só faz qualquer merda que meu pai quer. Ele é manipulador e abusivo pra caralho, e a convenceu a me expulsar de casa também. Isso na verdade doeu mais do que qualquer outra coisa. O fato de que ela sequer tentou lutar por mim. Ela só o seguiu, deixou ele me dizer para ir embora.

A voz de Declan falha um pouco, e antes que eu possa olhar para seus olhos para ver se ele está chorando, ele está esfregando-os furiosamente, sem encontrar meu olhar.

— Sinto muito, Declan — digo a ele. — Sinto muito, muito mesmo.

Ele sacode a cabeça e passa a mão em seus cachos molhados, mais escuros com a água.

— Não é culpa sua. E estou melhor agora, afinal, sabe? Tenho sorte de ter meu avô. Nem todo mundo tem isso.

Uma brisa gelada nos manda de volta para dentro, e assim que pisamos no hall de entrada, a voz de Tully chama, avisando que é quase hora do jantar.

Merda. De repente fico nervoso de estar prestes a jantar numa mansão. Não trouxe nenhuma camisa chique ou algo assim, então visto minha camiseta com estampa floral, que está menos amassada, e os mesmos shorts e caminho pelo corredor até a sala de jantar, onde Declan e seu avô já estão esperando. Tully adora abraços. Ele abraça nós dois e gesticula para que nos sentemos e comecemos a comer.

Nos sentamos. Há pão fresco, salada de couve com vinagrete balsâmico, macarrão com pesto e queijo parmesão.

— Eu costumava cozinhar por diversão — Tully explica. — Agora que fico sozinho aqui na maior parte do tempo, não cozinho tanto mais.

Ele nos dá vinho e faz perguntas. Como eu conheci seu neto? Como é a St. Catherine's? Qual faculdade eu penso em fazer? Hesito, olhando de relance para Declan, que respira fundo e desvia o olhar. Isso é uma coisa da qual não conversamos muito. Nós dois ainda vamos nos inscrever para a Brown. Ainda vamos atrás da mesma bolsa de estudos. Eu sei que o avô de Declan é aposentado, e de acordo com Declan, mal se sustenta com suas economias. Ele ofereceu vender a casa para ajudar a pagar pelas despesas universitárias de Declan, mas Declan não o deixou. Consigo entender isso. Eu provavelmente teria feito a mesma coisa.

Declan limpa a garganta.

— Dá um sossego no interrogatório do Felix — ele diz.

— Preciso saber se esse garoto é bom o suficiente para você — ele diz, mas percebe o toque e começa a nos contar sobre sua vida crescendo em Dublin, nadando no lago, se apaixonando pela primeira vez.

— Isso foi muitos, muitos anos antes da sua avó — ele diz a Declan. — O nome dela era Kathleen. Eu a amava, a amava mais do que eu já amei antes. Sim, até mais do que a sua avó. Ah, não olhe assim para mim. Kathleen foi o amor da minha vida. Não há vergonha em dizer isso. Havia um fogo que nunca senti de novo. Um fogo que nunca sentirei de novo. Mas, só porque nos amávamos, isso não significa que fomos feitos um para o outro. Nós brigávamos tanto quanto nós...

— Por favor — Declan interrompe. — Por favor, não diga.

—...fazíamos amor — diz seu avô, como se Declan não tivesse falado nada, e o ignora quando Declan esconde o rosto nas mãos. — Nos amávamos tanto, mas não fomos feitos para estar num relacionamento. E, só porque você ama alguém, não significa que você não pode amar outra pessoa. Não é mesmo? — ele nos pergunta, e não exige uma resposta quando nenhum de nós responde.

Quando terminamos de comer, estamos todos bem embriagados e sonolentos e prontos para dormir. Tully dá um beijo e um longo abraço em Declan. Ele sussurra alguma coisa no ouvido de Declan, batendo de leve na sua bochecha antes de vir até mim e me dar um abraço também. Ele tem a pele quente e cheira a pimenta.

— Trate bem o meu garoto — diz, batendo de leve em minha bochecha também, com um sorriso, antes de nos desejar boa noite, deixando-nos sozinhos na sala de jantar.

Percebo que os olhos de Declan estão molhados. Ele os enxuga com os ombros.

— Você está bem?

Ele assente.

— Sim. Ele só é um bom avô, sabe?

Declan me acompanha até meu quarto, passando pelo corredor de mogno, os painéis de madeira frios sob meus pés. Em vez de se encostar na soleira da porta do quarto de hóspedes como fez antes, ele entra no quarto, sentando-se na cama ao meu lado.

— Obrigado por me convidar para cá — digo a ele. — Acho que eu precisava de um tempo longe da cidade e nem percebi. A cidade e... — Eu quase digo o nome de Ezra.

Mas aparentemente não preciso nem dizer.

— Percebi que vocês dois não estão se falando — Declan diz.

— É. Bem, as coisas estão esquisitas.

— Porque vocês se beijaram? — ele pergunta com a voz baixa.

Aceno com a cabeça, sentindo-me culpado. Mesmo que nós não tenhamos dito que estamos juntos, nem que temos exclusividade um com o outro, posso ver que Declan está magoado, que se sente traído. É como se tudo que fiz, até mesmo antes de ele contar que me ama, causasse dor nele.

— As coisas não estão muito boas entre a gente agora.

— Não posso dizer que me sinto mal por isso — Declan me diz. — É um pouco difícil, acho, não sentir ciúmes.

— Não estamos juntos — eu falo. — Eu e Ezra, quero dizer.

— Não, mas ele te ama — Declan diz.

Ele me observa, como se estivesse esperando que eu concordasse com ele, admitisse que tenho sentimentos por Ezra também. Mas não tenho certeza se consigo, não tenho certeza do que sinto. Quero dizer, eu amo o Ezra, é claro que amo o Ezra, mas será que o amo como amigo ou como algo diferente?

— Acho que o que seu avô disse pode ser verdade.

— Você quer mesmo falar sobre o meu avô agora? — Declan pergunta.

Ele está me observando de novo. Eu nunca vi alguém olhar para mim assim, tão descarado, tão confiante, como se ele não se importasse nem um pouco que eu saiba que ele me quer, como se ele quase risse de mim por saber que o quero também.

— Só estou dizendo — sussurro. — Acho que é possível estar apaixonado por mais de uma pessoa, e se mesmo que você ame alguém, talvez aquela não seja a pessoa para você.

Ele não está ouvindo, não de verdade.

— É isso que você sente? — ele pergunta. — Que está apaixonado por mim?

Ele está esperando por mim. Eu me inclino para a frente, quase esperando que ele me empurre de novo com outra risada, mas o canto de sua boca apenas se mexe. Eu me lembro do que Ezra havia dito — suave, gentil, não tão forte — e mal consigo respirar ao encontrar os lábios de Declan. Ele abre um sorriso para mim enquanto eu o beijo de novo, e de novo, até que estamos deitados na cama. Declan acaba em cima de mim, puxando nossas camisas para tirá-las, com a boca no meu pescoço, sobre a clavícula, minhas cicatrizes. Eu não cheguei tão longe assim com o Ezra, e meu nervosismo começa a acelerar.

— Devagar — digo a ele, envergonhado quando sai como um suspiro. — Devíamos ir mais devagar.

Ele assente, beijando minhas cicatrizes e pescoço e a boca de novo.

— Essa é a sua primeira vez?

— Minha primeira vez?

— Transando.

FELIX PARA SEMPRE

Estou surpreso. Não havia nem percebido que ele havia planejado ir longe assim essa noite.

— Tipo, sim, eu nunca... — Ele assente de novo, como se não fosse nada demais, mas eu começo a me preocupar. — Você já? Transou, digo?

Ele se ergue, surpreso.

— Bem, sim. Eu e Ezra...

Eu desvio o olhar.

— Ah.

— Não precisamos.

— Eu só acho que não estou pronto — digo a ele. Passaram-se apenas alguns dias desde o meu primeiro beijo.

— Ok.

— Quero dizer, eu quero, mas...

— É. Eu quero também. — Ele se senta, cruzando as pernas. — Você está nervoso porque... Quero dizer, eu pesquisei como fazer sexo com caras trans...

Jesus Cristo. Nós ainda nem falamos sobre o fato de que eu me identifico como um demigaroto agora.

— É, isso faz parte, mas eu quero dizer... Eu só não estou pronto.

— Sabe, você não precisa ter medo.

Fico com a expressão vazia. Eu o encaro, e ele me observa, ainda completamente tão descarado, tão confiante.

— Sinto que você está me pressionando.

Ele passa a mão pelos cabelos, as sobrancelhas erguidas.

— Ok. Desculpa. Não foi minha intenção te pressionar.

A compreensão me atinge de vez, junto com a raiva e uma vergonha ardente. Eu mal consigo dizer as palavras.

— Você me convidou aqui só para transar comigo?

— Não — ele diz, a voz um pouco alta. — Eu queria passar um tempo com você, e pensei que talvez você quisesse transar, então pesquisei como fazer sexo com caras trans e agora estamos aqui.

Ele respira fundo, desviando o olhar.

— A gente não precisa transar.

— Eu sei que não.

Ele sai da cama, pegando sua camisa do chão e vestindo-a de volta.

— Você faria sexo comigo se eu fosse o Ezra?

— Quê?

— Só estou pensando que talvez você tivesse mais interessado se eu fosse o Ezra.

Eu nem sei se isso é verdade, mas agora, eu meio que odeio o Declan.

— Você pode sair?

Ele congela.

— Ok. Merda. Desculpa. — Ele se senta de volta na cama, o mais longe possível de mim. — Desculpa mesmo, tá bom?

Balanço a cabeça.

— Eu não sei se estaria mais interessado ou não.

— Mas você o ama, não é?

— Não sei.

Mas é uma mentira, eu sei que é. Eu amo o Ezra, é claro que eu o amo, sempre amei, mesmo que eu estivesse com medo demais para enxergar isso. Também sei que isso, seja lá o que é *isso* entre mim e Declan, não vai funcionar. Nunca iria funcionar. Eu me lembro do que meu pai disse — que é mais fácil, às vezes, correr em direção à dor e ao tipo de amor que Declan e eu temos. Não é tão assustador. Pelo menos eu sempre soube como esse relacionamento iria terminar.

— O único motivo de você não estar com o Ezra agora é porque ele não está falando com você.

Declan pode estar certo. É isso que eu conto a ele e ele fecha os olhos.

— Isso tudo é muito zoado — ele me diz, inclinando-se para a frente sobre os joelhos. — Eu realmente amo você. Eu nunca me apaixonei por ninguém do mesmo jeito que me apaixonei por Lucky. E eu não queria acreditar que havia perdido você, que você só desapareceria da minha vida quando descobri que *você* era o Lucky, então decidi dar uma chance a isso, arriscar, e...

— Não vai dar certo.

Sei o que ele vai dizer, talvez porque seja algo que percebi mesmo antes de decidirmos tentar isso, antes de ele me convidar à casa do seu avô, mesmo no dia em que decidi que continuaria falando com Declan como Lucky. Eu sabia que não daria certo.

Ele balança a cabeça.

— Eu não tive a intenção de te pressionar. Desculpa. Eu só esperava que, talvez, se a gente transasse, eu sentiria que você me ama tanto quanto eu amo você... você como Lucky, digo, talvez até mais do que Ezra e... Foi babaquice. Desculpa.

Eu me retraio. *Amo você como Lucky.* Isso automaticamente sugere que ele não me ama como Felix. Mas eu não o culpo. Não posso sentir raiva dele.

— Desculpa — digo a ele, a voz embargada. — Eu zoei contigo. Manipulei você. Mesmo quando você começou a ter sentimentos por mim, eu só continuei. Eu não deveria ter mentido para você desse jeito. Desculpa, Declan. Eu sinto muito mesmo.

Estou começando a chorar, o que é absurdamente vergonhoso, mas não há nada sobre essa situação inteira que não seja vergonhoso a essa altura.

Declan está assentindo, engolindo, como se ele estivesse tentando se impedir de chorar também.

— O doido é que eu acho que ainda te amo — ele diz —, mas também não sei se algum dia serei capaz de te perdoar.

As palavras são como uma facada no meu peito.

Ele sorri um pouco para si mesmo.

— Acho que eu tinha esperança de que você viesse aqui, e eu conseguisse superar isso e te perdoar, e nós teríamos esse final mágico de conto de fadas.

Eu esperava que pudéssemos ter esse final mágico de conto de fadas também. Mas não — eu me dou conta de que é isso o que eu sempre disse a mim mesmo, mas não é isso que eu quero, não de verdade. Queria me apaixonar, mas eu não queria arriscar o tipo de amor que me preencheria com animação e alegria. Conheço esse amor. É o tipo de amor que sinto quando penso no Ezra, quando ele solta uma de suas risadas escandalosas e quando diz umas coisas bobas quando está chapado e quando ele me segura junto ao peito enquanto dormimos. Eu amo o Ezra. Eu o amo tanto que isso me assusta.

— Você acha que ainda podemos ser amigos? — sussurro para Declan. Porque, apesar de tudo, é difícil esquecer o cara com quem eu conversei por horas todo dia e toda noite. Eu não consigo amá-lo do modo que eu pensei que poderia, mas eu ainda me importo com ele.

— Deus, eu não faço ideia. Eu amo você — ele diz, assentindo —, mas eu também te odeio pra cacete nesse momento.

— Então não mudou muita coisa.

Ele solta uma risada curta. Um momento se passa, e eu sei que ele está pensando sobre sua resposta.

— Me dá um tempo, tudo bem?

— Sim. Tudo bem.

— Quem sabe, talvez a Brown acabe dando bolsas de estudo para nós dois, e iremos juntos.

Não há chances de isso acontecer. Nós dois sabemos disso.

— Isso seria incrível.

Ele está assentindo.

— Sabe, é tão zoado — ele me diz —, mas eu também me sinto um pouco grato. Nunca achei que me apaixonaria desse jeito. Agora eu sei que é possível. Mesmo que não seja por você, pelo Lucky, sei que me apaixonarei de novo.

Declan se inclina para a frente, esperando que eu o empurre de novo, então ele me beija na bochecha, afastando-se com um sorriso. Ele vai embora e, na manhã seguinte, Tully está esperando para me levar até a estação de trem. Não consigo nem olhar o avô de Declan nos olhos, e ele está de óculos escuros então é difícil decifrar o que pensa de mim agora.

— Brigaram, hein? — ele diz para mim enquanto eu entro no carro, fechando a porta atrás de mim com um baque.

Aceno com a cabeça, encarando as palmas das minhas mãos. Estou exausto. Depois de Declan sair do meu quarto ontem à noite, não dormi por um minuto sequer. Fiquei olhando para meu celular, abrindo e fechando as mensagens que mandei para Ezra. A última vez que escrevi alguma coisa sincera e vulnerável foi aquele e-mail para minha mãe, o qual ela ainda não respondeu dias depois. Estou com medo de que Ezra fará o mesmo.

Tully solta um suspiro.

— Amor jovem. O que mais há para dizer?

Vinte e três

A Parada do Orgulho LGBT é no último domingo de junho, daqui a apenas alguns dias. É incrível o quanto pode mudar num único mês. É nisso que estou pensando quando me sento na sala vazia da aula de fotografia com Leah. Aceitei a oferta dela de passar tempo junto e estou feliz por ter feito isso. É bom ter alguém para conversar, em vez de ficar choramingando por aí, pensando no fato de que eu perdi Ezra e Declan e não tenho outros amigos... e, além do mais, mesmo que eu tenha demorado um século para descobrir, Leah é legal para cacete.

— Você acha que vai se inscrever para a galeria de fim de verão? — ela pergunta.

— Sim. Eu estava pensando nisso, pelo menos.

— Você definitivamente deveria. Seus autorretratos são *incríveis*. Tipo, sério. Bons pra cacete, Felix. Todo mundo acha isso.

Posso sentir meu rosto se aquecendo.

— Sério?

A porta se abre, e nós dois viramos em nossos assentos. Austin está na entrada, espiando. Um disparo elétrico me percorre. A última vez que vi o Austin, ele ainda estava com Ezra. Agora só tenho visto o Austin do outro lado do estacionamento, andando com Tyler e Hazel e os outros, nosso não-relacionamento de volta ao modo como era antes.

Austin me vê, então hesita.

— Ah, desculpa, não reparei que tinha alguém aqui.

— Tudo bem. Entra — Leah diz, mordendo um pedaço do seu sanduíche de pasta de amendoim e geleia.

Austin não se mexe. Ele me olha de novo, então força um sorriso.

— Não. Sério. Eu vou só...

Leah franze a testa.

— Você ainda está esquisito por causa do Ezra? Quero dizer, tudo bem se estiver, mas...

— Não estou esquisito.

— Então entra e senta aí.

Austin suspira enquanto entra na sala de aula, fechando a porta atrás de si. Ele se arrasta para perto e arranha o piso com uma cadeira, sentando-se à mesa e pegando uma pizza de dentro de um saco de papel gorduroso.

— Você é tão mandona às vezes.

— É para isso que serve a família — Leah diz. Ela acrescenta: — Tudo bem se você se sentir esquisito por causa do Ezra.

— Estou bem. Decidi seguir em frente.

Eu definitivamente estou me sentindo um pouco mais do que desconfortável. Encaro meu copo de macarrão instantâneo e o vapor espiralado.

— Sinto muito que não tenha dado certo — digo a ele.

— Não sente não — ele murmura.

Olho para ele, surpreso.

— Austin! — Leah fica boquiaberta.

— Quê? Ele não sente. — Austin dá de ombros. — Agora ele tem o Ezra só para si. Eles estão apaixonados um pelo outro. Todo mundo sabe disso. Você mesma disse isso mais de uma vez.

O rosto de Leah fica avermelhado, e ela me olha de relance. É uma pergunta que eu mesmo não sei a resposta, que tem me causado confusão, mas quanto mais eu penso sobre isso, mais óbvia fica a resposta. Estou começando a me sentir um idiota desatento. Parece que todo mundo sabia exatamente como eu me sentia, mesmo antes de eu mesmo saber.

— Bem, não importa — digo, me recostando no assento e cruzando os braços —, porque ele me odeia agora. Ele nem olha para mim.

Ninguém fala por um segundo, até que Leah murmura que sente muito.

— Talvez as coisas ainda possam se acertar. A gente nunca sabe, né?

O almoço é desconfortável — não acho que teria como *não* ser desconfortável, comigo e Austin sentados um na frente do outro —, mas a conversa eventualmente ganha fôlego quando falamos sobre os últimos seriados de TV que maratonamos, quais filmes estamos ansiosos para ver, o que faremos durante o dia assim que o programa de verão acabar. Algum tempo atrás, não teria sido uma escolha difícil: eu passaria cada segundo de cada dia com o Ezra. Agora nem sei direito o que minha vida é sem ele. Terei que fazer muitas mudanças, muitas adaptações, mas não sei nem se quero isso. Eu o tenho visto nos corredores, do outro lado do estacionamento, em lados opostos da sala de aula. Ele sempre me ignora, e eu tenho medo demais de abordá-lo, de dizer a ele a verdade. Dizer que ele estava certo, sobre tudo. Dizer a ele que eu o amo.

— Austin — Leah diz —, você ainda vai naquele show da Ariana Grande no mês que vem?

Estou balançando os pés sob a mesa, eu congelo ao ouvir a palavra *grande*. Austin hesita. Ele encara a pizza de queijo que mal comeu.

— Ainda pensando em ir, sim.

— Minha mãe me deixou comprar ingresso também.

— Ok.

— Vai ser divertido ir junto, né?

— Jesus, você realmente não percebe quando uma pessoa não quer falar sobre algo, não é?

Leah se vira para mim com um sorriso.

— Ele está *envergonhado*, mas é obcecado pela Ariana Grande.

— Não sou obcecado. — Ele não me olha nos olhos.

— Você é um pouco obcecado. Não é nada para sentir vergonha. Tipo, ela é uma estrela, porra. Tudo bem ficar obcecado.

Austin não fala nada. Ele me olha de relance antes de desviar o olhar de novo. E, mesmo que eu esteja o encarando, mal posso olhar para ele. Tudo que posso ver são as mensagens de texto de grande-queen69. A raiva, o ódio que esse troll tinha por mim, a porra da galeria sobre mim e minhas fotos e meu nome morto, me deixando louco enquanto eu tentava descobrir quem era o babaca, se a pessoa estava na minha turma...

— Foi você — eu digo.

Leah olha para mim, assustada, então confusa.

— Desculpa, o quê?

Austin não olha para mim. Ele sabe exatamente do que estou falando.

Estou sacudindo a cabeça. A confusão, o choque, a raiva — tudo transborda e eu não consigo entender como estou me sentindo, nem como eu deveria reagir. Quero rir e chorar e gritar e me lançar sobre a mesa para encher ele de porrada, tudo ao mesmo tempo. Há apenas uma coisa que quero perguntar.

— Por quê? — Ele ainda não olha para mim. — Por que você fez isso?

A confusão de Leah está virando medo enquanto ela olha para nós dois, a compreensão aparecendo em seu rosto, apesar de parecer que ela está tendo dificuldade em acreditar nisso também.

Austin engole enquanto encara sua pizza.

— Por que caralhos você fez isso, Austin?

— Você não precisa gritar — ele murmura.

Fecho os olhos e respiro fundo para não surtar com ele. Se eu bater nele, serei expulso da St. Catherine's.

— Foi um erro — ele me diz. — Foi um erro. Isso é tudo.

— Foi um *erro* hackear meu Instagram e roubar a porra das minhas fotos e contar ao mundo inteiro o meu nome morto? E todas aquelas mensagens, a merda transfóbica que você me fez passar. Isso foi só um erro também?

Ele não diz nada.

— *Por quê?*

Isso é tudo que eu quero saber, a pergunta se repetindo várias vezes na minha cabeça.

Ele leva um segundo para responder. Quando ele fala, ele diz:

— Eu não sei por que a galeria causou tanto alvoroço. Eu pensei que você tinha orgulho de ser trans.

— Caralho, você tá falando sério?

— Você só pode estar de brincadeira — Leah diz. — *Você?* Foi *você*, Austin? Por favor, me diz que é brincadeira.

Minhas mãos estão fechadas com tanta força que elas estão tremendo.

— Eu *tenho* orgulho de ser trans. Mas essa merda era pessoal. Aquelas fotos. Meu *nome* antigo. Você não tinha direito de exibir isso. — Minha voz está aumentando de novo, mas eu não ligo. — Você não tinha minha permissão para fazer nada disso. Foi abusivo pra caralho. Foi uma porra de um ataque.

Austin engole e olha para baixo, os cabelos caindo no seu rosto. Ele tira algumas mechas e arruma atrás da orelha.

— Por favor me diz que você tá de brincadeira — Leah diz, sua voz marcada pelo desespero.

— Você me irritava pra cacete — Austin me diz. — Sabia?

— Como eu fiz isso?

— Eu queria falar com o Ezra — ele diz —, e parecia que eu nunca conseguiria uma chance de falar com ele sozinho. Você sempre estava com ele, e ele sempre estava bajulando você, e era uma merda, porque ele gosta de caras e você, você nem é...

Leah o interrompe.

— Não — ela diz. Seus olhos estão marejados, suas bochechas vermelhas. Ela está chorando. — Não se atreva a dizer isso, Austin.

Ele tem a decência de parecer envergonhado.

— Parecia injusto — ele diz. — Não é como se fosse fácil ser gay, mesmo no Brooklyn, mesmo em Nova York, e agora temos que lidar com pessoas como você tomando nossa identidade, tomando nosso espaço.

— Não consigo acreditar nisso — Leah diz.

— Pessoas trans não estão tomando nada — digo a ele.

— É por isso que você queria que eu te mostrasse meu programa de hacking? — Leah está sacudindo a cabeça, os olhos arregalados.

— E é irritante também — ele diz — ver você... não sei, enfiando na nossa cara que você é transgênero. Nem todo mundo pode ser assumido assim. Nem todo mundo pode sair do armário. Eu não posso. Meus pais não me aceitariam. Mas você fica exibindo isso toda oportunidade que tem.

— Não estou exibindo nada. Estou apenas existindo. Esse sou eu. Não posso me esconder. Não posso desaparecer. E, mesmo que eu pudesse, eu não quero, porra. Tenho o direito de estar aqui. Eu tenho o direito de existir.

Ele está encarando a mesa, ainda se recusando a erguer o olhar.

— Eu só tinha esperança de que o Ezra visse a galeria, se lembrasse de que você é transgênero, e então não ficasse mais interessado em você. Só isso.

— Se lembrasse de que eu sou transgênero e não ficasse mais interessado —repito. — Tipo, o quê, você acha que pessoas trans não podem ser amadas? Você está errado, Austin. Você sabe que está errado.

— Mas que inferno — Leah diz, sua voz ficando mais alta. — Sabe, Austin, o verdadeiro problema não é você ter ciúmes de Felix, ou ter sentimentos não correspondidos por Ezra. O quê, a propósito, nunca vai rolar, então supera essa porra. O problema de verdade é que você está tão acostumado a ter de tudo. Você está acostumado a ser um cara branco no Brooklyn, acostumado a sempre conseguir o que quer... Não, porra, eu não me importo que você seja gay, porque pessoas como o Felix são queer e trans e negras, e essas pessoas precisam lidar com tanta merda a mais do que eu ou você. E, beleza, sim, você é marginalizado por ser gay, mas, em vez de ser uma porra de um *aliado* a outras pessoas marginalizadas, pessoas ainda mais marginalizadas do que você, você acredita nas merdas racistas e patriarcais e age como se estivesse acima delas, porque você é um cara branco e você age como se elas estivessem tomando o seu espaço, e acha que você merece a porra do mundo inteiro e, quando você não consegue o que quer, você age como um babaca de merda e, por Deus, Austin, *puta merda!*

Ela está gritando agora. Sua voz ecoa através da sala, e estou surpreso que as pessoas não abriram a porta para ver o que está acontecendo. Austin está a encarando com os olhos arregalados, como se ela tivesse estendido a mão por cima da mesa e o estapeado na cara. Ele está chorando. Eu estou chorando. Todos nós estamos chorando.

— Desculpa — Austin sussurra, sua voz rouca.

Leah revira os olhos, enxugando-os.

— Isso não é suficiente. Pedir desculpa não é o suficiente.

Agora é que ele não consegue me olhar de jeito nenhum.

— Desculpa — ele diz de novo. — Não sei o que mais você quer que eu diga. Desculpa.

Deus, isso é tão errado, mas errado pra cacete vezes um milhão. Mas quanto mais eu fico sentado aqui em silêncio, observando Austin enquanto ele encara a mesa, mais a raiva que eu tenho se dissolve, deixando apenas um eco para trás. Sim, ele me machucou, e sim, a raiva ainda existe, mas agora está bem óbvio que Austin é simplesmente muito ignorante. Ele criou essa sua bolha de privilégio, onde ninguém além de pessoas como ele tem permissão de existir, e por causa disso ele não entende o mundo ao seu redor — não *quer* entender o mundo ao seu redor, porque é aterrorizante demais para ele, desafiador demais. Começo a sentir um pouco de pena de Austin. Penso no grupo de discussão sobre identidade de gênero, com Bex e as outras pessoas — Callen-Lorde e o

Centro LGBT e todos os tipos de pessoas diferentes, de gêneros, idades e raças diferentes, uma colcha de identidades que nos une a todos. As pessoas que ele nunca irá conhecer ou amar, ou com quem nunca poderá aprender. Mesmo que ele seja um cara branco e tenha muito mais privilégio do que eu, percebo que ele nunca poderá experimentar o mundo do modo como eu posso. Como posso ficar com raiva de alguém assim? Não quero essa raiva dentro de mim, me consumindo de dentro para fora.

Leah diz para ele, honestamente, que ela não faz ideia se eles podem superar isso, que ela nunca pensou que sua própria família faria algo assim, e Austin diz que ele sente muito, de novo e de novo. Realmente acredito que ele está arrependido, mesmo que seja só porque ele foi descoberto. Mas também sei que é minha escolha não aceitar a sua desculpa. Não o perdoar. Não tenho mais nada a dizer para ele. Eu me levanto, arrastando a cadeira para trás, e Leah me segue, segurando minha mão enquanto vou ao escritório da reitora Fletcher, exatamente como eu deveria ter feito desde o início.

Vinte e quatro

Hoje é a Parada do Orgulho LGBT. A última vez que eu fui à parada, eu não pude nem ver a parada em si, porque as ruas estavam tão lotadas, e havia uma muralha de corpos se erguendo na ponta dos pés e em cima dos ombros uns dos outros; pessoas celebrando e batendo palmas e soprando apitos a cada carro que passava. É tudo que eu odeio. É tudo que Ezra ama.

Leah me manda mensagem, perguntando se eu tenho certeza de que não quero ir. Ela tem planos de se encontrar com o Ezra. Ela disse que contou ao Ezra sobre Austin — agora todo mundo sabe, eu acho, já que Austin foi expulso da St. Catherine's. Ela diz que Ezra se sente responsável, de algum modo, pela galeria de Austin e sua trollagem; se sente culpado por não ter descoberto isso sozinho quando os dois estavam saindo.

Meu Deus, é claro que não é culpa dele.

Talvez você devesse ir à parada e dizer isso a ele você mesmo.

Ele não admite, mas tenho certeza de que ele sente sua falta.

A possibilidade de ver Ezra na parada me enche de nervosismo. Não, não só nervosismo. Medo explícito. A última vez que o vi foi quando ele disse que precisava de espaço depois da nossa briga enorme, e não nos falamos desde então. Eu amo Ezra. Eu sei que amo. Tem sido um entendimento mais lento, desde que Ezra me contou que tem sentimentos por mim, um entendimento de que eu provavelmente estou apaixonado pelo Ezra, pelo menos, desde que Ezra está apaixonado por mim. O tipo de amor que tenho por Ez... é o tipo de amor que me preenche tanto que eu não consigo parar de pensar nele. É o tipo de amor que me faz querer que eu pudesse tocá-lo, abraçá-lo, beijá-lo de novo. É o tipo de amor que parece que não sou apenas o Felix, e ele não é apenas o Ezra, mas estamos conectados de um jeito que eu nunca estive conectado com alguém antes, como se nossos espíritos tivessem de algum modo se misturado para criar um só e... Cacete, é o tipo de amor que é completamente aterrorizante.

Consigo me entender com um pouco mais de clareza agora. Estive com medo demais para me permitir amar o Ezra, mas estava disposto a aguentar Marisol. Disse a mim mesmo que queria que ela percebesse que mereço amor e respeito, mas sabia que ela nunca entenderia isso. Estava disposto a me permitir amar o Declan, sabendo que ele apenas amava a ideia de mim, que amava Lucky. Sabia que nosso relacionamento não iria funcionar, mas me deixei apaixonar por ele assim mesmo. Estava disposto a entrar em contato com minha mãe, sabendo que ela não me responderia. Ela ainda não respondeu, e eu sei que ela nunca responderá. É quase como se eu estivesse buscando a dor e a mágoa, porque era mais fácil conviver com a ideia de que, mesmo que eu quisesse amor, eu não era o tipo de pessoa que merecia ser amado.

Estou sentado de pernas cruzadas na sala de estar, na minha cadeira favorita, a Capitã encolhida no canto do assento. Meu pai está sentado no sofá com um livro de palavras cruzadas, a TV ligada em algum reality show que nenhum de nós dois está assistindo. Eu seguro meu *notebook*, passando o olho nos rascunhos de centenas de e-mails que havia escrito para minha mãe. Por que ainda escrevo esses e-mails para ela, mesmo sabendo que ela nunca vai me amar, não do jeito que eu preciso que ela me ame?

Eu clico em *selecionar todos*.

Eu hesito, pauso, então clico em *deletar*.

Há tantos que leva um segundo para meu *notebook* processar. Enquanto ele faz isso, posso ver os e-mails desaparecendo página por página, posso sentir um estalo. Algo que estive guardando no meu peito, raiva e mágoa e dor, começam a se dissipar. Não era raiva e mágoa e dor que eu tinha por minha mãe. Apesar de ter bastante disso também, era raiva e mágoa e dor que eu tinha por mim mesmo, por ter escrito todos esses e-mails em primeiro lugar, por ter me recusado a deixar isso para lá.

Seria também assim tão bom ir à parada como Leah sugeriu? Eu me imagino andando pelas ruas, encontrando um Ezra coberto de tinta arco--íris e glitter, dizendo a ele que sinto muito e que ele estava certo. Que eu o amo também. A ansiedade atormenta meu peito. E se ele não aceitar meu pedido de desculpa? E se ele me disser que não me ama mais?

Por Deus, o que infernos eu devo fazer?

— O que está acontecendo, filhote? — meu pai pergunta.

Levanto o olhar para meu pai, que está franzindo a testa para suas palavras cruzadas.

— Como assim?

— Você está muito quieto — ele diz, olhando de relance para mim. Eu não o respondo, provando seu ponto, acho. — As coisas ainda não estão bem com o Ezra?

É um pouco estranho como é fácil para meu pai ler a minha mente às vezes.

— Ainda não — admito. — Ele não fala comigo há mais de uma semana.

Nós costumávamos nos falar todo dia, múltiplas vezes ao dia — nós comíamos frango, bebíamos vinho, nos deitávamos abraçados no seu colchão, fumávamos maconha na saída de incêndio, corríamos pelos irrigadores no parque e cochilávamos na grama. Estou apaixonado por ele, mas, mesmo que ele não sinta mais a mesma coisa por mim, tenho muita saudade dele. A perda é uma dor física, uma câimbra na lateral do meu corpo.

— Você tentou falar com ele?

— Ele não responde minhas mensagens.

Ele não respondeu minhas mensagens, pelo menos, nos primeiros dias depois da nossa briga. Leah diz que ele quer pedir desculpas, mas está com muito medo e vergonha de falar comigo. Será que ele responderia minhas mensagens agora?

— Bem, brigas acontecem, e as pessoas seguem em frente, eventualmente — meu pai me diz. — Talvez ele só precise de um tempo para esfriar a cabeça.

Nós voltamos a ficar em silêncio. Eu não estava planejando dizer nada, não estava planejando contar nada a ele sobre minha identidade, não quando ele sequer diz meu nome, mal consegue lembrar dos meus pronomes corretos, mas as palavras estão saindo da minha boca antes que eu possa me dar conta de que estou falando.

— Eu fui ao Centro LGBT no outro dia — digo.

Ele não responde. Escreve alguma coisa nas palavras-cruzadas.

— Fui a um grupo de discussão sobre identidade de gênero.

— Ok — ele diz. Apaga, limpa a página com a mão.

— Foi uma discussão boa — digo a ele.

Estou apenas enrolando agora, incerto se quero mesmo continuar. De repente, sinto como se estivesse me assumindo de novo. E se ele achar que eu estou apenas confuso, ou inventando minha identidade? Não há muita gente que sabe da existência de demigarotos. Na primeira vez que contei ao meu pai que sou trans, ele não teve uma reação exatamente boa. Por que dessa vez seria diferente?

Eu me lembro do sorriso tranquilizador de Bex e, sei lá, talvez seja por ter lidado com as mensagens transfóbicas de Austin no último mês, mas agora, mais do que nunca, sinto a necessidade de ser verdadeiro sobre quem sou, de dizer a verdade ao meu pai.

— Enquanto eu estava lá, perguntei sobre meu gênero, porque nos últimos meses eu tenho questionado minha identidade.

Os olhos do meu pai se abrem com isso.

— Questionado? Você está questionando se é transgênero?

— Não, não, eu sei que sou trans — digo a ele.

Ele franze a testa, confuso, esperando.

— É só que teve algumas vezes, muitas vezes, acho, quando eu... Sei lá, sinto que posso não ser totalmente um cara. É um sentimento estranho de descrever, mas houve algumas vezes quando alguém me chama de garoto não me parece bem certo, mas não sinto que seja certo ser chamado de garota também, e... Não sei, é só um sentimento.

Meu pai balança a cabeça um pouco.

— Tá bom. Não tenho certeza se entendo.

A frustração cresce em mim.

— Você não entende muita coisa.

Ele se apruma, fechando o livro de palavras-cruzadas.

— Você está certo. Não entendo.

— Você não tenta entender também.

Ele se retrai com isso.

— Isso doeu.

Foco na orelha da Capitã, fazendo carinho de um jeito que ela dobra para frente e para trás.

— Estou tentando — ele me diz. — Estou tentando entender. Eu quero entender. Há muitas coisas que eu não sei e sou um pouco lento. Sei que estou demorando muito para compreender, e sei que tem sido frustrante para você, então me desculpa. Eu sinto muito mesmo. Desculpa se eu te machuquei. Desculpa se você acha que minha lentidão tem algo a ver com como eu me sinto em relação a você. Porque eu te amo, filhote. Nunca ache que eu não te amo.

— Se você me ama, por que você não diz meu nome? Meu nome de verdade?

Ele fecha a boca, engolindo. Então:

— Felix.

Ouvir meu nome com a voz do meu pai, saindo da boca do meu pai, é como um choque atravessando meu peito, meu coração, vibrando em mim.

— Eu tinha uma ideia de quem você era, de quem você deveria ser — meu pai diz. — E o seu nome era o último pedaço de você que eu não estava preparado para deixar ir embora, eu só não estava preparado.

Ele está assentindo.

— Mas eu sei que você é Felix. Seu nome é Felix.

Lágrimas estão se formando nos meus olhos. Eu os enxugo com rapidez.

— Desculpa. Isso é constrangedor.

— Felix — ele diz de novo, com um pequeno sorriso. — Combina com você. De verdade. Eu te amo. Não quero jamais que você pense que não amo. Vou admitir, num primeiro momento, tive dificuldade em entender isso tudo. Mas, sabe de uma coisa? Nunca te vi tão feliz. Sei que você está passando por dificuldades com o Ezra e tudo mais, mas eu nunca tinha te visto com essa luz interior. Você não era feliz, e agora você é, e isso é tudo que eu poderia desejar para você. Isso é tudo que eu poderia desejar. Você é feliz. E corajoso. Você tem sido tão corajoso, só de ser você mesmo, mesmo sabendo que o mundo não vai sempre aceitá-lo por ser quem você é. Você se recusa a ser qualquer coisa que não for você mesmo, não importa o que aconteça. Tomo isso como exemplo. Admiro isso.

Escondo o rosto dentro da camiseta para que ele não veja a bagunça. Parece que as lágrimas estão vazando dos meus poros. Sinto uma mão no meu ombro, um aperto.

— Se você nem sempre se sente como um garoto — meu pai diz —, você ainda é meu filho?

Puxo a camiseta para baixo. Meu pai está me observando com um nó entre as sobrancelhas, e posso ver que ele está nervoso sobre a pergunta, como se estivesse com medo de estar entendendo algo errado.

— Sim — digo, assentindo. — Sim, acho que sim.

Ele se senta de volta com um sorriso, pegando seu livro de palavras-cruzadas de novo.

— E as coisas vão se acertar com o Ezra — ele diz, sacudindo o lápis no ar. — Essas coisas sempre se acertam.

Eu pego a Capitã e a coloco no chão, me levanto da poltrona e espano os pelos de gato. Eu pego a mochila perto da porta.

— Vou sair.

— Ok — meu pai diz e, pelo seu tom convencido, tenho a sensação de que ele conseguiu ler minha mente de novo.

Mando mensagem para Leah enquanto ando rápido até o trem. **Estou indo para a parada.**

SIM SIM SIM**!! Estaremos na 14th e Greenwich.**

Não vou contar ao Ezra que você está vindo.

Por que não?

Deixa ser uma surpresa!

Tenho medo de que ela não esteja me contando a verdade inteira. Talvez, se ela disser a ele que estou indo, ele irá embora assim que descobrir. Tento afastar o medo enquanto corro pela rua, atravesso o sinal vermelho e me apresso pelas escadas do metrô a tempo de pegar o trem que se aproxima, pulando pelas portas antes que elas tenham a chance de se fechar na minha frente. Estou suando, respirando pesado, ignorando as pessoas que erguem suas sobrancelhas para mim.

Eu saio do trem na 14th. No subterrâneo, já consigo ouvir a música abafada, os gritos e risadas. Há pessoas indo para a parada, animadas e rindo com seus amigos; pessoas descendo as escadas voltando da parada, cobertas de suor e glitter. Quando emerjo da estação do metrô, sou recebido pela luz forte de verão e por uma multidão de corpos aos berros, glitter literalmente chovendo do céu. Meus olhos não conseguem absorver tudo rápido o suficiente. As pessoas estão pintadas nas cores do arco-íris, sacudindo bandeiras e dançando com a música que passa nos trios elétricos que se movem no centro da rua — e os trios, a renda e os babados e a banda estourando a música que sacode através do chão, trios com casais queer celebrando o matrimônio e tendo sua primeira dança, trios com crianças pequenas acenando com seus pais. As pessoas observam das varandas de seus apartamentos no alto, comemorando e sacudindo suas próprias bandeiras.

Deve haver centenas de milhares de pessoas aqui. Estou apenas pensando que não há chance alguma, nenhuma mesmo, de encontrar Leah e Ezra no meio disso, quando ouço um grito no meu ouvido. Eu me viro, e Leah se joga nos meus braços, quase nos fazendo cair no asfalto.

— Você tá aqui, você tá aqui, você tá aqui!

Ela está vestindo uma regata e short que mostram suas curvas, e seus cachos ruivos estão voando por todo lado.

— Tô muito feliz que você veio!

Estou tão nervoso que não consigo nem falar enquanto olho ao redor por um sinal de Ezra, mas eu percebo que o sorriso de Leah cai um pouco.

— Então — ela diz —, estávamos juntos literalmente dez minutos atrás, e ele disse que iria até a loja da esquina para pegar água, e eu disse que estaria aqui, mas então a polícia colocou esse bloqueio — ela diz, apontando para a barricada da polícia de NY que alinha a calçada —, e ele gritou para mim que encontraria outro caminho e que viria até aqui, mas isso foi há alguns minutos...

Merda. Algumas semanas atrás, talvez até mesmo alguns dias atrás, eu estaria aliviado. Teria desistido, aqui e agora, e voltado para casa, feliz em me conformar com a ideia de que não iria dar certo de qualquer jeito — não mereço o tipo de amor que eu quero. Mas vim aqui por um motivo. Preciso ver o Ezra. Preciso contar tudo a ele. Não posso desistir, não agora. Não consigo imaginar apenas mandar a verdade por mensagem, preciso falar com ele cara a cara. E não posso esperar até segunda-feira; o fato de que eu o amo está me queimando por dentro.

— Vou tentar encontrá-lo — grito para Leah.

Ela abre um sorriso para mim.

— Eu tinha esperanças de que você diria isso. Vou continuar aqui, caso ele consiga achar um caminho de volta, tá bom?

Aceno com a cabeça.

— Manda mensagem se ele aparecer de novo!

FELIX PARA SEMPRE

— Mando!

Nós hesitamos, então Leah joga os braços ao redor de mim de novo, apenas um pouco emotiva e acho que estou um pouco emotivo também.

— Boa sorte! — ela grita.

Começo a andar, virando a esquina e entrando numa rua lateral. Até mesmo aqui, longe da parada principal, as ruas estão lotadas de pessoas e vendedores. Viro outra esquina, volto à rota da parada, e a multidão se movimenta como um rio, me empurrando junto até que eu vejo uma abertura, sob o sol, ao lado da barricada, há um único lugar. Eu me esgueiro até lá. É o local perfeito para observar a parada, mas queria um segundo para sair da massa de gente e ter um momento para olhar ao redor, vasculhando a multidão para tentar achar o Ezra. Quando não o vejo, tento me unir de novo à multidão para continuar procurando, mas ela se tornou tão apertada que há um engarrafamento, ninguém sai do lugar. As pessoas são como uma muralha e, na minha frente, policiais avisam para não pularmos as barricadas em direção à parada. Estou preso.

Merda. Queria encontrar o Ezra, mas não sei mesmo se isso vai acontecer agora. Consegui um lugar ótimo para ver a parada, então me encosto na grade da barricada e tento aproveitar. Uma oportunidade como essa não aparece com frequência, e sei que Ezra me perguntaria o que diabos estou fazendo, sem observar a parada quando ela está literalmente na minha frente. Motoqueiros sacudindo bandeiras de suas motos rugem adiante. Um trio elétrico cheio de balões e uma *drag queen* cantando para a multidão, que canta de volta em seguida. Há uma banda marcial que toca uma música da Sia, e há um carro esportivo com uma celebridade de um reality show que acena e manda beijos. E durante tudo isso, todo mundo grita e grita e grita. Eu normalmente odeio essa parada — odeio o barulho, a multidão — mas quando vejo o trio da Callen-Lorde passando, sinto uma vontade de gritar também. E eu *grito* quando o trio do Centro LGBT passa e eu vejo Bex na parada, acenando com uma bandeira nas cores amarelo, branco, roxo e preto amarrada no pescoço como uma capa.

Quando começo a gritar, não consigo parar. Grito com tanta força que minha garganta arde e meu coração bate acelerado. Estou gritando de alegria. Estou gritando de dor. Estou gritando com o deslumbramento por estar aqui, por estarmos todos aqui, e por estarmos aqui por causa de pessoas que vieram antes de nós, pelas pessoas que não poderiam estar aqui, e estou gritando por mim mesmo também. Gritando e celebrando e chorando um pouquinho. Tento enxugar os olhos como se fosse apenas poeira, mas a pessoa ao meu lado me dá um sorriso, também enxugando os olhos. Não conheço essa pessoa, não sei seu nome, provavelmente nunca a verei de novo depois dessa parada, mas, por um segundo, sinto que ela é uma amiga ou parte da minha família e isso é incrível para cacete. Eu nunca havia entendido antes por que o Ezra é tão obcecado com a Parada, mas acho que estou começando a entender agora.

Há uma pausa entre os trios elétricos, os sons distantes da banda marcial e da música nas alturas e o rugido celebratório contínuo. Olho para cima, para o lado oposto da rua e é como se eu o houvesse materializado, feito com que ele aparecesse pela força do pensamento. Ezra, vestido todo de preto, com óculos escuros, os cachos esvoaçando na brisa, sorriso no rosto.

Eu grito seu nome.

— Ezra!

Algumas cabeças se viram na minha direção, mas ele não me escuta. Outro trio está vindo. Eu aceno com as mãos.

— Ezra!

Ele vira a cabeça. Mesmo com os óculos escuros, posso ver que ele está olhando diretamente para mim,

Não planejei isso, não pensei direito. O trio está vindo, a música estourando, todo mundo dançando sobre o trio.

— Desculpa!

Mais pessoas estão observando agora. Ezra não se mexeu, não falou, não deu qualquer indicação de que ele ouviu.

— Desculpa! —digo de novo. — Você estava certo.

Ele sacode a cabeça, e eu não sei se ele consegue me ouvir.

— Você estava certo, eu...

O trio parou. Todo mundo está me observando agora, as pessoas ao redor do Ezra estão olhando para ele e para mim e de volta para ele.

— Eu te amo! — eu grito.

Isso causa a celebração mais barulhenta de todas. As pessoas começam a bater palmas, gritar, soprar seus apitos. Ezra tira os óculos escuros e, por um segundo que para meu coração, acho que ele está prestes a se

FELIX PARA SEMPRE

virar e desaparecer na multidão, mas ele pula a barricada e atravessa a rua, ignorando os gritos dos policiais. Ele corre até mim, e eu subo na beira da barricada para que tenhamos a mesma altura quando ele chega até mim. Eu não vejo o Ezra tão de perto assim há mais de uma semana, e só tê-lo bem aqui, bem na minha frente, faz meu coração bater cada vez mais forte, tão forte que mal consigo respirar, e eu só quero jogar meus braços ao redor dele, abraçá-lo e beijá-lo...

— Desculpa — ele diz, sem fôlego, um sorriso no rosto. Deus do céu, eu senti tanta saudade dele. — O que você disse? Acho que não ouvi direito.

Mordo o canto do lábio, tentando me impedir de sorrir.

— Eu disse que te amo.

Ele semicerra os olhos para mim.

— Diz isso de novo? Só mais uma vez.

— Eu te amo.

Ele se aproxima, as mãos no meu rosto enquanto me beija. Sei que os gritos ficaram mais escandalosos. Sei que as pessoas estão celebrando e que o trio atrás de nós continuou a se mexer, a música alta — eu sei de tudo isso, mas apenas à distância, vagamente. Ezra pula sobre a barricada, segurando minha mão e me puxando pela multidão — as pessoas estão literalmente jogando glitter na gente, batendo palmas e dando tapinhas nos nossos ombros. Nós saímos da multidão em direção a uma rua lateral que está mais vazia do que as outras. Ezra se vira para mim e eu não consigo evitar, quase morro de rir. Parece que uma bomba de glitter explodiu nele. Pelo seu sorriso, eu sei que minha aparência não está muito melhor. Ele estende a mão, limpando o glitter dos cantos dos meus olhos e minhas bochechas. Ele afasta a mão, mas eu queria que ele não tivesse afastado. Eu não falei com ele, não o toquei, não estive tão perto assim há quase duas semanas, e...

— Você falou sério? — ele diz. Outro estouro da música, outra celebração.

Eu me forço a não desviar o olhar dele, mesmo que o nervosismo e a vergonha me façam querer esconder o rosto nas mãos.

— Sim. Sim, eu falei sério.

Ele me puxa para um abraço, me segurando próximo a ele, o queixo apoiado no topo da minha cabeça. Ele me segura tão apertado que posso sentir seu coração através do peito, e eu sei que ele pode sentir o meu também — batendo tão forte e tão rápido primeiro, mas se tornando mais estável quanto mais tempo ficamos ali juntos. Antes, quando Ezra me abraçava, eu nunca pensava muito sobre isso, mas agora, há uma pontada de nervosismo ofuscado por entusiasmo. Alegria pura. Assombro, que eu podia ter estado com o Ezra assim todo esse tempo, se eu não tivesse sido tão desatento em relação tanto aos sentimentos dele quanto aos meus. Se eu não tivesse tido tanto medo de me deixar sentir um amor verdadeiro como esse.

Vinte e cinco

Ezra normalmente passa o dia todo na Parada, mas ele segura minha mão e caminha comigo até o trem para que possamos voltar ao seu apartamento no Brooklyn. Mando mensagem para Leah dizendo que o encontrei, que nos entendemos e vamos passar tempo juntos, e ela me envia um monte de emojis de coração e carinhas chorando.

O silêncio entre mim e Ezra no trem é tenso, um pouco desconfortável, mas não necessariamente de um jeito ruim. Dá para ver que estamos ambos tão animados por estar um ao lado do outro, por ter uma oportunidade de conversar, e que ambos temos tanto a dizer, mas estamos aguardando o momento no qual finalmente estaremos a sós. Ele segura minha mão, entrelaçando nossos dedos e acariciando os nós dos meus dedos com o polegar.

— Tudo bem fazer isso? — ele pergunta.

Aceno com a cabeça, segurando um sorriso.

— Sim. Tudo bem.

Descemos na parada de Bedford-Nostrand, ainda de mãos dadas enquanto subimos as escadas e atravessamos a rua, caminhamos pelo parque e vamos em direção ao seu apartamento. Pensei que seria esquisito depois de um tempo, ainda estar segurando sua mão, como se eu não soubesse se ele gostaria de soltá-la, ou que eu gostaria de soltar e não saber como dizer a ele, mas aqui e agora, espero que ele nunca mais a solte. Ele aperta minha mão um pouco, como se ele lesse minha mente e quisesse que eu soubesse que ele sente o mesmo.

Ele precisa soltar a mão para pegar as chaves e abrir a porta de entrada; nós subimos as escadas, e ele abre a porta do apartamento. Quando ele a fecha atrás de si, estamos na frente um do outro, nos encarando. Talvez isso teria sido desconfortável ou constrangedor algum tempo atrás, mas, agora, eu só quero gravar esse momento na minha mente, algo para que eu possa sempre olhar para trás e recordar. Encaro seu rosto como se estivesse tentando guardar na memória cada ângulo, a escuridão de seus olhos, o movimento do seu sorriso.

— Posso te beijar? — ele pergunta.

— Claro que sim.

Ele ri e se inclina para a frente, me beijando com suavidade. Parece que temos todo o tempo do mundo para nos beijarmos assim, para estarmos juntos, para amar um ao outro. Pego sua mão e o puxo em direção ao sofá, e apenas nos sentamos ali, sua cabeça no meu colo enquanto brinco com seus cachos.

— Não consigo acreditar que as coisas terminaram assim — ele diz com a voz baixa, olhos fechados, seus dedos acariciando meu braço para cima e para baixo.

— Nem eu. Achava que você iria me odiar pra sempre.

— Eu nunca odiei você. Eu nunca poderia odiar você.

— Mesmo depois de tudo que eu disse? — Eu me retraio internamente, lembrando-me daquela noite na calçada, dizendo a ele que eu não queria que ele me amasse. Eu estava com medo demais de me permitir sentir isso. Parece que isso foi há séculos.

— Fiquei magoado — ele admite —, mas eu nunca poderia odiar você.

— Essas últimas semanas foram um inferno — digo a ele. — Senti tanta saudade.

— Senti muita saudade também — ele diz.

— Tanta coisa mudou tão rápido — sussurro.

— O que eu perdi? — ele me pergunta.

Eu hesito, então falo:

— Sabe como eu estava pensando sobre minha identidade de gênero?

Ele abre os olhos.

— Uhum.

— Bem, fui a um grupo de discussão no Centro, pesquisei um pouco e encontrei um termo... Sei lá, é só uma palavra, mas parece que ela representa tanto sobre quem eu sou de um jeito que nada mais representa.

— Qual é a palavra? — ele pergunta, e ele parece tão genuinamente curioso que isso faz meu coração apertar.

— É *demigaroto*.

— Demigaroto — Ezra repete, como se estivesse experimentando a palavra na boca. — Eu gosto. *Demi* tipo *semi*; isso me faz pensar em semideus ou algo assim.

— Não sou exatamente um deus.

— Depende de para quem você pergunta, eu acho.

Uma risada me escapa, e Ezra sorri enquanto caímos de volta numa quietude confortável.

Ezra engole.

— Eu estava... sabe, muito envergonhado pelo modo como as coisas terminaram, e fui tão babaca com você que não achei que você iria querer nada mais comigo. Ficava tentando juntar coragem para pedir desculpas, mas então eu o via junto com o Declan, e pensei que você tinha seguido em frente.

Sinto uma ardência de vergonha com a menção de Declan.

— Não sei por que tentei, sabe, ficar com ele daquele jeito — digo.

— Não posso te julgar. Eu não fazia ideia do porquê de ter concordado em namorar o Austin. — Uma sombra se abate sobre seu rosto, e eu sei que ele está pensando em Austin e na galeria, em suas mensagens horrorosas no Instagram. — Deus, se eu soubesse que tinha sido ele... Merda, olhando para trás, é tão óbvio. Ele me perguntava umas questões sobre você, fazia eu dizer coisas sobre você, mas eu achava que ele estava apenas querendo saber mais sobre meus amigos.

— Tá tudo bem. Você não pode se culpar por não saber. Até a Leah não sabia, e ela é prima dele.

— Eu nem gostava muito dele — ele disse. — Sabia que estava apaixonado por você, mas eu estava... Não sei, acho que um pouco solitário, então decidi tentar ficar com ele. Achei que não custava nada tentar.

— Eu achei que não custava nada tentar com o Declan, mas sabia que nunca iria dar certo e sim, eu gostava dele, e espero que possamos ser amigos um dia... Mas ele não é você, Ez.

Ele sorri um pouco.

— Pode crer que ele não é igual a mim.

Reviro os olhos com uma risada.

— Eu te amo — ele diz baixinho, quase como se estivesse falando apenas consigo mesmo. — Eu te amo já há algum tempo.

Eu me lembro, de repente, do que Declan havia dito, que ele percebeu que Ezra estava se apaixonando por mim. Isso teria sido no nosso primeiro ano na St. Catherine's.

— Há quanto tempo você sente isso? — pergunto a ele.

Ezra me olha, e fico surpreso em como me sinto confortável, olhando para ele.

— Desde o dia em que você encontrou a gatinha numa caixa e decidiu levá-la para casa.

— Quando eu encontrei a Capitã? — digo, surpreso. — Sério?

Isso foi algumas semanas depois que nos conhecemos.

— Eu sempre gostei de você. Você é hilário pra cacete de um jeito sarcástico, seco, mas também é muito cuidadoso, de um modo que acho que poucas pessoas enxergam. Tenho sorte de você se abrir para mim. De você me deixar ver isso.

— Não sei quando me apaixonei por você — admito. — Acho que devo ter me apaixonado por você aos poucos. Percebi que te amava quando pensei que havia te perdido.

— Tive medo de ter perdido você também — ele murmura. — Eu sinto muito, Felix. Não deveria ter reagido daquela maneira. Deveria ter respeitado seus sentimentos. Se você não me amava, era uma escolha sua.

— Mas eu *amo* você — digo. — Eu só estava com medo demais de, não sei, me permitir sentir isso. Esse tipo de felicidade. Pode ser assustador, né? Existe um medo de eu não merecer isso de verdade, um medo de acabar não durando...

Ele se senta, encostando a testa de na minha.

— Você merece ser amado — ele me diz, então me beija. — Você merece todo o meu amor.

Ele me beija de novo. Quando eu o beijo de volta, nos deitamos no sofá, nos beijando devagar e com carinho, como se o tempo houvesse parado, e nós pudéssemos fazer isso pelo resto de nossas vidas.

Um mês pode passar muito rápido. Tipo, num piscar de olhos, julho veio e já foi. Estamos no começo de agosto. As aulas do programa de verão estão ficando mais espaçadas para que possamos ter umas duas semanas de folga antes de o novo semestre começar em setembro. Estou quase acabando meu portfólio. Tenho mais de uma dúzia de autorretratos agora, alguns que eu descartei e alguns nos quais eu continuo a trabalhar nos detalhes, começando novas pinturas quando a inspiração me atinge. Também estive trabalhando nas minhas inscrições para faculdades — Brown, é claro, mas algumas outras escolas também, caso eu não entre nessa. A possibilidade de não ser aceito na Brown não parece mais tão devastador como costumava ser. Sim, eu ainda quero ir para a Brown e a RISD, mas não, minha vida não vai acabar se isso não acontecer. Declan encontra meu olhar do outro lado da sala de aula às vezes e acena com a cabeça me dando um rascunho de sorriso, mas ele ainda não está falando comigo. Eu aceito isso. Ferrei demais com as coisas. Sei que sim. Mas também sei que todo mundo comete erros. Tudo que posso fazer é tentar aprender e evoluir.

Quando paro para pensar, não há muito sobre a minha vida que mudou de verdade. Ainda passo o dia inteiro com o Ezra, só que com mais, sabe, beijos, o que era insanamente constrangedor de se pensar num primeiro momento, mas não é constrangedor agora. Quero dizer, o que há de realmente constrangedor em se beijar? É por ser um ato de amar alguém tanto que não há sequer palavras, então a única coisa que você pode fazer para expressar esse amor é se beijar? Talvez não seja o beijo que é constrangedor, mas o fato de que você ama tanto alguém, o que não deveria ser constrangedor de jeito algum. O que há de errado em amar alguém, né?

Duas semanas antes das aulas de verão terminarem, há um anúncio pelos alto-falantes lembrando os estudantes que o prazo para o envio da inscrição na galeria de fim de verão acaba em alguns dias. Tenho um certo medo de que alguém use a galeria para tentar me machucar de novo, mas Ezra me diz que não há chance alguma de isso acontecer, não depois de todo mundo ver o Austin ser expulso da St. Cat's, e especialmente quando todo mundo sabe que Ezra é meu namorado, e que ele vai meter a porrada em qualquer um que tentar mexer comigo de novo.

— Você não pode meter a porrada em ninguém, Ez.

Ele ergue uma sobrancelha.

— É mesmo? Tem certeza disso?

FELIX PARA SEMPRE

Então, agora, eu estou basicamente rezando para ninguém mexer comigo para que o Ezra não seja expulso da St. Cat's. Eu já havia decidido que me inscreveria na galeria — a chance de não ser escolhido assusta, e eu sei que machucaria —, mas também estou finalmente percebendo que, mesmo que eu não seja escolhido, a galeria não é o que mede o meu valor.

Muitas pessoas simplesmente pararam de ir às aulas tão perto do fim do programa de verão, mas eu tenho chegado cedo e ficado até tarde, trabalhando nos meus autorretratos para a galeria, adicionando um traço de cor aqui, suavizando a textura do fundo ali. Trabalhar nas pinturas me lembra de quem eu sou: a força dentro de mim, a beleza e a determinação e o poder. Fico surpreso quando Jill vem até mim depois que o sinal da aula toca. Estou tentando adicionar algumas pinceladas a mais de amarelo no fundo quando ela sorri.

— Essas pinturas são mesmo fantásticas, Felix — ela me diz.

Meu rosto se aquece.

— Obrigado.

Ela continua me observando trabalhar, o que me faz sentir exposto, mas estou apenas feliz de ela não estar me apressando para sair da sala e ir para o almoço. Ezra guardou suas coisas e está me esperando ao lado de uma das mesas enquanto conversa com Leah.

— Você decidiu se vai se inscrever para a galeria de fim de verão? — Jill me pergunta.

Aceno com a cabeça.

— Sim, acho que vou me inscrever.

Só o pensamento já me assusta para cacete. A própria galeria é bem competitiva, e ser julgado pelo meu trabalho artístico por uma bancada de professores da Brown é uma coisa... Ser julgado por meus colegas, que eu tenho visto diariamente, é outra.

— Bom — ela diz. — A St. Catherine's teria sorte em ter o seu trabalho exposto aqui.

Conforme o prazo de aproxima, só consigo pensar nisso: a possibilidade de ter minhas peças numa galeria. Reivindicar o saguão e seu espaço comigo, o meu eu verdadeiro — reflexões de quem sou, como me enxergo e como o mundo me enxerga também. A palavra final contra pessoas como Marisol e Austin. A chance de erguer um dedo do meio gigante para qualquer um no mundo que não ache que mereço estar aqui, que mereço existir, bem ao lado deles.

No dia antes do prazo, entro no site da escola e da inscrição para a galeria, tiro algumas fotos dos meus autorretratos com meu celular e escrevo um sumário de 250 palavras sobre o projeto, dizendo por que eu acho que meu trabalho deveria marcar o final do programa de verão. Clico em *enviar* antes que possa duvidar de mim mesmo. Não conto a ninguém sobre isso, nem a meu pai ou a Leah ou até mesmo a Ezra. Não quero lidar com o desconforto se minha arte não for aceita. Eles teriam que me consolar e dizer que sou um bom artista e tudo isso, e a questão é que eu sei que sou. Sei que sou talentoso. Não preciso que mais ninguém, nem mesmo essa galeria, me diga se sou ou não. Mas se eu tiver a chance de encher o saguão com imagens minhas, do meu eu verdadeiro, então pode apostar que farei isso.

Fico surpreso quando, alguns dias depois, recebo um e-mail da reitora Fletcher me parabenizando pelo fato de que minhas peças foram escolhidas para a galeria de fim de verão. Haverá uma inauguração onde a escola inteira será convidada, e será esperado que eu dê um discurso baseado no sumário de 250 palavras que enviei. A ideia de aparecer na frente da escola inteira e explicar meu trabalho é, bem, completamente aterrorizante, mas enviei meu trabalho por um motivo. Não posso parar agora.

Pego minhas melhores peças e as levo até a reitora, que aceita as telas como se fossem tesouros, sorrindo e admirando cada uma. Ao fim do dia, as artes estão penduradas nas paredes do saguão. Entro no saguão, Ezra ao meu lado, e nós ficamos ali em pé encarando cada uma das peças, penduradas exatamente onde minhas fotos antigas estavam penduras meses antes. O título de cada pintura tem meu nome verdadeiro. A emoção aflora em mim, lembrando do dia em que andei nesse saguão e vi minhas fotos antigas e meu nome morto, sabendo que a escola inteira havia visto também. A vergonha, a dor, a raiva. Ezra segura minha mão e a aperta.

— Estou muito orgulhoso de você — ele diz.

A inauguração será durante o almoço, quando todos os estudantes costumam sair do campus — é isso que digo a mim mesmo, pelo menos, para não ficar muito nervoso... mas hoje, agora que a inauguração está prestes a começar, parece que o corpo estudantil inteiro permanece na escola e lota o saguão. No passado, eu poderia ter me escondido se isso fosse uma opção, fugido para a casa de Ezra e fingido que minha arte não estava na galeria. Mas eu quero uma oportunidade de falar minha verdade na frente de todo mundo, mesmo que eu sinta que estou no meio de um pesadelo onde subo num palco e de repente percebo que estou pelado.

O saguão está cheio de vozes e risadas que ecoam. Eu estou em pé bem do lado de fora, num corredor escuro com Ezra, que parece sempre saber exatamente o que eu preciso. Ele não preenche o silêncio com "Você vai arrasar" e "Vai ficar tudo bem." Ele sorri sempre que encontro o olhar dele, nervoso, e quando o puxo para um abraço, ele me envolve em seus braços com força, me segurando para que eu possa respirar de encontro ao seu peito. Eu fico embasbacado de pensar que eu poderia estar abraçando o Ezra assim todo esse tempo.

Jill abre a porta e espia o corredor.

— Está na hora. Está pronto?

Solto um suspiro nervoso e trêmulo e aceno com a cabeça. Ezra me beija na bochecha, e eu seguro mão dele para que me acompanhe até o saguão. Está tão lotado que mal consigo ver as pinturas nas paredes, mas enxergo pedaços delas. A força em meus olhos, mesmo quando parece que estou perdido debaixo d'água. O poder no meu olhar enquanto encaro o observador, minha pele em chamas. A coroa de flores na minha cabeça enquanto eu sorrio, sabendo de verdade que mereço amor e respeito.

A reitora chama a atenção de todo mundo.

— Aquietem-se — ela diz, batendo palmas, e os estudantes diminuem o volume aos sussurros até que haja silêncio. — Ao final de todo programa de verão, organizamos uma galeria destacando o trabalho de um estudante escolhido. Essa galeria é particularmente especial. Pela primeira vez na história da St. Catherine's, os juízes decidiram por unanimidade que esse seria o projeto escolhido. Estou orgulhosa do crescimento desse jovem artista e sei que ele tem um futuro brilhante.

— Felix? — ela diz.

Ezra aperta minha mão, e eu dou um passo à frente, respirando fundo.

— Hã — digo, minha voz falhando. Todo mundo, talvez todos os cem estudantes da St. Cat's, me encara com expressões neutras.

Leah está na frente, a câmera nas mãos e clicando enquanto tira uma foto de mim a cada segundo. Marisol está na parte de trás, de braços cruzados, murmurando alguma coisa para Hazel. Em outra época, vê-la poderia ter me deixado ansioso, mas agora apenas imagino por que estive tão desesperado por sua atenção, por sua aprovação.

Eu tinha um discurso ensaiado e pronto para ser proferido, só que, por um momento, me dá um branco. Mas quando olho para o Ezra, ele me dá um sorriso e acena com a cabeça, e as palavras voltam.

— Então, muitos de vocês sabem que no começo do verão, teve uma... hã, galeria sobre mim. Não foi com minha permissão. Ela mostrava várias das minhas fotos antigas. Imagens que eu não queria que ninguém visse. Aquilo machucou pra caramba e, por um tempo, fiquei meio obcecado em descobrir quem era o responsável e... Não sei, fazê-lo pagar por ter me machucado tanto. Queria fazê-lo pagar pelo que ele havia feito.

Olho ao redor para a multidão e perco o ar quando vejo Declan, em pé, encostado na parede mais distante, me observando. Eu continuo.

— Mas então comecei a fazer essas pinturas. Eu não planejava pintá-las, para ser honesto. Alguém sugeriu que eu tentasse, por isso sou muito grato... — Jill acena com a cabeça e um pequeno sorriso. — E me ajudou mais do que eu esperava. Foi bem... empoderador exibir essas pinturas que eu criei, de quem eu sei que sou, em vez do que outra pessoa enxerga em mim. Eu sou Felix. Ninguém mais pode definir quem eu sou. Apenas eu mesmo.

Faço uma pausa.

— Fui machucado esse verão, mais do que eu achei que jamais seria. Seria fácil dizer que fui machucado porque sou trans, porque alguém implicou comigo por causa da minha identidade, mas há algo esquisito sobre isso, algo que não está certo, sobre sugerir que minha identidade é a coisa que me trouxe qualquer tipo de dor. É o oposto. Ser trans me traz amor. Traz felicidade. E me dá poder. — Ezra está mordendo o lábio enquanto sorri para mim. Dou de ombros de leve. — Faz eu me sentir como um deus. Eu não mudaria isso por nada.

Todo mundo está encarando. Acho que Jill pode ter algumas lágrimas em seus olhos, mas não tenho certeza. Hesito, sem jeito no silêncio.

— É isso, eu acho.

As palmas explodem, muito mais altas do que eu estava esperando. Tento andar de volta até Ezra o mais calmo possível, mesmo que minhas pernas estejam tremendo. Antes que eu o alcance, as pessoas começam a me abordar aos montes, dizendo que sou corajoso e que minhas pinturas são incríveis e tudo isso, o que me faz sentir bem, não vou mentir, mas não fiz isso por ninguém além de mim mesmo. Quando finalmente chego até Ezra, ele me envolve em seus braços e enterra a cabeça no meu pescoço.

— Você é incrível pra cacete — diz, rindo um pouco.

E eu honestamente não sei se as coisas poderiam ficar melhores do que isso.

Leah se une a mim e Ezra no parque para um piquenique. Brownies com maconha podem ou não ter feito parte do lanche. Ela tira fotos de nós enquanto estamos deitados na grama, rindo quando ficamos bêbados de cerveja no calor, o *reggaeton* tocando alto numa festa por perto, a fumaça da churrasqueira fazendo meus olhos arderem.

— Vocês são tão incríveis — Leah diz. Ela é uma bêbada amorosa. — Tenho tanta sorte de ter vocês como amigos. Eu amo muito vocês.

— Eu também te amo — Ezra diz, agarrando-a num abraço apertado.

Acho que esse festival piegas de carinho teria me feito querer morrer de desconforto alguns meses atrás, mas agora a felicidade me preenche. Não há nada de errado com o amor. Não há nada vergonhoso sobre o amor.

— Você é incrível pra cacete, Leah — digo a ela.

Penso sobre o dia no qual ela confrontou Austin, de como ela ajudou eu e Ezra durante a parada. Ez e eu começamos um ataque, fazendo cócegas e brincando de luta e eu vou parar em cima do estômago dela enquanto ela grita e ri. Um casal mais velho sentado num banco próximo sorri para nós.

Eu poderia ficar assim por horas, por dias, apenas fazendo nada além de aproveitar o tempo que eu tenho com dois seres humanos realmente incríveis. Mas então vejo a hora no meu celular.

— Merda, Ez, estamos atrasados.

Meu pai está nos esperando para jantar essa noite. Ezra começou querer ir para minha casa passar tempo comigo e com meu pai e até dormiu lá em casa algumas noites — no sofá, é claro; mesmo que eu durma na casa do Ezra várias vezes, meu pai não o deixa nem olhar meu quarto.

Nos despedimos de Leah com um abraço, pegando o lixo para descartar no caminho de saída do parque, e nos apressamos pela calçada, correndo para pegar o trem assim que ele chega à estação. Ezra e eu nos sentamos com suspiros profundos nos assentos laranjas, suados e quentes, mas posso ver que ele está feliz de estar aqui comigo, tão feliz quanto eu por estar com ele. Olho para a janela, olho de novo. R + J = 4EVA.

Quais são as chances de esse ser exatamente o mesmo trem e que nos sentamos nos mesmos assentos? Acho que é mais provável que R e J tenham grafitado na maior quantidade de trens que conseguiram. Mas enquanto eu teria revirado os olhos em outra época, engolindo a inveja, sorrio um pouco agora.

— Qual você acha que é a possibilidade de R e J ainda serem pessoas apaixonadas, comemorando um aniversário de namoro em algum lugar tipo Fiji ou Bermuda?

Quando aceno com a cabeça para o grafite, Ezra sorri.

— Tenho certeza de que R e J trabalham com espionagem para o governo e estão em fuga, vivendo uma vida secreta em Cuba.

— Ah é?

— É — ele diz com um aceno firme. — Mas não é justo que R e J possam escrever isso em todo lugar. Elas não são as únicas pessoas que estão apaixonadas.

Eu hesito. Isso é bobo, sei que é, mas, de repente, entendo os motivos de R e J terem declarado seu amor publicamente com uma caneta permanente preta. Abro a mochila e pego uma das canetas que uso para desenhar; faço letras arredondadas na parede antes de preenchê-las.

F + E = 4EVA

Ezra me dá um sorriso, então beija o canto da minha boca.

— Isso é tão brega.

— Eu sei.

— Eu amei.

— Eu também.

Ele se recosta no assento.

— Sabe, eu estava passando tempo na internet ontem à noite, e acabei caindo num buraco, procurando por um monte de bobagem aleatória... e me lembrei de você ter me contado que Felix significa "afortunado" em latim, mas aparentemente, também significa "feliz".

— Espera, o quê?

— É. Tinha um site que dizia que *Felix* significa tanto "afortunado" quanto "feliz". — Ele dá de ombros. — Não é algo chocante, acho. Só achei legal.

Por anos eu achei que Felix significava apenas "afortunado", então agora há toda uma definição a mais do meu nome para compreender... mas não posso dizer que acho isso um problema. Hoje em dia eu ando bem feliz também. Olho de relance para Ezra, e os cantos de sua boca formam um sorriso, antes de ele se inclinar para a frente e me beijar. Ele segura minha mão, os dedos deslizando uns nos outros, como se ele nunca quisesse soltá-la, e eu também não quero que solte.

Nota do autor

Foi apenas durante meus vinte e poucos anos que eu descobri minha identidade trans, mas, quando olho para meu passado, as sugestões e pistas sempre estiveram lá. Fui designado mulher ao nascer, mas costumava ter sonhos de estar num corpo diferente, similar ao que eu tenho agora. Eu me lembro de sentir inveja dos meninos da minha turma na escola, desesperadamente querendo ser amigo deles, mesmo que eu não soubesse de verdade por que estava com inveja ou por que queria ser aceito por eles. Até me lembro de dizer abertamente para minha mãe, uma vez, que eu pensava que podia ser um garoto. (Essa foi, provavelmente, a dica mais óbvia de todas.) Mas a questão é que, naquela época, eu não sabia que ser um garoto era uma opção. Achava que estava preso no corpo de uma garota pelo resto da vida, pensava que, por causa do meu corpo, não tinha escolha além de *ser* uma garota também. Eu esperava, e rezava para que, se reencarnação fosse algo real, eu nascesse como um garoto na próxima vida.

Ao longo da minha vida, pessoas e personagens transgênero foram salpicados em livros, filmes e na TV, mas eu nunca entendi de verdade o que era ser transgênero ou o que isso significava. Ainda nem tinha ouvido falar do termo *não-binário*. Um dia tive a vontade de rever *Degrassi: A Próxima Geração* e, conforme eu era sugado pelo seriado e pelos mundos dos personagens, fui apresentado ao Adam. Adam foi o primeiro personagem transgênero que eu vi explicar o que a sua identidade significava para ele. Ele explicou que se sentia desconfortável com seu corpo. Ele me fez perceber, de repente, que, apesar de ele ter sido designado mulher ao nascer, ele foi capaz de se tornar quem ele era de verdade.

Aquele episódio mudou a minha vida. Comecei a questionar minha identidade de gênero. Na minha pesquisa, percebi que existia mais do que o binário de garota e garoto e me lembrei de que, mesmo quando era criança, sempre me senti atraído à ideia de que as pessoas não conseguiam presumir meu gênero com base na minha aparência. Com a ajuda de amigos e da família, comecei a minha transição social e física como uma pessoa não-binário transmasculino que utiliza pronomes ele/dele e pronomes neutros (*they/them* em inglês, elu/delu no português). Eu tenho tanta sorte por ter descoberto Adam, tanta sorte de ele ter ajudado a me entender e perceber que eu poderia fazer a transição. Queria reencarnar num gênero diferente e, de certo modo, sinto que experimentei uma reencarnação num novo corpo, numa nova vida, num novo eu.

Espero que os leitores tenham aproveitado bastante ao ler *Felix para sempre*: risadas e lágrimas; um romance que é uma montanha-russa, empoderamento e validação; e uma história que puderam curtir do início ao fim. Mas, acima de tudo, espero que Felix possa fazer por pelo menos um leitor o que Adam fez por mim: que um leitor pegue *Felix para sempre* e aprenda mais sobre si mesmo e sua identidade, e que se tornar quem se é de verdade é uma possibilidade.

Para apoio ou mais informação sobre identidades de gênero, aqui estão alguns recursos:

facebook.com/astraglbt
casaum.org
instagram.com/casinhaacolhida
adolescencia.org.br/site-pt-br/orientacao-sexual
natura.com.br/blog/mais-natura/glossario-lgbt-entenda-o-que-e-
-queer-intersexual-genero-fluido-e-mais

Agradecimentos

Felix para sempre é uma história extremamente pessoal e coloquei nela meu coração e minha alma — e uma forte dose de vulnerabilidade.

Felix e sua jornada são muito importantes para mim, então quero agradecer a todos os que tocaram esse livro e o trataram com amor e carinho.

Primeiro, Beth Phelan tem sido o alicerce da minha carreira, além de uma amiga verdadeira, e é difícil colocar em palavras o quanto sou grato por tudo que ela faz, e por sempre me apoiar e me orientar. Obrigado também a toda a equipe da Gallt & Zacker, especialmente Marietta Zacker.

Obrigado, Alessandra Balzer, pela paciência e pela incrível perspicácia. Você ajudou muito a fortalecer a história do Felix.

Agradeço também à equipe da Balzer + Bray/HarperCollins: Caitlin Johnson, Ebony LaDelle, Mitch Thorpe, Michael D'Angelo, Jane Lee, Liz Byer, Laura Harshberger, Patty Rosati, Mimi Rankin, Katie Dutton, Veronica Ambrose, Chris Kwon, Kathy Faber, Andrea Pappenheimer, Kerry Moynagh, e todo mundo que ajudou a colocar esse livro no mundo. E obrigado, Alex Cabal, pela capa incrível [da versão norte-americana]!

Quero agradecer os primeiros leitores da história pelo feedback e pelas observações: Gabe Jae, Elijah Black e Gaines Blasdel. Obrigado aos autores que forneceram *blurbs* para *Felix para sempre*: Mason Deaver, Jackson Bird, Justin A. Reynolds, Becky Albertalli e Nic Stone.

FELIX PARA SEMPRE

Um grande obrigado para a minha família por seu apoio incondicional a mim e à minha escrita: mãe, pai, tia Jaqui, Curtis, Memorie, Lisa, Marta. Obrigado!

E, por fim, a todos os educadores, bibliotecários e leitores de todas as idades que me enviaram tanto amor: obrigado, do fundo do meu coração, por terem aceitado minhas histórias e minhas palavras.

Vocês são minha razão para continuar escrevendo.

Este livro foi publicado em junho de 2021, pela Editora Nacional, impresso pela Gráfica Exklusiva.